舵者

林竑斌　刘荣成　著

中国文联出版社

http://www.clapnet.cn

图书在版编（CIP）数据

船者/林竑斌，刘荣成著.—北京：中国文联出版社，
2020.11.
ISBN 978-7-5190-4401-5

Ⅰ.①船… Ⅱ.①林… ②刘… Ⅲ.①长篇小说—中
国—当代Ⅳ.①I247.5

中国版本图书馆CIP数据核字（2020）第213136号

船者

著　　者：林竑斌　刘荣成			
终 审 人：朱彦玲		复审人：王　军	
责任编辑：郭　锋		责任校对：王洪强	
封面设计：肖培忠		责任印制：陈　晨	

出版发行　中国文联出版社
地　　　址：北京市朝阳区农展馆南里10号，100125
电　　　话：010-85923033（咨询）85923000（编务）85923020（邮购）
传　　　真：010-85923000（总编室），010-85923020（发行部）
网　　　址：http://www.clapnet.cn　http://www.claplus.cn
E - mail：clap@clapnet.cn　　　guof@clapnet.cn

印　　刷：天津旭丰源印刷有限公司
装　　订：天津旭丰源印刷有限公司
本书如有破损、缺页、装订错误，请与本社联系调换

开　　本：700×1000　　　　　　1/16
字　　数：205千字　　　　　　　印　张：17
版　　次：2020年11月第1版　　印　次：2023年4月第3次印刷
书　　号：ISBN 978-7-5190-4401-5
定　　价：59.80元

一位智者的故事，

一座双贞牌坊，

满城厚重的民风成就了一部《风窗月》。

一段海盗报恩、母猪戴金耳环的传奇，

开启了《船者》的篇章。

一个惊天秘密，玉郎决然踏上寻访结义兄弟的航程，

一群善良淳朴勇敢的船者，重情重义的汉子，

一代船商，一腔情怀，一窗风月……

那片峰海上空绚丽的烟涛云月！

目　录

引 子

　　残月西斜，荧荧之光透过云翳，凝滞如冻。朦胧之间，波影荡漾，潋潋细碎。水滩隐约，暗淡的沙滩如同一条绵软的长带子，无力地缠绕在海边。一阵阵沉重脆耳的敲击声划破夜的沉寂，惊起的夜鸟啾啾啾地骚动起来，扑棱着逃入密林。周遭一片混沌，一艘歪斜的破船上腾起一点火光，敲击声戛然而止。火光越来越淡，越来越亮，直至映亮了一隅微茫。数时，东方露白，一抹羞红泛上半明的天幕。那船上的火光突然熄灭，接着跳下一个白色身影来。那人向南眺望少顷，跪地数拜，起身长吁一口气，转身向北大步流星而去……

　　黄昏天色暗淡，空气中泛着丝丝的寒意和惨淡。风卷起阵阵尘土和落叶，瑟瑟作响。小街人迹稀少，"哐、哐、哐"当铺伙计关门板的声音格外刺耳。

　　"我要当东西。"一个疲惫、低哑的声音在背后响起。

　　"我们都打烊了。"伙计闻声回头道。

　　"能否行个方便？"

　　"回去吧，明早再来。"

　　"这……"来人惆怅地看了看当铺，犹豫了一下，就要转身离去。

　　"客官，请稍候。"掌柜的已闻声走了出来，他朝那人招了招手，又上下仔细打量了一番。此人年约二十七八，浓眉大眼，面容刚毅，嘴唇青紫，身材伟岸却掩饰不住些许颤抖。他手提一个白布包袱，身着单层精白棉布衫，灯笼裤，上面有多处污渍。

　　"看来客官是遇到难处了，请进来叙话。鄙店的宗旨是与人方便，善莫大焉。"

"多谢老板。"那人放下包袱后展开，只见一件白汗衫包着一件绸缎衫袍，镶丝雕花斜襟马褂，一顶绣花镶玉瓜皮帽。

"您要当这衣帽？"掌柜的神情好似有些失望。

"是。"

掌柜拿起马褂，用手摩挲一番，对着灯光看那面料、里子，又拿起帽子，捏搓一番，盯着那帽正上镶的玉，左右摆弄，仔细地看了许久。

"客官您这是要死当还是要活当呢？"掌柜问道。

"什么是死当、活当？"

"就是问你要不要赎回。死当不赎，活当要赎。"一旁的伙计插嘴道。

"那死当怎么算？"来人问道。

"死当二两银子，活当一两半。"

"老板，请你再仔细看一下，这是和田羊脂，上等玉料，光这玉石都值个二三十两！衣帽都是上等丝绸精工缝制的，工料钱二十多两银子呢。"那人急了。

"材料好是好，可这都已经是穿过、泡过水了，怎么说也是旧衣衫了。有钱人谁穿这二手衣裳？穿的人还得身材相当才行，所以，收了根本就得埋汰手里，白白折了银两。"

"可这给得也太少了吧。"

"我是看您有难处才救急的，这都是多给您了。您要是不当也行，请去别处看看吧。"掌柜看了那人一眼，转过身去，摆弄货架上的物件。

"这？好吧，那就死当吧。"那人思忖片刻，眼中闪过一丝无奈。

"旧衣帽三件，死当，二两银子——"伙计唱了一个喏，将衣帽收起，又拿出二两银子递给那人。

那人刚要转身离去，又听见掌柜言道："客官请稍候，天气转冷了，我看您衣衫单薄，店里有旧棉袄一件，您要是不嫌弃，就送给您了。"

掌柜看了一下货架，朝伙计努了一下嘴。

伙计从架子上取下一件旧棉袄，扑了扑灰尘，那棉袄虽然破旧却也洗得干净。

"多谢老板。"那人接过棉袄，拱手道谢。

"客官您尚未吃饭吧？来，里面请坐，先用些点心垫垫底吧。"掌柜走出柜台，将那人引至茶几边，示意他坐下。叫伙计泡上一杯热茶，又拿出一封油酥饼来。

那人也不客气，三下五除二就将饼吃个精光，又将纸包里剩下的碎片拢在一起，倒进嘴里，端起茶杯，一口气喝到见底，站起身来，拱了拱手道："多谢！告辞了！"然后扬长而去。

掌柜看着那人远去的背影道："此人气度不凡，想必又是哪里落魄的富家子弟。"

"爹，这人看样子是又冷又饿，走投无路了。"伙计道。

"对啊，你终于有所长进了，做咱们这行的，察言观色是基本功。人在窘处，往往好货贱当，这样咱们获利就能更多。"

"那您赠他棉袄，再请他吃点心却是为何？"

"咱们狠狠地压了他的价格，他虽出于无奈当了货物，但心中定会有所怨恨。这一件破棉袄，一包点心对咱们来说值不了几个钱。而他又冷又饿，咱赠予衣食，恰如雪中送炭，他岂不感念人情，如此怨恨也就抵消了。咱们做生意要和气生财，什么人都不能得罪，以免惹来灾祸。"掌柜的脸上露出一丝神秘莫测的笑容。

"哦，孩儿又受教了。那这衣帽咱出得了手吗？"

"那人身材与我相当，我正好缺一身体面的行头。这二两银子花得太值了，这套衣帽少说也要值个四五十两银子。来，拿过来，让我试试。"

"哇，真合身，爹爹果真体面了许多！"

"走，咱们回家去。你娘见了肯定喜欢。"

"不回大娘家了？"

"先去看你娘。"

···········

四年后，盛夏近午，三沙湾，潮水已涨上沙滩，一老一少撑来一艘小船，背上鱼篓，涉水走上沙滩。

"爹，快看，那边好像躺着一个人。"年少的眼尖，指着远处沙滩树下的一团黑影，叫道。

老者用手遮住额头，顺着少年所指的方向望去："哦？好像是啊，这么热的天怎么能躺那边睡觉呢，咱们快过去看看。"

"好像是个乞丐呢？"

"他不是乞丐，不知刚从哪儿流落到此的。前两天我看他在礁石上钓鱼呢。咦，您看，他旁边还有钓鱼竿和鱼获呢。"

"哎，朋友啊，天气这么热，躺这里睡觉会着痧①的，快起来吧。"

"爹，不对啊，他怎么没反应呢，咦，脸怎么那么红呢？"

"哟，这么烫啊！糟糕，他怕是着痧昏迷了，再这样躺下去会死的！这可如何是好？"老者探下身，伸出手来，摸了一下那人的额头，不禁吓了一跳。

"爹，咱们把他背回家，再找个郎中吧。"

"来，莲儿，快，搭把手。把他扶到我背上。来，把我撑起来，啊，真重啊，我的老骨头可要断了。"老者伏下身子，将那人扶起

① 着痧：中暑的民间说法。

放在背上，用手托住屁股，往上一颠，费了老大劲没能站起身来，喘着气连忙叫女儿帮忙。

"爹，让我来吧。我能背得动。"

"你一个女孩子家家，怎么能背陌生男子呢，让人看见，以后可怎么嫁人？没事，爹能成。"老者摆了一下手，又大喝一声，"嗨！"终于勉强站起身来，背着那人脚步蹒跚地向海岸走去。

莲儿背起几个竹篓，拿起鱼竿紧随其后，不时又腾出手来，帮忙托着。

还好，家离海边不远。

"哎哟，累死我了。"老者喘着大气将那人放到竹榻上。

"爹，我去叫郎中。"莲儿放下物件，一路快跑叫来了郎中。

"是中暍①了，人都昏迷了啊！再不抢救，要出人命了！哦？你帮他刮痧了？病情太重了，刮痧略得缓解，但已经起不了作用了。"郎中看着那人颈后、曲泽上刮的痧斑，言道。

"那可怎么办？"

"先泡一碗淡盐水灌下，解开衣裤，用湿布擦拭头脸和身体，重点是腋窝、界沟和腿窝。我先用针扎穴位，放点黑血出来。"

"爹，我来帮忙。"

"莲儿，这？你还是一边去吧。"

"救人要紧！"

郎中取出银针，在百会、人中、合谷、内关、十宣、曲池、委中、大椎、足三里等穴扎针，并在十宣、曲池、委中挤了一些黑血出来。

"哇！好吓人啊。"莲儿惊叫道。

"这是药方，等下去药铺抓了药，水煎灌下，睡上一天就无碍了！"郎中道。

① 中暍：中暑。

"多谢郎中！诊费多少？"

"不用啦，你们也是好心救人。"

"这哪行呢？"

"真的不用客气。告辞了。"

"鱼、鱼！那就送您两条鱼吧。"莲儿从竹篓里挑出两条大鱼来，用咸草一串，送给了郎中。

"多谢，那我就不客气了，哈哈。"

第二天上午。

"爹，快来看，他醒了！"

"我这是在哪里呢？"那人虚弱地睁开双眼。

"哎，你着疹了昏倒在海边，差点就要了命了，昏睡了一天一夜，把我们吓坏了。"老汉道。

"多谢二位救命之恩。"那人努力地想撑起身体来，无奈身软如绵。

"哎哎，不着急，先躺着。后生家的，你是哪里人啊，怎么到这里来的？"

"我，我……"那人眼中闪过一丝悲凉，多年的离乡愁绪，一时涌上心头。

正是：

> 崖山丛里子规啼，风过树摇枝。
>
> 雁路云遮，烟波望断，帆杳月斜西。
>
> 流萍断梗无栖处，蓬草结鹑衣。
>
> 阮泣庾愁①，怕人寻问，孤影向隅时。

①阮泣庾愁：阮籍，三国时期竹林七贤之一，时率性独自驾车，不管路径好坏，等到车无路可走了，就恸哭一番然后返回。庾信，南朝梁诗人，使西魏，阻于兵，留长安。北周代西魏后，官位通显，然常有乡关之思，曾作《哀江南赋》以寄意。后喻乡思或故国之思为"庾愁"。

第一回

姚知县圭峰城倡学
刘玉郎奎璧海伤怀

其时，凤髻岭上，天穹青蓝邃远，云纱肆意地挥洒着白洁。阳光骄人，将田野映得晃眼而蒸热。微风带来的丝丝凉意备感舒坦。圭峰的绅耆们聚集在青绿茂盛的大朴树下，交首闲谈。

"都快午时了，怎么还没到？"懋峰用手遮眼，焦急地望着岩山边的驿道。

"据说这新任的姚县令欲访于我，不知何故？"一旁的陈先生问道。

"启禀恩师，姚知县此为再任。己未年，伊①尝知我邑，然未悉何故，未足一年又改知他县。听闻其颇重文教，常捐俸兴学。先生归乡，不辞辛苦倡儒兴学，淳化乡风。壬戌岁试圭峰乡塾多人得中廪生，学生及子侄均忝列其中。圭峰乡塾一时名噪州府，想必姚知县专为此事来访于先生吧。"懋峰凝视着先生，目光饱含敬意与亲切。

"绶章何足崇，桃李愿葱茏。日暮余心炽，桑榆夕更红。老夫此生足矣。"陈先生扬首远眺，手捋胡须，露出一丝自豪的笑容。

"恩师淡泊名利，寄望后学，甘为人梯，情真意切，学生感佩交并，然恩师春秋鼎盛，何来晚夕？"

"潘鬓已然昨日愁矣！"陈先生笑着叹了一口气。

---

① 伊：第三人称，闽南语称伊。

"先生清心寡欲，志趣高雅，必是长寿之人。"懋峰赞道。

"顺其自然吧，哈哈。"

"嗯，顺其自然心常安，哈哈。"

两人笑声未落，"咣、咣、咣……"远处传来了鸣锣开道的声音。

"来了！来了！"

只见道口转出一支队伍，前面扛着一面镏金大铜锣，"咣、咣、咣"有节奏地敲着。大锣响罢，大铜角"呜"的一声长鸣，二者交替循环，越来越近，声音铿锵，震碎了午时的沉闷。朴树上的麻雀惊起，扑棱远飞而去。四面簇新的青蓝布旗帜随风摆动，两块虎头肃静牌和一把大青扇高举过头。后面两名差役抬着一块红布遮盖的大牌匾，紧接着是随卫，一对持槊、一对持棍。一圈大蓝布伞罩着一顶四人抬的素云头青带青幔官轿，后面跟着一群吏属，多为皂衣和青蓝衣衫，但都衣着整洁，步履齐整，仪仗威严。

懋峰见状，眉头微蹙，又见岳父李书吏也在随从之列，忙挥了挥手。李书吏笑着朝众人点了点头，又看向官轿，朝懋峰使了个眼色。懋峰心领神会，忙整束衣冠，与众人躬身施礼唱喏道："刘懋峰携圭峰乡绅恭迎知县老爷大驾！给县尊请安！"

"停轿！"轿中走出一个中年官员来，素金珠镂花水晶顶戴，五蟒四爪蟒袍，鸂鶒补子，衣衫整洁簇新，白净短髯。他站直身子，眼光威严地环视众人，拱了拱手还礼道："让诸位久等了，幸会！"又看了看懋峰，目光变得柔和起来，言道："你就是懋峰？"

"在下正是，请县尊多多关照。"

"果然名不虚传，幸会！"姚县令又端详一番，微笑颔首，"那咱们进城吧。"

"此去南门，尚有两里地，请县尊上轿。卑职在前面引路。"

"无妨，姚某就陪诸位贤达走走，请前行引路。"

少顷，一行人走到了东岳庙跟前。姚知县停下脚步，仰首环视一番，赞道："好一座巍峨的殿宇！敢问此庙供奉何方神圣？"

"启禀老爷，此庙奉祀本官爷和本官娘。"

"哦？本官爷所指何人？"

"县尊请进庙纳凉，可容卑职细细道来？请——"懋峰侧立门右，做了个横摆式请姿。

"但言无妨，知无不言为是。来，请。"言罢，县令抬腿迈进山门，众人鱼贯而入，又穿过殿廊，来到正殿。

懋峰讲解道："本官爷之源，众说纷纭，莫衷一是。然据民间传说，是与唐末中原南迁有关。本官爷乃负责本地迁移的官员，爱民如子，恤民疾苦，时常向上司反映民间疾苦，请求钱粮而救民艰。然而上司却以此为烦，命其将民毒杀了事。迫于上命，他无奈在万人神井中下了毒。然而下毒后，他深受良心拷问，不忍生灵涂炭，便守住井口不让村民汲水。民众不解其意，越围越多，纷纷责疑。他见上难交差下难说服民众，遂长叹一声，汲水自饮，顷刻毒发面乌而亡。民众感其恩德，乃塑像敬之。"

"良善之吏，可钦可悲可叹啊！"姚知县叹道。

"然而卑职窃以为，此或与圭峰元代贤良卢琦公有关。"懋峰思忖一下，接着又道。

姚知县闻言，不禁愕然："哦？是何因故但请言来。"

"此去西南五里，海边有座龟鳖山，卢琦公墓葬山阳①。附近有座卢大人宫主祀卢公，民尊为王爷，塑像红袍青面。村民传言卢公赴平阳知州任上，元廷②欲毒害百姓，卢大人以身试毒而亡，故而塑像面目乌青。此传言恰与本官爷传说如出一辙。卢公是在赴任平阳

---

① 山阳：山之南称阳。
② 元廷：元代朝廷。

知州舟上，因劳成疾，猝得真心痛①而故。其症面目手足青乌矣，时人误为中毒之征，亦不足为奇。其时，生灵多艰，民饱受乱世之苦，遇公若久旱而逢甘霖，饥渴而得饴蜜，突闻噩耗，岂不椎心泣血，亦不免怨天尤人，以讹传讹，误传为饮水试毒，亦未可知。

"卢公多有德政，轻赋役、减粮税、平贼患、拯苦救饥、息讼劝农、兴学倡儒、教化民风、抵制邪弊、拯万民于饿殍，行大道于乱世。民感其德乃造生祠以祀之，何以于他乡广得崇敬，而故土无所彰表矣？'本'者亦可解为本籍之意，而未得可知。

"再者，每逢本官爷出行，游至卢厝都要停轿去拜谒卢公，名曰访贤。如若本官爷为迁移官，当为唐末之人，而卢公为元代人，岂有先人拜谒后贤之理？"

姚知县闻言沉吟片刻，点头赞许："卢琦为我邑先贤良吏，士之楷模，鄙人亦推崇备至。至于本官爷为何方人士，姓甚名谁，既已无从可证，亦不必一探究竟。权且为卢公相仿之贤人良吏。为官者以民为本，当为楷模，为民知恩图报，足见淳朴，二者皆值得崇敬。瀛亭当敬上一炷香，也立个宏愿！民之福祉，定当鞠躬尽瘁，死而后已！"言罢，取过庙祝准备的燃香，朝神像恭恭敬敬地祭拜一番。众人亦紧随其后，相效其行。

"多谢县尊老爷，本官爷十分灵验，县尊若有所愿，可以问卦于神。"庙祝呈上一副圣杯②。

姚知县接过圣杯，口中默念："本官爷在上，祐我邑风调雨顺，黎民安居乐业！若瀛亭与惠安有缘，即三知于惠邑。"言罢，手托圣杯，轻轻画了一个圈，掷之于地，只听见"啪"的一声脆响。

①真心痛：古代心脏病称心痹或真心痛等。
②圣杯：即问卜的卦杯、筊杯，形状若八卦太极里的双鱼或饺子，多用木、竹材料制成。一面隆起为阴，一面平整为阳，两个合起来成为一对，掷在地上，称为打卦或掷筊。若一阴一阳则为圣，意为肯定；若两个平整面朝上则为笑杯，意为不置可否，一笑了之，需另寻他意；若两个隆起面朝上则为阴杯，意为否定。

"哇！是一圣杯！本官爷真有灵圣啊！"众人一片惊呼！

姚知县脸露笑容，整理衣冠，对着神像致了一个深揖。

众人相视赞许，言道："县尊情为民系，踵武前贤，嘉德懿行，当为邑民之洪福也！"

"惭愧！惭愧！姚某望尘莫及！"姚知县谦辞一番，环顾四周但见檐枋彩画、殿阁嵯峨、气象庄严。不禁叹道，"就是县文庙也相形见绌啊。"

"乡下小庙岂敢与孔庙相提并论呢。"懋峰道。

"咦，巡检有所不知，东南沿海地瘠人贫。文庙经久未修，残破不堪。县学未具祭器、乐器、舞器，典籍缺失，难成体统。姚某意欲修葺复原，照部颁定式制诸器、复祭孔之典礼。姚某自捐俸一年，然乏公帑，犹杯水车薪，捉襟见肘。欲倡地方贤士捐资，又恐瓜田李下，遭人非议，有污清名。"

"县尊倡儒兴学、崇文重道，实在难能可贵，先兄经商，遗有薄资。若县尊不弃，卑职当不遗余力。"

"巡检果然豪爽，名不虚传，若得鼎助，姚某求之不得。募集之资若有节余，可生息为永久经费。"知县闻言喜道。

"如此甚好，卑职愿捐银二百两以倡义举。"

"多谢多谢，懋峰义举，姚某感激不尽，当勒石记功！"知县大喜，忙作揖道谢。

众人皆倾囊而捐，姚知县喜不自胜，急令手下一一记录。

趁众人忙碌之机，陈先生与李书吏凑到懋峰身边。李书吏悄然道："适才贤婿言本官爷或为卢琦公，老夫以为不妥。东岳庙始建于南宋嘉定十三年，其时卢琦公尚未出世。卢夫人为陈氏，而本官娘姓金。且本官爷与卢公生卒时日亦未相符。偏殿还祀有卢琦公。何来本官爷为卢公之说？前所未闻！"

"是啊，贤侄信口开河，还说得头头是道，该打，哈哈！"

懋峰将两人招至一旁，附耳道："大凡装腔作势者，多为庸才或非正人君子。方才见姚知县仪仗齐整威严，官架子十足，学生以为其亦为装腔作势之流，心生反感，故意拿先贤制之。如今看来，是玉郎管中窥豹，小人之心，妄加揣测，贻笑大方了。惭愧之至！"

"你呀，哈哈！"

"二位所乐何事，可为捐资之举？"姚知县闻见笑声，回首笑问。

"正是！"

"是为义举感怀！"

"哈哈！"众人大笑。

"咱们先取道卢厝，去拜谒卢公吧。人多眼杂恐有扰民，尔等就此稍候。有巡检同行即可，来，劳烦巡检引道。"

"遵命！"

出得山门，就是一片大湖，水光潋滟。数个光膀子男孩戏水其中，好不惬意。两人沿湖畔而行，一路樟榕桑朴树荫遮蔽，凉风习习。湖边的一大片盐沼地上长着茂密的田菁，风儿吹过，碧浪翻滚。突然，一群雀儿掠翅飞起，只见从田菁丛里嬉笑着跑出两三个光腚的孩子来。

"啊！咱们乡里来大官了！"孩子们见到穿着官服的姚县令，兴奋得大叫，俄而又意识到自己光着身子，忙捂住前后钻进林子，一会儿就不见了踪影。

姚知县见此情形，指了指那去向，哈哈大笑。

"乡村孩子野，不成体统，县尊莫要见怪。"

"童真童趣烂漫无邪，倒有一番兴味啊。"

行约一里，迎面为一山丘，坡上绿树掩映，参差错落。时闻浓香扑鼻，定睛看去，却是一树巨如大伞，花丝簇簇，银白青黄，似若马缨。

"此为何树？肆意欢放，气度不凡啊！"

"启禀县尊，此为山合欢树也。"

"此树颇为应景，今日与贤弟一见，合而欢也！"

"县尊高抬卑职了。"

"贤者为尊，志趣相投，不分彼此。那仪仗乃是朝廷脸面，不敢不尊。私下之处，咱们还是免了这繁文缛节，称我瀛亭就好。"

又行数步拐过一个小山坳，只见青竹数杆，芭蕉数丛，一株古榆树傲然苍劲，仙风道骨。树下碑亭一座，瓦顶石柱木栏杆，中立石碑一块，上勒楷书七绝诗一首："天际乌云含雨重，楼前红日照山明。嵩阳居士今何在？青眼看人万里情。"乃宋代名臣蔡襄所书。

"此为宋代泉州太守蔡襄来圭峰卢厝拜谒外祖时亲笔所题，至今已有七百年了。"懋峰道。

"名臣贤人真迹，十分难得，法度严谨，淳厚温雅，见之如面谒其人，晚辈此厢有礼了。"姚知县恭敬地作了个深揖，礼毕，直起身子，环视四周，但见山明水秀，碧树参差，纷花点缀，不禁叹道，"好个风水宝地，身居其中鸥鹭尽可忘机矣！此处正如明代右都御史惠邑先贤张岳净峰纂写之县志所言，'松柏枫楠以材，桑柘以叶，槐以华，乌柏以实，栟榈以黀，榕以荫，诸此类皆美材也。往年风雨时叙，自海隅达之山陬，莫不有茂林蒙密。'"

懋峰闻言，自又多了几分好感，连连点头赞道："县尊方来未久，即对本邑风土人情颇有一番研究，可敬可佩！"

"钟灵毓秀人杰地灵，这方水土我所衷也。"知县登上山巅，环顾四周，眼含青意，双手背后，挺起胸襟，深吸了一口清风，站立良久，方才招呼懋峰道，"时候不早了，走，咱们去卢公故居。"

"卢琦公故居就在前方，看，到了。"眼前一座硬山式三进七间张，四周略有破损，两边各有厢房。北边有两层绣花楼，南边有文武书馆。馆后有小花园，内设凉亭、石桌、石凳、假山等。花木葱茏，蜂飞蝶舞，莺燕呢喃，幽雅别致。门前铺有一条石板路，直通海曲。

懋峰道："据传说东面有一座古城叫东京，此石板路乃通往东京城的官路，自大圭①直通海滨延伸三里，沉东京浮福建说的就是这里。渔民在此处打鱼还曾捞到古物件呢。"

姚知县赞道："好地方啊，不枉此行，愚兄想到了一副上联，玉郎贤弟可愿对上一对？"

"请瀛亭兄赐教！"

"坐乾向巽，门接大圭五尺千秋道。"

"好上联！"懋峰思索一番对曰，"襟水依山，窗含东海一湾万顷波。可否对得上兄台的？"

"好！有气势，贤弟才情非同小可，愚兄佩服！"

"兄台过奖了，小弟汗颜！"

见来了贵客，卢氏长老出门恭迎。懋峰言明来意，宾主寒暄之后，步入大门，但见下厅有双天井，天井两边各有一排石架，架上兰菊葳蕤。大厅宽敞洁净，桌椅简陋老旧，正堂供有卢琦木主。主人取来香烛，两人恭敬地拜祭一番。姚知县环顾感叹，取出纹银十两，言道："鄙人来时匆忙，未曾多带银两。不成敬意，略做修缮添砖加瓦之用。回城之时，姚某还要顺道去卢公墓拜祭。嗣后再拨些公帑将卢公故居、坟茔修缮焕然，以光贤德，佑启元良。"

"多谢县尊美意，崇敬先贤，启迪后人乃桑梓幸事，卑职也当不遗余力。"

"如此甚好！"

告辞卢家长老。两人一路上就如何修缮卢公故居、坟茔之事，相谈甚欢，颇有一见如故之感。

① 大圭：峰尾地名。

懋峰道："玉郎今日得见兄台恰如春风拂面，只可惜己未年兄台初知惠邑时，未得相知，是为憾事！"

"如今相识幸也为时不晚。当年，瀛亭初知惠邑之时……唉，说来话长，贤弟可知朝廷例贡之事？"姚知县欲说起当年之事，却又觉得一时难以说得清楚，迟疑一番，停下脚步，看着懋峰问道。

"玉郎略知一二。就是朝廷规定，各省督抚须在各个节日依制向朝廷进贡礼物。名为臣工贡献，以表忠心。"

"正是如此。朝廷例贡是为祖例。督抚为人实诚者，自以养廉银量力而为，则与民无害，此为上；为人圆滑者，巧取于富绅豪宦，则间取于民，此为中；品格低劣者，则借机盘剥，加码转嫁于下属，民不堪其害，则为下。民多良善，若得一箪食一瓢饮，一墙一瓦遮风避雨，便得相安。然天灾之时又加人祸，必致生变，则社稷危矣。好比老实人不轻易生气，一旦忿起则如火山迸发之势。当年郝总督为人豪杰，不轻取于民，介于中上之间。而王巡抚却将例贡摊嫁州府，惠邑摊付数千两。然连年天灾，民生多艰，我见犹怜，怎忍再加盘剥。仓廪府库又多有亏空，故偿付不力，乃被调任改知他县。岂知时命弄人，如今又返知惠邑。"

"原来如此啊，兄台恤民矜贫，玉郎敬佩之至！"

"唉，心有余而力不足矣，一任顺利者不过三载，短者不过数月，很难有所作为。是故愚兄祈神相祐，三任惠邑，未悉能否如愿？"

"一定如兄台所愿！"

两人相谈甚契，不觉已回到东岳庙。众人继续前行，进入南门到了牌坊跟前。

"刘巡检啊，此坊乃圣旨敕建，令堂令嫂守节忠贞，堪为楷模。汝之善行，姚某耳熟能详，此次尔偕子侄院试均列一等，家风淳厚可见一斑，可喜可贺啊！"

"多谢县尊盛赞，学业所成，实为家师之功！"

"巡检所言极是，陈教谕功不可没，此次姚某前来，意欲拜会于他，未悉教谕现在何处？"

懋峰忙将陈先生引至前来："此为家师。"

"怠慢先生了，失敬之处，请先生恕瀛亭眼拙。"知县闻言忙鞠躬作了个揖。

"言重了，县尊礼贤下士，令陈某感激不已！"陈先生还礼道。

"相见恨晚啊！烦请带姚某到乡塾参观一番。"

"县尊，请。"

"来，先生请。"

过了小桥，穿过一片樟树林，众人来到乡塾前。只见两座五间张并列林间，门口一个大石埕。埕上一列石锁、石墩，十八般武器一应俱全。数十名赤裸上身的青壮年，皮肤乌金色，肌肉结实，顶着烈日手执扁担正在操练，一会儿呼呼作响，一会儿又定格各种招式，山呼"哼哈"之号，步踏"嘭砰"之声，齐整成韵，有振奋胸膺之气，排山倒海之力，撼天动地之势。

"崇文尚武，文武兼修，令姚某大开眼界啊。"姚知县连连点头赞许。

"峰尾犁海为田，海上时常遭遇海贼，需要强壮的体魄和自保之技。所谓崇文以教化，习武以健身。这边是武馆，另一边是文馆，县尊，请。"

"如此甚好！请。"

进入厅堂，只见墙挂书画，架摆兰卉，窗明几净。一列榆木桌椅，案上文房四宝、蒙书典籍排列齐整。书香之气、文雅之质扑面而来。

"真是个读书的好地方啊。来人！请牌匾！"姚知县站到阶上一声令喝，两名胥吏抬出红布遮盖的大牌匾来。姚知县上前揭去红布，只见得"桃李灼灼"四个大金字在阳光映射下熠熠发光！

"请陈教谕接匾！"

"多谢县尊美誉，老朽不胜惶恐！"

"先生淡泊名利，振兴乡学，此次院试，贵塾风采独占，姚某钦佩之至。姚某意欲倡教兴学，方才诸位慷慨解囊，谨此再表谢意，以后尚需诸位绅耆多多襄助啊。"姚知县朝众人拱手道。

"振兴教学，亦乃我等分内之事。县尊为我邑后昆前途殚精竭虑，我等感激涕零、定效犬马之劳。"

"多谢多谢！圭峰地灵人杰，今日姚某大开眼界，不枉此行。时候不早了，就此告辞。诸位以后若到县城办事，欢迎来访。"

"卑职已在真好记酒楼备下粗茶淡饭，望县尊不要嫌弃。"

"也罢，那我就不客气了。"知县思忖一下，笑道。

"多谢县尊赏脸。卑职前方引路，请诸位一同前往。"

真好记酒楼临街，是一座三开间骑楼，规模虽不算太大，但雕楹玉础，绣桷云楣，门窗画屏玄关描兰画竹，桌椅纹理自然古朴摆设整齐，碗碟瓷白如玉颇为精致。众人分了宾主落座。

且看这圭峰特色菜肴：白灼对虾个大身肥、娇红透亮；醋煎蟳体壮膏腴、色艳味甘；清炖鲈鱼汤白香浓、细嫩鲜美；蚵仔煎色彩斑斓，筋道润滑；扁豆肉枣汤豆荚嫩绿、高汤清爽；炸蚵饼油香酥脆，鸡蛋包金黄芳嫩，果蔬水灵香甜。

姚知县赞道："好个清雅食府。秀色可餐，未尝其肴先得其味了。"

"酒楼最近刚装修过的。菜呢也是乡里特色，望县尊不要嫌弃。"

"品物丰洁，色香味俱全，今日大块朵颐了。"

宾主推杯换盏，其乐融融。

"酒也饱了饭也足了，等会儿姚某还要去卢公墓拜祭，就此作别，多谢诸位。"姚知县起身告辞道。

"我等还是一同前往引路吧，此去五里也不是太远。"懋峰道。

"如此也好，那就巡检一人陪同吧。诸位请回，告辞。"姚知县与众人拱了拱手，临上轿前回头小声问道，"你喝酒了，行吗？要不等会儿叫辆马车来接你回去。"

"没事，我等下让赶车的来接我。"懋峰言罢，走到陈先生跟前，"麻烦先生叫阿直等下来接我。"

"你能行吗？要是醉酒了怎么办，别逞能了，跟姚知县告个假吧。"陈先生担忧道。

"我没事，能行，您就放心吧，让阿直等下来接我就行。"

"好吧，那你路上多加小心。"

走了数百米，只听得一声"停轿"，姚知县从轿中下来，示意队伍继续前行，把懋峰招到身边道："我还是陪贤弟一起走走吧。今日受了贤弟的盛情款待，无以为报。刚才我在轿里想到了一副对联，欲赠予塾馆，以表谢忱。"

"乡下人家也无珍馐来招待贵客，诚恐贻笑大方。蒙兄台抬爱撰写对联，玉郎求之不得，若是再求得墨宝，定令塾馆蓬荜生辉！兄台佳对可否让玉郎先睹为快？"

"那就请贤弟指正，上联是'圭峰塔揽松风月色'；下联是'海国潮飞剑影书声'。"

"好个松风月色剑影书声，意境悠远。海国潮飞气势壮观，尤其是这个飞字，寄意深远，极妙！玉郎感激佩服。"

"让贤弟见笑了。过些时日，择个黄道吉日，文庙动工修缮，届时请贤弟和诸乡耆儒士绅一同前来捧个场。"

"玉郎也能忝列其中，不胜荣幸。"

"在愚兄眼里，贤弟德才兼备，鸿儒名绅舍汝其谁？"

"兄台过誉了，玉郎惶恐之至。玉郎无非是仗着家兄拼下的产业，平日里做些扶贫济困的事，徒有虚名而已。至于鸿儒更不敢当，不过是粗通文墨罢了，岂敢班门弄斧。"

"闻你一番谦辞，倒觉得生分得紧！你这人啊不够坦诚，愚兄得再考虑一番要不要做你兄长，哈哈！"

"这……"懋峰的脸腾地一下就红了，不知如何应对才好。自懋然、刘妙过世后，兄长的记忆便是满满的痛惜，他实难接受再认他人为兄长，况且姚知县还是他的顶头上司呢，更是有一种莫名的距离感。即便他口称兄台，心中却并没有那种情分。

"好了，不难为你了。对了，你有几位兄长？"

"懋峰只有一位兄长，年纪轻轻就积劳成疾，不在人世了。"

"唉，令人痛惜。这个愚兄知道，即是牌坊旌表的那位，敢问江湖之上可还有什么兄长？"

"如今也就是兄台赏识，视我为兄弟。玉郎别无其他兄长了。"

"哦？"瀛亭思索片刻，欲言又止，话锋一转，问道，"一任知县愚兄欲有所作为，然对乡土民情不甚了解，想听一下贤弟的意见。"

"自迁界以后天灾频发，民生多艰，积贫难返，民尚不能衣食无忧。故而富者济贫为善，贫者勤俭为本，两应相助，同克时艰。族长里正各守其土，各安其民。朝堂之上广施德政，少加苛捐。樵者有其林，耕者有其田，渔者有其船，才者有其用，少有所养，老有所依，百姓各安生业，休养生息。王者之国富民，霸者之国富士，仅存之国富大夫，无道之国富君廪。以民为本，卢公德政可参也！"

"可叹卢公其时，邦无道，天下混乱，盗贼横行。子曰：邦有道则仕，邦无道则隐。然卢公乱世而仕，以圣贤为道，以善为本，苍生为念，拯民于水火，实乃圣贤之士！愚兄推崇备至。今为盛世，君子当有一番作为。惠邑地瘠人贫，所谓'地瘦栽松柏，家贫子读书。'愚兄欲请捐于诸乡富绅，动之以情，晓之以理，所得钱款皆用于兴学修塾，使乡塾广布，以彰圣贤之道。倡大道而行之，广行教化，以淳风尚，增民智祛愚顽，若有富余则设义款生息济贷于贫困者。愿道无饿殍，山无匪海无贼，海晏风清，满街君子。"

"兄台兴儒倡学，善莫大焉，玉郎愿效犬马之劳。如今幸得朝廷英明开了海禁，往来贸易，沿海居民方才有了生路。然渔民出海，一船多次征税，若逢风季少收之年，渔民不堪重负，乃据险为盗，可否代请裁减。"

"于民有利，愚兄愿意代请，请贤弟陈明事由，愚兄具文转呈张知府。"

"多谢兄台。"

"愚兄当为忠职之事，贤弟不必客气。"

"玉郎唯恐朝廷又行禁海闭港之策，沿海之民无所适业，则以何为生？"

"朝廷之策，非愚兄一介小吏所能左右，然必据理力陈利弊，还民善政。若为世不容，愚兄便避居山野，与明月清风为伴，不失其操。"

"兄台学而知礼，仁而善德。君子也！玉郎佩服之至，请受小弟一拜！"

"同道之人一见如故，幸甚。"

"快看，卢公墓到了。"

绕过一个小山头，只见一湾池塘杂草丛生，塘边有一石道，青苔侵染，芳草淹没。墓道前面立有一螭首龟趺墓碑，高八尺，上书"元进士平阳知州卢公琦之墓"。墓道两旁各有一对望柱、石马、石羊。墓围五十方步，墓高十尺，宜人陈氏合葬。众人不禁喟叹：
"一代贤吏才子，亦终归于尘土啊。"

"人生匆匆不过数十春秋，任是王侯将相，躯体也终要回归尘
土，然而圣贤千古流芳，是为道之不灭也。"姚知县道。

"道为本，畏而不妄行，方得始终。"懋峰道。

"正是如此。来，咱们给卢公行个礼。"姚知县领着众人站在
卢公墓前行了三鞠躬礼。礼毕，姚知县对懋峰道："姚某该回县衙
了。巡检的马车还没来吗？要不我让轿夫多跑一趟，先送你回去。"

"多谢县尊好意。马车一会儿就到，送君千里终有一别，卑职
就不远送了，诸位请慢行，就此别过。"

"告辞，起轿。"

"县老爷起轿！"差役一声吆喝，"哐、哐、哐……"响起鸣
锣开道的声音。一群山雀扑翅飞起。

懋峰恭立道旁送行。李书吏走到懋峰身边，轻轻地拍了一下他
的肩膀，言道："贤婿多保重！"

"岳尊您也多保重！"

懋峰目送众人离去，一人孤坐墓边，风吹草瑟，备感凄凉。恍
惚间凝目遥望鲤鱼岛，那远处的一叶小舟由远而近，定睛一看，却
是建林！舟到岸边，他将桨一弃，跳上岸来，坦然道："来吧，我
就是你们要抓的刘妙，不劳你们费力了，我自己送上门来了。"建
林的神情好似来赴一场故人的约会一样从容。

"妙哥。不，不要。"懋峰的心突然像被扯走一般，一种空落
落的感觉从心底升起，"腾"地到了脑门又忽似遭了冷水浇灌一般，
从头冷到了脚，轻飘飘的乏力。

"啊！"懋峰猛地惊醒，原来只是一个梦！心中郁郁，突地一

阵戚然，魂牵梦萦压抑了多年的思念之情一下子释放了出来，恰如潮水奔涌、一发不可收拾，放声大哭起来："君埋泉下泥销骨，我寄人间雪满头①。哥！我想你啦！兄弟对不起你啊！呜……"

"老爷，您怎么啦？跟卢公非亲非故的，怎么哭得这么伤心呢？"是赶车小厮李直的声音在一旁响起。

"啊，你来了啊。嗯嗯，没事，突然想起故人来了。咱们回家吧。"

马车奔腾，一会儿就到了峰尾。此时懋峰已有几分醉意，李直扶他入门。刚在厅上坐下，凝絮就端来了参茶，儿女倒来了洗脸水。懋峰呆坐一会儿，心绪渐已平复，喝了口茶，洗了一把脸，又稍歇了一下，"哈"了一口气，对凝絮道："没有酒气吧？"

"还好！就是脸有点红。"

"尽待客之道，喝多了。"

"百姓们听说来了县官，都去看热闹了，去了不少人呢。娘叫我去东岳庙给嫂子祈福还愿，我去了，听说知县也在东岳庙进了香，但是没见到你们啊。"

"你什么时候去的？"

"午时过了。"

"那时我们去私塾了。唉，嫂子身体一直都不大好，郎中也瞧不出毛病来。"懋峰叹道。

"那是心病。思念成疾，这几年来嫂子一直抑郁寡欢，还好侄儿大婚，年后又得弄璋之喜，心中高兴，好转了许多。娘说本官爷很灵，年前祈了愿，所以今天就让我还愿去了。去迟了，没有见到你们，倒是听大伙说本官娘的故事，有人说姓金，有人说姓林，又有人说姓卢，争执不下，不知是怎么回事？"

① 君埋泉下泥销骨，我寄人间雪满头：白居易《梦微之》句。

　　"据连理筒红纸所书，本官娘应该姓'金'，这'金''林'乡音相近，始有误传。以前我带你游东岳庙的时候，也说成是姓林。本官爷出游卢厝，因而又被传为卢家女婿。但那痴情女子进香之时，见本官爷塑像神采英俊，爱慕不已相思成疾，死后，民众裹尸塑像，尊为本官娘的故事却是真的。姓什么反倒不那么重要了。"

　　"是啊，岂止人间有真情，人神人鬼之恋也同样轰轰烈烈。恰如妙哥和郝小姐，他们在那边也应该是神仙伴侣了。"

　　"嗯哼！"懋峰没有接过话茬，假咳了一下。转而对儿女言道："你们都吃过饭了吧。"

　　"吃过了。"

　　"那好，你们都去休息一下吧，我和你娘去给你阿嬷请个安。"懋峰挥手散去儿女，与凝絮来到母亲房里。

　　"喝酒了啊，看把你脸红的。"黄氏放下针线，笑责道。

　　"娘，呵呵，今天姚知县来咱们峰尾了，就陪着喝了点酒，请娘亲海涵。娘，以后您少做点针线活，对眼睛不好。"

　　"我都习惯了，反正闲着也是闲着，不做点针黹反倒挺无聊的。咱们地处偏远，要是没有什么重要的事，知县通常都不来。这姚知县一上任就来咱们这儿，是不是有什么急事啊？"

　　"急事倒是没有，给陈先生送块'桃李灼灼'的牌匾过来。"

　　"哦？如此看来，这姚知县是个尊贤重教的人啊。"

　　"对啊，姚知县表明了重儒兴学的态度，私下里还与我兄弟相称，说了不少知心话，似有结交之意呢。"

　　"哥，你觉得这知县人品如何，小人交于利，而君子结于贤。他是看中你哪点呢？"

　　"谦谦君子，如沐春风。然而终归感受不到与哥哥和妙兄的那种情感。"

"人待我于诚，我亦以诚待之。初识之交当如君子，清淡如水，不温不火，日久自见人心。"

　　"娘亲说得是，孩儿谨遵。"

　　"累了半天了，快回房去歇息一下吧。"

　　"好的，娘，孩儿告辞。"

　　懋峰回房又乏又困，一会儿就迷迷糊糊地睡着了，醒来已是酉时。一家人喝过粥，叙了一会儿话，各自回房。

　　凝絮燃烛焚香调琴。懋峰听琴看书，读的乃是卢公《圭峰集》之《谕寇文》。读后不禁喟叹："《诗》曰：尔之教矣，民胥效矣。世道混乱，皆为当政者不仁所致。时政壅蔽，纲纪失伦，世道混沌，是非颠倒，因果不彰，则人无惧于报应，无畏于纲纪。风尚败坏，权者不公，富者不仁，穷者不善，乃乱世之始也。卢公治下清明，民得所安，犹孽海之方舟，滂沱之避伞。然覆巢之下，焉有完卵。身居乱世，苦撑时局，实可悯也，君子难为啊！如今君明臣清，国祚民祯，我等幸得安居乐业。然一切繁华皆如镜花水月，不可不居安而思危啊。"

　　"是啊，国运民命休戚相关。"凝絮道。

　　"权者不公窃国为私，实为国贼；富者不仁，以恶养财，是为民贼；穷者不善，入山为匪下海为盗，然虐政所逼，是为小贼。"

　　"君子以善养德，乱世之时难得弘扬，尚不如英雄来得痛快，所谓乱世出英雄。咱们妙哥就是敢作敢为的英雄人物，可惜啊。"凝絮叹道。

　　"下午我随姚知县去拜谒卢琦墓，望奎璧头海边，梦起妙哥登岸自首的情形，不禁椎心泣血。妙哥还是那样年轻英俊，而我晓镜已见白丝，也许下次梦见，妙哥可能都不认识我了。唉！"

　　"哪有白发？哦，是有一根啊，来，我把它拔了。哟，一下子

年轻了许多。嗤。"凝絮移过烛火，在懋峰头寻找了良久，终于找
到一根，不禁哑然失笑。

"调皮鬼，都快做阿嬷的人了。"

"你有时也是很矫情的。"凝絮笑道，却见懋峰若有所思。

"哥，你想什么呢？"

"等等，我想填阕《满庭芳》。"

"好！那等会儿填好了，要是时候尚早，我和你唱。"

"好的。"

约莫半个时辰，懋峰道："填好了。絮儿来，你用琴和我唱，
过门我用箫引。"

箫声幽咽而悠远，颤人心魄。琵琶弦动，曲调凄婉动人，犹惜
别故人于江畔，时有怅惋牵念之情。

> "玉牖风凉，兰庭月润，爇檀袅袅轻烟。
>
> 是时儿女，萦膝笑灯前。
>
> 素手添香剪烛，清欢宛调新弦。
>
> 氤氲里，琼音共语，籁寂夜阑珊。
>
> 酣眠，还旧梦，幽台忽见，盈泪无言。
>
> 怎堪看，沈腰潘鬓颓颜。
>
> 此去重来不识，安知又是何年？
>
> 荒丘上，飞红落雪，菊瘦荻芊绵。"

唱罢，懋峰两行热泪闪烁。

"上阕言天伦之乐，下阕转而思念故人。景真情浓，令人泪下。"

"唉，往事不堪回首，思之心酸。"

"细细品味，此词乃是思念飞雪姐姐的，你什么时候梦到姐
姐了？"

"哦，没有，没有，是梦见妙哥了，此生兄弟之缘，唯待来世
再续了。"

"梦就梦了，我也有梦到飞雪姐姐呀。哥，你说真有来世吗？"

"我也说不准，也许人总有些心愿未了或意犹未尽，无奈之下就寄望于来生了。"

"咱们还是先把今生过好了。若有来世，我还要跟你在一起。"凝絮伸出玉臂将懋峰一把揽住，移首相依，屈膝勾腿，突地面红耳赤起来，鼻息越来越重，急促地呼着热气。懋峰侧过身来，见凝絮凤眼魅惑，桃腮绯红，樱唇火炽，风韵婀娜，香艳迷人，却是多了妩媚少了娇羞。激情恰似野火燎原般"腾"地在懋峰体内燃放起来。两人颠鸾倒凤，好是一番痴云腻雨。

正是：

> 醉靥芙蓉半掩妍，翠蛾带怨杏含烟。
>
> 瓠犀斜启樱朱润，玉骨横生脂雪绵。
>
> 兰息徐回薰草馥，莺吟宛转落珠圆。
>
> 桃源宿福神仙侣，羞唤刘郎恣意怜。

"哥，好像要下大雨了，闪电了，远处雷声轰轰，我怕，再陪我说会儿话。"凝絮意犹未尽。

"嗯、嗯。"懋峰回音渐悄。

惨白的一道闪电闪过，"轰"的一声雷鸣，凝絮吓得猫起身子，紧紧地抱住懋峰。却见懋峰已呼呼睡去，脸容恬静。凝絮轻轻地抚摩了一下他的脸颊，又俯首深情地吻了一下额头。屋外稀里哗啦地下起了大雨，一夜雨点敲打瓦顶，哗哗成韵。

黎明雨敛，窗外又闻雀声。懋峰推开风窗，一阵带有泥土草树芳香的凉风拂进房间，稀释了氤氲暖霭。懋峰深吸一口气，对坐在梳妆台前的凝絮言道："昨晚好大的雷雨，有没有把贤妻给吓坏了？"

"你呀，睡得天塌下来都不知道。你还知道雷雨啊。"

"呵呵，这么大的雷雨怎能不知道呢，自从咱们修好河道水渠泄洪池后，偶尔一两次大雨，我就不担心淹水了。"

"还知道问我怕不怕，算你有良心。"

"唉，上岁数了，又整天忙事，疏淡了床帏之情，该骂该骂。来，给贤妻赔个不是。"懋峰一本正经地作了个揖，然后扶过凝絮香肩，深情地吻了一下脸颊。凝絮粉腮泛起了一丝红晕，娇靥如桃花般绽开。

"你呀，没个正形。我哪敢骂你呢。时候不早了，一起去给母亲请个安吧。"凝絮轻轻地点了一下懋峰的鼻子。

"遵命。呵呵。"

"娘，孩儿给您请安了，昨晚的雷雨有没有惊扰到娘亲。"懋峰、凝絮掀开门帘。

"啧啧啧啧……"黄氏正坐在床沿开心地逗着曾孙，闻声回头笑着对儿子媳妇道，"还好、还好。孩子，你们有没有休息好？"

"有啊、有啊。"懋峰应道。

"那叫豆干婶她们赶紧张罗吃饭吧，孩子们要上私塾呢。先不要去叫你嫂子。你嫂子昨晚应该又没睡好，但凡明月夜和雨夜，她都会失眠，让她多休息一会儿吧。"

"娘，那你一会儿也要来吃饭。"

"你们先吃，娘等会儿跟你嫂子一起吃。"

"阿嬷，爹，娘，豆干婶今早怎么没来煮饭啊？肚子饿死了，哼！"只见念娘嘟着嘴，用力甩了一把门帘闯了进来，后面跟着汝贻。

"这孩子，好生无礼。看，都是让我惯坏了。豆干婶家里是不是出什么事了？贻儿你快去她家看看，究竟怎么了？"懋峰焦急道。

"好的，叔。"汝贻刚要出门，迎面一瘸一拐跑来一人，差点与他撞个满怀。汝贻连忙后退两步将其扶住。欲知来者何人，请看下回分解。

第二回

刘玉郎智点鸳鸯谱
李书吏线牵山海缘

汝贻刚要出门，迎面一瘸一拐跑来一人，差点与他撞个满怀。汝贻连忙后退两步将其扶住，定睛一看却是李直。

"不好了，豆干婶的儿媳跟人跑了，豆干婶哭着闹着要寻短见了。"李直焦急地嚷嚷道。

"什么？走，在哪里，快带我去看看。"懋峰闻声急忙从房中冲出。

"在牌坊那边呢。"

"走，快走。"懋峰走在前头，汝贻、李直紧随其后。

"唉，这豆干婶和她儿媳妇都是苦命人。去年，她丈夫病危的时候，娶儿媳妇冲喜。儿子讨海不在家，是用公鸡拜的堂。可谁曾想，没过多久海上起风灾，舢板翻了，儿子也没了。同船的还有阿直的爹，一下子毁了两家。阿直十六七岁就成了孤儿。豆干婶的儿媳妇也守了活寡。咱们看着可怜，就请他们来当佣工，也好生活有个着落。"黄氏说着眼眶红了。

"唉，真是屋漏偏逢连夜雨啊。这下豆干婶的日子不知要怎么过下去了。"凝絮叹道。

"等玉郎回来，看怎么处置。但愿豆干婶能逃过这一劫。这几天就先辛苦絮儿了，里里外外的就都靠你了。可惜了你弹琴的手。"

"娘，不辛苦。没事，我们这就煮饭去。"凝絮拜辞黄氏，又对念娘言道，"孩子，跟娘煮饭去。"

"等一下，娘。我想问阿嬷，那阿直是怎么跛脚的啊？"念娘道。

"这孩子啊，小时候发了一次高烧，好不容易捡回一条命，却变跛足了。长得眉清目秀的，又懂事，真是可惜了。念娘你不要老是欺负他，他可都是让着你呢。"黄氏道。

"我哪有欺负他啊，人家闹着玩的。我对他好着呢，要不我嫁给他吧。哼。"念娘鼓起嫩腮，扮了个鬼脸。

"这丫头，没皮没臊的，羞不羞啊。"黄氏笑着点了一下念娘的粉腮。

"是啊，等下让你爹听到了，非骂你一顿不可。"凝絮笑道。

"念娘长大了，是该找人家了。"黄氏笑道。

"我才不嫁人呢，在家多快乐啊。"

"傻孩子。"

却说，懋峰赶到牌坊时，四周已围了一圈看热闹的人。豆干姅一动不动地躺在泥水中，披头散发，浑身污渍。牌坊边跪伏着一对年轻男女，浑身战栗，不知是恐慌还是发冷。那女子的白色衣裤已被泥水染成黑一块黄一块，头发湿漉漉地贴在头上，凌乱不堪。男子身穿苎布衣裤，也是浑身泥污。豆干姅夫家的一帮叔伯兄弟满面怒容，见有人来了，就瞪着那两人，狠狠地在地上敲了一棍子，骂道："伤风败俗的东西，看不敲死你们！"

"巡政老爷来了，交给他处置吧。"

见此情形，懋峰略一思索，言道："乡亲们，请少安毋躁。刚下过雨，地上冷，人躺久了会生病。这样吧，诸位要是信得过我，就让我把人都带回家去，先让他们换了干净衣裳，再理个子丑寅卯来。亲戚来两三个就好。这是人家的家事，其他的乡亲们就都不要围观了。"

"好！"人群哄地一下散去大半。几位女眷搀起豆干婶，大伙簇拥着朝懋峰家走去。后面还是跟着一群看热闹的人。几个半大不小的调皮孩子扯着公鸭嗓起哄道："看热闹去喽！耶！"

懋峰回头看了他们一眼，那些孩子立刻闭了嘴，脚尖仿佛被定住一般，前倾后仰一下僵在那边，少顷"哄"地一下作鸟兽散了。懋峰苦笑着摇了摇头。

到了家门，懋峰将相关人等请入上厅，众人依次坐下。那对青年男女不敢上座，头埋得很低跪在厅边。

"絮儿你先带豆干婶去换身干净衣服。阿直你来泡茶，贻儿、念娘你们去烧些姜糖水来给大家祛祛寒。"

懋峰安置停当，众人之气稍定。少顷，凝絮将豆干婶搀了出来。豆干婶面无表情，但神志已安定了许多。

"来，豆干婶，请坐下，先把这碗姜汤喝了祛祛寒。"懋峰请豆干婶坐下，并亲自端过姜汤劝其喝下。众人见状都暗自点头赞许。

"多谢东家。"豆干婶欠身道谢，声音低微嘶哑。

"豆干婶，你能将事情经过大略讲一下吗？"懋峰见其神志已定，便柔声问道。

"昨天下午我儿媳去给我儿子上坟，到了傍晚还不见回转。后来下起了大雷阵雨，一直下了一整夜。我一个裹脚女人也无法出门去寻她，担心她出事，急得半死。直到天亮，我急忙叫了几个叔伯兄弟去找她。没想到这个不要脸的和这个死无主的短命①在破宫里睡在一起。唉，我苦我苦啊，我怎会这样歹命啊。"豆干婶捶胸顿足，痛苦地号哭起来。

"不要哭、不能哭，这是在巡政老爷家里呢。"豆干婶家的叔

① 死无主的短命：峰尾方言，诅咒男人的话。

伯兄弟劝道。

"没关系、没关系的。豆干婶，你先不要着急。这世上有许多事，眼见了也未必是实。咱们也得听听这年轻人怎么说，看这昨天究竟发生了什么事？"

"唉，只怕让他们说出来，会污了老爷和众人的耳朵啊，羞都会把人给羞死。这死不要脸的东西！"豆干婶指着那两人，恨不得要将之戳死。

"你们都起来说话吧，先喝口姜汤，暖暖身子。"懋峰大声道。

两人胆怯地抬起头来。懋峰目光扫过，隐约心恻。但见那女子虽满面泥污泪渍，却也难掩秀美之态，春山卧黛，秋水凝愁，好个白嫩可人的女娃。再看那男子，皮肤黝黑，肢体粗壮，脸庞棱角分明，眉如兰剑，瞳如曜石，鼻梁高挺，依稀可见英气。一种似曾相识的感觉油然而生，懋峰心中不由得咯噔一下。

懋峰问道："你叫什么名字，你爹是谁？为何在破宫与良家女子私会？从实说来，若有隐瞒，定要送官法办。"

"小人不敢，小人姓黄名白，小名阿白，因做船舱缝，人又称阿舱。我爹前年去世了。我大哥叫阿明，是做船的师傅。"

"原来是阿明师傅的小弟啊。贻儿，你快去请阿明师傅前来叙话。"懋峰话音未落，只听得门口传来一声叫喊："玉郎，我弟怎么啦，究竟发生什么事了？"只见急匆匆地跑进一个中年人来，正是阿明！

"阿明师傅啊，来来来，快快请坐，先喝杯茶。事情尚未明了，还待听你小弟说个来龙去脉。"

"我弟不是那样的人，你们别冤枉我弟！"阿明生气地对众人道。

"阿明师傅你先别着急，听听再说。"懋峰将之请到一旁坐下，又招呼汝贻端上茶来。

"昨天下午我哥叫我去给舢板舱缝，我原想趁着傍晚天气凉爽，把活干完。不料天时①突变，下起了大雷阵雨。我就跑到破宫仔②里避雨，衣服都湿透了，见四下无人，就脱下来晾。过了一会儿，从破宫仔外又跑进来了一个女子，白衣白裤的，也是浑身湿透。见有人来了，我慌忙穿起衣衫。她又羞又急，忙遮住眼睛跑出宫外，就要冒雨跑回家去。可前面的大壕沟早已涨满了黄浊的洪水，都没过了石桥。我怕她掉到沟里淹死，就把她拉回了宫仔。原以为等雨小点了，大水退了就各自回家。不曾想大雷雨下了整整一夜，根本就出不了门。破宫仔又小，到处漏雨，我们只好找个没漏的角落挤在一起。她浑身湿漉漉的，也不敢脱下来晾干。起初我们背对背的，也不敢言语。后来她不知道是冷还是惧怕，浑身一直发抖。为了安慰她，我才跟她说话，叫她别怕，问她哪里人为何独自到海边来。她说着说着就哭了，哭得十分伤心。我才知道这女人居然这么苦命。她说她姓闵，原来家住在闽江边，前些年发大水，茅草屋被水冲了。父母为了救她，也被水冲走了。她一路乞讨到了我们这边，好心的豆干婶收留了她。去年豆干叔病危，为了冲喜，她跟公鸡拜了堂，成了他家儿媳妇。不曾想还没多久，她丈夫在海上也遇难了。昨天她来上坟，想起命苦，大哭了一场，哭累了竟趴在坟头睡着了，直至被雷阵雨吓醒，才跑到破宫仔里来躲雨。我也不知道该怎么安慰她，只是禁不住鼻子发酸，陪她落泪。大约到四五更时分，我就迷迷糊糊睡着了。后来，在睡梦中就被他们给捉来了。"

　　"如此说来，你们并无苟且之事。"懋峰暗自松了一口气。

　　"真的没有！"阿舷挺起上身，语气坚定地应道。

　　"闵氏，果如阿舷所言？"懋峰又转向那闵氏，轻声问道。

---

① 天时：峰尾方言，意为天气。
② 破宫仔：峰尾对破旧小宫庙的口语化叫法。

闵氏默然无言，点了点头。

"我弟怎能干这种事呢！我家就不是这样的人！"阿明紧绷的身子松了下来，呷了一口茶说。

"哦，这样看来，可能真是误会了，没事就好，没事就好。"豆干婶家的叔伯兄弟们也客气了许多。

"既无苟且之事，就不是官府管辖之事了。相约不如撞日，来的都是客，大伙也都还没吃饭吧。豆干婶你煮的蛋汤最好吃了，要不露一手给大伙见识一下，煮些鸡蛋汤来给大家填填肚子。念娘你带闵姑娘去梳洗换身干净衣裳，贻儿你带阿舣也去洗漱一下。"

"多谢巡政老爷。"

"东家，我哪有心情啊。这孤男寡女的同居一宿，传出去名声丑啊，以后叫我如何为人啊？"豆干婶又嘤嘤地啜泣起来。

"这个嘛，要不我给你出个主意？"

"东家，你说什么我都听你的。"豆干婶喜出望外。

"附耳前来。"懋峰对豆干婶耳语了一番。豆干婶先是眉头紧皱，沉吟少时渐露喜色，后又连连点头称善，低声道："全凭东家做主，就是怕他们不允。"

"既然你同意了就好，你就好好煮蛋汤去。各位失陪一下，我去内室与母亲商议一下要事。"懋峰朝众人拱了拱手，走进内堂。

过了片刻，闵氏与阿舣已各自梳洗完毕，换了洁净衣裳走了出来，光彩照人。

"哇，真像换了人似的。"众人暗自感叹。

懋峰也自内堂走了出来，凝絮与母亲黄氏紧接其后，众人连忙起座问安。

"都请坐、请坐。今天家有喜事，准备中午设宴请大伙，请赏脸。"黄氏示意众人坐下，笑道。

"不知巡政家中有喜事，我等冒昧相扰，惭愧惭愧。"众人道。

"这喜事可是从天而降啊，方才我母亲听闻闵姑娘身世坎坷，又见其玲珑可人，年龄与小女相仿，便认下了干孙女了。"

"恭喜啊恭喜，巡政老爷一家人真是好人啊！"众人交口相赞。

"阿舱，你过来一下，我有事问你。"懋峰又招来阿舱，小声问道："你婚配了没有？"

"尚未婚配。"

"你觉得闵姑娘如何？一夜佳人在侧，你真的就柳下惠坐怀不乱？"懋峰附在阿舱一旁耳语道。

阿舱的脸红了，小声道："我也不知道，做梦的算不算？"

"梦见什么了？"

"梦见一位白衣仙子，情投意合，却似是闵姑娘模样，迷糊间却让他们揪起来了。"

"我明白了。若将闵姑娘许配与你，你可愿意？"

"长兄为大，但凭我兄长做主。"阿舱期待地望了他兄长一眼。

"阿舱你是个实诚人，很是难得。"懋峰赞道。

"我爹经常教诲我们手艺人要以品德为上，诚实善良是做人的根本。"

"好！不愧是造船世家子弟。"

懋峰又走到阿明跟前，小声问道："阿明兄，你看这闵姑娘怎样？"

"模样和举止都很不错。"阿明点头赞道。

"若将她许与你弟如何？"

阿明头摇得跟拨浪鼓似的："不行、不行，这事万万不可。人家都会以为我弟做了苟且之事才娶了她，况且我们家也不可能娶一个寡妇。"

"孤男寡女同宿一室这可是事实啊。这做没做苟且之事，跟人家怎么说可是两回事。要是闵姑娘想不开寻了短见，你弟就能脱得了干系？你说是你弟的颜面重要还是人家黄花闺女的命重要？流言终要止于事实，若是成了一家人，别人就没有说闲话的理由了。如今闵姑娘是我娘的干孙女了，谁敢嚼舌头说三道四，我就请他来披红挂炮赔不是。要说她是寡妇，我觉得更没有道理。无非就是跟公鸡拜个堂，既无媒妁之言，也无洞房花烛，跟闹着玩似的。豆干婶说不是就不是了。对吧，豆干婶，众人以为如何？"

"我把她当女儿看，公鸡拜堂是我强迫她的，不算、不算。"豆干婶连忙答道。

"是啊、是啊，这两个年轻人真的挺般配的。阿明师傅你就同意了吧，我们都愿意当见证人。"

"我也想明白了。闵姑娘如今也算是黄老孺人的孙女了。能与巡政老爷结为亲家，我们高攀了、高攀了。多谢诸位美意！"阿明终于露出笑容，连连拱手称谢。

"哈哈。"众人又禁不住对两位年轻人打趣戏谑一番，堂上喜气洋洋。

"那就这么定了，黄家寻个黄道吉日，就迎娶过门。豆干婶和闵姑娘如今都是我们的家人了，一切嫁娶事宜，我要亲自操办。中午先设个家宴请大家，姑且算是定亲宴吧。"懋峰心情大悦。

女眷们自是家长里短，言笑甚欢。男人们则是海阔天空，推杯换盏、觥筹交错。不觉夕阳西坠，华灯初上，方才尽欢而去。

凝絮笑道："哥，你方才与豆干婶讲了些什么，她怎就改变态度了？"

"我对她说，你媳妇若是寻了短见，你除了多个坏名声就真的什么也没了。还是多个女儿多个女婿好，要哪个，你自己选。"

"厉害。"凝絮悄悄竖起了拇指。

"我是不是变得不厚道了？"懋峰笑道。

"此非君不厚道，乃是处事灵活，皆大欢喜。我们也平添了一门好亲戚，何乐而不为？"

"黄氏造船世家与咱跑船行商息息相关。阿明造得一流好船，阿艁也有一门修船的好手艺，关键是他们还有一颗诚实善良的心。这次闵氏出嫁，我想给他们送一份厚礼。咱们出资一千两扩建造船厂，扩大修船坞。"

"哥所言极是，只有一流的造船厂才能打造一流的船。好主意，我赞成！"凝絮赞道。

"知我者贤妻也。"懋峰深情地看着凝絮。

"刚才我看闵氏时，心生恻隐。她年龄就比念娘大个一两岁而已，咱们的女儿是不是也该找个婆家了。"

"是该找了。念娘尽得你和飞雪姐姐的好精血，长得是如花似玉。咱得给她寻个门当户对的好人家才是。"

"可我还是很担心。念娘自幼便娇蛮，虽不曾作恶，但亦以泼辣大脚闻名。咱们圭峰诸乡男人多在外讨海为生。女人在家养育儿女，兼做些针黹女红，并不需到处抛头露面招惹是非。故以女子温婉小脚为美为荣，是称'峰尾娘子'。要是谁家娶了大脚泼辣女子必为人耻笑。门当户对的敬而远之，门楣低微的亦自卑心作怪。更恐'高攀富户，贪人钱财娶大脚坏媳妇'的闲言。"

"哥哥不必多虑，要是不好的人家，咱们还不同意呢。明日我便寻李大姐问上一问。"

"我就是担心高不成低不就啊。"

"缘分未到，缘分到了自然就好，哥哥不必多虑。"

翌日，凝絮寻了李大姐后快快而回。懋峰急切地问道："可有合适人选？"

凝絮道："唉，这李大姐居然说难，说什么门庭高不好找合适的，真是鬼话。哥，你也不用着急。这边没有合适的人家，咱们也可以在别处找。咱们托陈先生和干爹看看有没有合适的人家。"

"也罢，那就托亲朋好友四处打听一番。"如此四处询查了一番，一晃数月，然而并无合适之人。懋峰暗自焦急，正坐在堂上盘算是否进城找岳父商议一下，突见快马飞奔而来。

"巡检老爷，知县老爷有请！明日中午在孔庙附近悦得酒楼设宴，请拨冗出席。"差官翻身下马，递上一封请柬。

"哦，多谢差官，一路辛苦了。来，请坐下歇息片刻，喝杯水酒再去。"

"不了，多谢巡检老爷。我还得去山仔边请钱百万呢，告辞。"差官顾不得歇息，快马扬鞭而去。

次日辰时，懋峰辞过家人，唤来李直，便赶车前往县城赴宴。约莫一个时辰，懋峰到了悦得酒楼。此时酒楼门口人头攒动，各乡里的耆宿富绅穿戴齐整鱼贯而来。众人平素少有谋面，多不相识，倒是少了客套寒暄。懋峰与李直刚走进门来，就有胥吏迎了上来，言道："这位先生可是来赴县老爷的宴席？"

"正是。"

"那先生请往二楼雅座。此位是您的随从吧，楼下另设酒席，随从可以在那儿用膳。请——"

"老爷，那我就在楼下吧，等下我吃过了就去车上等您。"

"好吧。"懋峰言罢，撩起长衫，登上二楼。只见楼上大堂中间摆有一张铺有红布的大圆宴桌，配有十二座靠背单椅，却无人上座。周围又摆有三四个八仙桌，却为长条椅，上面已三三两两地坐了一些人。懋峰见无人熟识，便寻了一个人少的地方坐下，与同桌之人互相点头示意后，寒暄了几句便无甚话题。只是静听其他人闲聊，无非是讲捐资兴学的事，互询捐了多少钱，要捐多少才合适的话题。

"听说县里首富钱百万捐得最多，五百两呢！"

"五百两啊，这钱百万这么慷慨啊，看来今天这个大位非他莫属了。"

"嗯，能攀上县尊这棵大树，我看他花这五百两也值。"

"我看县尊攀他还差不多，人家兄弟可是大官呢。值，你怎么不捐？"

"那还不如拿刀杀了我，银子可是我心头肉啊，拿出去，好比割肉似的疼。"

众人一阵哄笑。此时，有人悄声道："看，钱百万来了！"

"哦，这个是钱百万啊，不愧是首富，好神气呀。"

"他兄弟是朝里大官呢，有钱有势，神气点很正常。"

"他人还不坏，经常做善事呢，就神气点没什么。有时我们也很神气。"众人小声议论着。

只见钱百万约莫五旬，中等身材，体态肥胖，走路一喘一喘的。圆脸，细弯眉大眼睑，额丰鼻隆嘴阔。头戴镶玉锦里缎面镂丝六合同一帽①，身穿团花丝绸马褂长衫。那钱百万与众人拱了拱手，径自朝主桌走去，在首客位上坐下。

众人见状又是一番交头接耳。客人陆续到齐，但都没有人主动到主桌就座。钱百万旁若无人，悠闲地跷着二郎腿。

"这钱百万倒是个爽快人，可惜是个粗人，太过张扬了。"懋峰暗自忖度，笑着摇了摇头。

"知县老爷到——"只听见楼下一声吆喝，众人忙站起身来。

① 六合同一帽：瓜皮帽。

"噔、噔、噔"楼梯间响起了脚步声。姚知县走上楼来，拱手与众人一一见礼，言道："感谢诸位的赏脸，姚某在此谢过了。这个上席呢只有十二个座位，所以未能面面俱到，请诸位海涵。咦，怎么都没人上座呢？来，大伙自己上来坐，随便坐，不用我请了吧。"

却无人上前。

"看来大伙都客气着呢，哈哈。既然这样，那就用请吧，这怎么请比较合适呢？若是按捐钱的多少论呢，咱们是捐资倡儒兴学，这掉到孔方兄眼里似乎也不妥吧……"

知县话音未落，众人不禁都将眼光投向了钱百万，只见钱百万脸上红一阵青一阵的，进不得退不得，十分尴尬。

姚知县见状，连忙话锋一转："哦，话虽如此，但百万兄是当得首席的，诸位请听我把话说完。我刚才是讲咱们不按捐钱多少论，按什么论呢，按德高望重论。百万兄高风亮节，慷慨解囊，捐银五百两。而平日里他多做善事，自然是德劭望隆，这首席非他莫属。我今日还要给众人介绍一位年轻有为、才德出众的人物，他就是圭峰刘懋峰！来，请刘巡检上来就座。"

懋峰闻言连忙起身，朝众人作了一个揖，推辞道："晚辈德疏才薄，怎敢妄居大位。惭愧惭愧！"

"原来，久闻大名的刘巡检这么年轻啊，三十出头吧，后生可畏啊。"众人议论道。

"来，请上来，难道还得三顾不成！"姚知县笑道。

"对啊，快上座吧，你应该坐大位的。"身边的人将懋峰推了一把。

"多谢县尊，多谢各位贤达。"懋峰朝众人施了一礼，便慢慢地走向主桌，在钱百万的旁席坐下。

"久仰久仰！"两人互相客套一番。

姚知县将贵客一一请上主桌，自己在主席坐下，却见左席还空有一个位子，便对懋峰招手道："来，玉郎坐到我身边来。"

"这……"懋峰看着在座的皓首尊长，不禁迟疑。

"去吧，去吧，刘巡检年轻有为，后生可畏，早闻其名。我们都很钦服你啊。"

懋峰见难以推辞，便移席到姚知县左侧。

"来，趁宴席还没开始，借此机会，我先讲几句话。承蒙诸乡耆老豪绅深明大义，慷慨解囊，捐资兴学。此次共收得捐银三千六百五十两，准备用于孔庙修缮及照部颁定式制祭、乐、舞诸器，复祭孔之典礼。余资将生息为永久经费。姚某不胜感激，谨此略备薄酒以示谢忱！倡圣贤之道，祛民愚增民智，广行教化，方能富民强国，兴学办塾乃为根本之策。诸位是惠邑的头面人物，皆要为此同心戮力。姚某再次感谢诸位，请满饮此杯！"

众人鼓掌道："好！县尊为我邑殚精竭虑，实乃民之父母，咱们敬姚知县一杯。"

"谢谢诸位，日前姚某去圭峰走了一趟。为何去那边呢，因为壬戌岁试，圭峰五人得中廪生，实属罕见。圭峰文武馆，由告老返乡的陈教谕亲自任教，成绩斐然。有机会当请诸位前往观摩，姚某见那盛况是不胜感慨啊，特草就一副对联，赠予圭峰乡塾。来，奏乐，请对联。"

话音刚落，吹鼓手奏起了欢快的《喜迎春》。一名胥吏捧上一个红绸布覆盖的长方形礼盘，掀开绸布，里有两幅卷轴。

"请展开。"

胥吏解开卷轴，自上而下缓缓展开。对联乃用欧楷所书，气度从容而俊美。

上联：圭峰塔揽松风月色；

下联：海国潮飞剑影书声。

胥吏将卷轴展示完毕，又小心卷起，盖上红绸布。众人好是一番赞叹。在羡慕的目光和掌声中，姚知县接过礼盘，赠予懋峰。

"来，刘巡检，这个大位应该您来坐。在下心服口服，得便再往贵乡学习如何办塾，望不吝赐教！"只见钱百万站起身来，走到懋峰身边，深施一揖，然后一把揽住懋峰肩膀，就要请懋峰入座。

"岂敢岂敢，百万兄如此折杀在下了。"懋峰连忙推辞。

"是啊，百万兄不必拘礼，请上座。来，都满上，姚某再敬诸位一杯。请畅怀一醉，来，请。"姚知县又举杯向众人祝酒。

宴上，宾主觥筹交错，言谈甚欢，直至申时方罢。懋峰刚要起身告辞，姚知县在他肩膀上按了一下。

待众人一一辞别而去。姚知县问道："贤弟，可欲再往县衙清茶白水一叙？"

"多谢兄台，方才您给小弟挣足了脸面，然小弟犹感芒刺在背，备感汗颜啊。"

"在贤弟身上，愚兄看到了君子之风，与君子交，如沐春风，如闻兰馨。"

"多谢兄台错爱。"懋峰心中记挂着要见岳父商谈念娘的婚事，神情若有飘浮之意。

"原本想留贤弟再畅怀一叙，然见你略有倦意，是否不胜酒力？要不，你先回去休息一下，咱们改日再叙。"

"多谢兄台！不瞒兄台，小女年已二八尚未婚配，心里着急，欲寻岳父商议一下，故心有旁骛，望兄台恕罪。"

"贤弟乃是实诚君子，愚兄能够理解。时候不早了，你就快去吧。咱们就此别过，改日再叙。哦，对了，还有一事忘了告诉贤弟，渔船多次征税的情况，愚兄已调查清楚，具陈张知府后又转呈了督抚。"

"多谢兄台。"懋峰感激敬佩之意顿生，却又不知如何表达，四目相对，各含相惜之情。

"去吧，就此告辞。"

"告辞。"懋峰拜辞而去，走到马车边。李直已在车上久候。

"老爷，咱们回家吗？"

"我还有些事要办，咱们先去念娘姥爷家。"

"好！老爷。"李直驾起马车缓缓向李书吏家驶去。

"老爷，刚才我们跟钱百万的车夫在一起。那车夫说他老爷捐的钱最多，必定要坐大位。唉，张狂得很。可后来听说他虽然是坐了大位，但人家说姚县令本意是要请您坐的。"

"钱百万捐资最多，自然是要坐大位的，背后莫要论人是非。"

"嗯，老爷。"

不一会儿，到了李书吏家。翁婿寒暄一番，懋峰心急，便入主题，言道："念娘年过及笄，家里着急，已广托媒妁，然无合适之人，故而烦劳岳翁，打听一二。"

李书吏道："前日，陈松贤侄来县城访我，言起念娘之事，我也着急。户房有个叫苟济的攒点，他儿子年已十八尚未婚配。偶尔一问，苟家也有意攀亲，不在乎大脚，说山内人要的是能跑会做事的。只是苟家地处内山，自惭家贫，恐为所嫌。"

懋峰大喜："这苟家儿子为人怎样？做何营生？长相如何？"

"这攒点未曾见有恶行，为人倒还实在，只是较为小气。他儿子名唤子思，相貌俊朗，据闻也读过几年私塾，在杂货铺里当伙计，平常略有收入。"

"这贫寒倒是不足为惧，咱们以前不也穷得有上顿没下顿的。人穷气短，小气可以理解。只要人实在就好，肯吃苦就行。只是咱们念娘如何受得劳作之苦？"

"这个无妨，只要娘家多给些钱粮财帛，农稼之事可以寻人代劳，自然可免。"

"那不如咱们资助其做些营生，也好有个长久之计。"

"如此甚好！那咱们可否约苟济一聚？就在酒楼寻得一雅处，小酌一杯。"

"我觉得悦得楼还不错，不然就去那边吧。走，马车就在外面。"

三人到了悦得楼，又差人约来了苟济。此时天地混沌，树廓模糊，晚风拂身略觉清凉。街上行人渐稀，馆舍灯火朦胧。

众人见面，寒暄一番。待菜上五味，酒过三巡，言谈渐得契合，言起了儿女之事。李书吏见时机正宜，言道："我外孙女婚配之事，既然双方父母均已同意，若无异议，不妨就此定下。"

"多谢李叔美意，鄙人高攀了，悉听尊便。"苟济闻言大喜，欠身连连致谢！

"小女婚配之事，悉遵岳父安排。"懋峰拱手致敬。

"那就这样定下了。"李书吏笑道。话音刚落，只见李直站起身来，言道："老爷我已吃饱，到楼下等你。小人先走一步，各位老爷慢用。"

"你尽管吃饱了再去无妨。"懋峰道。

"多谢老爷，我吃饱了。"李直神色黯然，离席告辞而去。

三人也未在意，继续把酒言欢。懋峰道："听闻苟公子在城里杂货铺当伙计。这年轻人学做生意是好事。咱们船时有货物往来，就在峰尾开了货物批发商行。你们干脆在城里开个杂货铺，正好可以批发货物，不知意下如何？"

"有这好事啊，那当然好了。只是没有本钱也开不起来。"苟济叹道。

"这个亲家但请放心，鄙人略有薄资，可助你一臂之力。"懋峰笑道。

"这怎么可以呢，怎能平白受您的恩惠呢！"苟济心中暗喜，却又觉得难为情，假装摇手推辞。

"哎，都订下秦晋之好了，你就不要客气了。要是孩子能把营生做起来，日子过殷实了，我外孙女也就不用吃苦了，对吧。"李书吏笑道。

"那是自然、自然！"苟济起身连连致谢。

"那开个店铺需要多少银两呢？"

"咱们不是城里人，自己在城里开店，人单势薄的，免不得要受当地的地痞或商家欺负。小儿所在的那个店铺，老板名唤金佳，原是皂隶，巴结了典史，便谋得了采买美差。最近他花费数十两银子开起了'达记'杂货店，因衙门货物采买要受我节制，便邀我入股。只是鄙人家境贫寒，无资入股，便安排小儿做了伙计。若是有亲家资助，给银百两，可以入得一半股份。"

"这金佳为人如何？"

"这金佳年近而立，为人机灵勤快，见人点头哈腰，对尊长更是鞍前马后地侍候着，颇得典史老爷器重。早时亦是贫困之人，没几年就开了店铺，是个做生意的好手。"

"这诌谀之人可非正人君子啊。"懋峰皱眉道。

"贤婿啊，我也觉得此非君子之道。然无财无势之人身处公门，若不阿谀奉承，岂不困厄难通。像老朽当了一辈子的穷书吏，若无贤婿周济，靠自己、粗茶淡饭都堪虞啊！人各有志，投机取巧也未必出自本愿，非其之过也。"李书吏叹道。

"是啊，这世道总是实在人吃亏。不会巴结上司，不会投机取巧，光有才干无济于事，就是当一辈子穷笔吏和穷算账的。油滑的胥吏都混得风生水起，赚得钵满盆盈。"苟济叹道。

"如此看来，世风日下，人心不古，君子之风反倒成了迂腐。"懋峰闻言摇头叹道，思忖一下，掏出二百两银票来，对苟济道，"亲家，这二百两银票请你收下，明日去钱庄兑得银两，入股杂货铺。余下的银两回乡修缮房屋，委媒妁下聘礼。再择得吉日，将小女迎娶过门。"

"亲家如此深情厚谊，当是我家的大恩人啊。在下感激不尽、感激不尽，一切遵照亲家的安排！多谢、多谢！"苟济连连拜谢！他哪曾见过如此巨额的兑票，激动得手脚口齿打战，仔仔细细地看了一遍又一遍，揣入怀中，按了又按，生怕会飞走一般。

见定下了儿女之事。懋峰心情大悦，多喝了几杯，已有几分醉意。李书吏恐其醉酒路远有失，便唤来小二结账。懋峰与之好一番推辞，终拗不过李书吏，便就作罢，辞过众人，兴冲冲地来到车边，对李直道："走，咱们回家。"

却见李直满脸愁容，又似有泪痕，疑道："咦。你这是怎么啦？"

"没什么，刚才沙迷了眼了。"

"哦，没事吧。"

"没事。"

"那咱们走吧，今儿老爷高兴，念娘找好婆家了。"

"哦，老爷。念娘真的要嫁给内山人啊？"

"嗯，其实也是不远。不过几里路程而已。走吧，回家。"

"嗯。"

天已渐昏，路途颠簸。懋峰喝了一些酒，渐觉疲乏，靠在车上打起盹来，一路摇着。也不知过了多久，突然马车猛地勒住，懋峰吓了一跳，酒也醒了大半："啊！出什么事了？"

欲知后事，请看下回分解。

第三回

蒙面人劫道逢贤士
还乡客听琴诉隐情

却说马车突地勒住，懋峰吓了一跳，酒也醒了大半，不知何故，只听见一声断喝："打住！留下买路财，放你一条生路！"

"不……不好了，有……有两个黑……面人剪径！"只听李直颤声道。

懋峰心中一凛，但他毕竟见惯了世面，少顷便镇静下来，嘀咕道："此处未曾闻有盗贼剪径啊？"拉开车窗帷幔，借着些许月光，迅速审视四方，只见车到承天岭道边，四周无有人家，路中横有一根断树挡住去路。前方站着两个黑衣蒙面人，一人手提柴刀，驾在李直的脖子上。一人左手持耙子，右手把住马缰。

懋峰心中明白了几分，朗声道："两位好汉，今日我出门办事，走得匆忙，忘记多带银两了。身上就数两碎银，要不等我兄弟子侄们跟过来了，再多给你一些。"

"你的兄弟子侄现在何处？他们马上就来吗？他们几个人，你是干什么的？"蒙面人似有几分心虚。

"我们是峰尾渔民，一行十多人。我马车比较快，走在前面，他们随后就到。"

蒙面人窃语数句。持耙人言道："兄弟家里出了点事，出来弄点钱花。等下你们人多，反倒为你们所害，几两就几两吧，我们拿了就走。"

又对柴刀人道，"你快去拿过来！"

柴刀人放开李直，走近懋峰上下打量一番。月虽朦胧，但懋峰衣着锦绣仍然可辨，柴刀人怒道："你这个骗子，明明是个财主，却骗我们是渔民！看来后面有人也是唬人的。"

"我们真的是渔民出身，只不过去找人办事不得穿光鲜些呢。"李直辩解道。

"少啰唆！下车，让我搜身！"那人放下柴刀，上前一把揪住懋峰胸襟，就要将其拉下马车来。

"休得无礼！"李直见状急了，一骨碌从车上翻了下来，来不及站稳，就一瘸一拐地冲上前去，挡在柴刀人的跟前，与其扭在一起。

柴刀人大怒，倒退两步，抄起柴刀，指着懋峰和李直，厉声道："过来！看老子不打死你！"

"胆敢伤害我家老爷！老子今天跟你们拼了！"李直从辕下抽出一条粗木棍来，双手握棍，瞋目而视！

柴刀人大喝一声，高举柴刀，挥舞而来。一道寒光划过夜空，只听见"喔"的一声，柴刀被李直用棍顶了回去。柴刀人又是大喝一声，倒退两步，作势又要挥刀而来。李直也是大喝一声，就要挥棍打去！

"都住手，别打了！"持耙人一声断喝！接着又拱手施礼，缓声问道，"敢问这位老爷可是峰尾刘玉郎？"

"正是，好汉认识鄙人？"

"小人有眼不识泰山，请大善人海涵！老二快跪下来，给大善人请罪！"那人把耙子扔了，跪在地上，又拉着柴刀人跪下。

"你们这是何故？"李直、懋峰一时不知所措，愣在一边。

"我俩是兄弟，我叫庄大，他叫庄二，是盐埕灶户。我们辛辛苦苦，一年干下来不过几两银子，再扣去浮费规礼，连母亲病重都没钱医治。无奈之下假扮盗贼拿刀吓唬吓唬客人，想趁机抢些财物。没想到惊扰到大善人了，实在是罪过！"

"你们认识我家老爷？"

"不认识，但我们早就听闻峰尾刘玉郎济贫救困，造福乡里。我阿嬷也是峰尾人，父亲名叫庄满春，我表叔叫刘妙。父亲在世时常常讲起我表叔和您的事，方才你们说是峰尾渔民，我也没有多想。后来见你气度非凡，又听车夫兄弟叫你老爷，拼着命要保护主人周全。我突然想起您可能就是玉郎大善人了。父亲教诲我俩要好好做人，要学大善人。可我们却沦为盗贼还抢到大善人头上来了，真是羞愧得无地自容啊。"

"唉，原来还是故人的亲戚，是玉郎关照不周。你父亲过世啦？"

"前年过世了，他苦了一辈子，吃不好穿不暖，干的是烈火烈日煎熬的苦活。唉！"庄大越说越伤心，哽咽起来。

"民生多艰，天下之大，玉郎也是心有余力不足啊。"懋峰闻言仰天叹了一口气，又俯身把庄大、庄二扶了起来，和声道，"来，起来说话。你们孝心可嘉，然而扮盗贼之行不可取啊！我也能理解你们是出于无奈。这样吧，我身上确实也只剩下数两银子了。阿直你也把身上有的都拿出来，先给这两位兄弟救救急。明天你们再到我家里，支取些银两，赶紧把你母亲的病治好！"

"老爷，我身上也只有一两多碎银。"阿直把身上的碎银都拿了出来，交给懋峰。懋峰轻轻拉过庄大的手，将银子放到他的手里，握紧。

"多谢恩人！多谢恩人！"庄氏兄弟两人一拜再拜，拜完忙把断木搬走，又在路边伫立良久，目送懋峰远去。

车上，懋峰醉意全消，拉开帷幔，靠近李直问道："阿直，刚开始你吓得连话都说不利索，后来怎么都不怕了？"

"刚开始是把我吓坏了，但看老爷不怕，我也就不怕了。后来，看他欺负老爷，我火一下子就上来了，也没有多想就想着拼了命也要让老爷保得周全。"

"你也是仗义之人啊！"

"老爷，您从来没把我当下人看，我就是死了也要跟着您。"

"那是咱们爷俩有缘分，以后有什么困难，要跟我讲。"

"嗯，一定。驾！"李直扬起马鞭，"啪"地打在地上，马儿撒开欢地跑了起来……

"老爷，咱到家了。"

"哦，这么快就到家了。呵呵。"懋峰伸了一下懒腰，起身撩起长衫从车上跳了下来。此时圆月已挂屋角，玉轮如嵌珠悬镜、聚萤凝玉，又若一汪秋水流光欲滴，因烟笼纱，朦胧柔和而皎洁。天净如洗，深邃高远。

"秋来好月娘啊。"懋峰吁了一口气，刚要进门，却发现耳房拴有一辆马车。

"这是谁的马车呢，家里来客人了？"懋峰借着月光上下打量着，拉车的是两匹高头大马。车篷看似古旧简朴，却是绸缎缝制，工艺十分考究。

"这马车不似豪门富户般张扬，却也十分尊贵。这是什么人呢？"懋峰正嘀咕着，门"吱呀"一声打开了。

"叔，您回来啦。快，家里来贵客啦。"汝贻开门相迎。懋峰忙往上厅望去，只见母亲与一位老者在堂上分别左右坐着。凝絮与汝赐在侧座陪着，右侧还坐着一位玄衣人。

凝絮与汝赐见懋峰进门忙站起身来："玉郎（爹），总督大人来啦。"

懋峰吓了一跳，定睛一看：那老者头戴瓜皮帽，身着对襟团花长衫大马褂，玉面长须，正是郝总督！

懋峰不禁大吃一惊："小人不知部堂大人驾到，有失远迎，罪该万死。"言罢纳头便拜。

"贤侄不必多礼！如今老夫赋闲在家，思起与你曾有约定，冒昧来访，还请担待一二。"

"部堂大人言重了，大人的深恩厚义，小人时刻铭记。大人光临寒舍，蓬荜生辉，未曾远迎深感不安。"

"快快请起，咱也不必拘礼。先坐下吧，今日老夫前来，一为前约未践，二为告知隐情。"

"隐情？"懋峰心里咯噔一下，旋又自度失礼。眼光忙从郝总督身上移开，转向那玄衣人，却觉得十分眼熟，他正是带自己去监狱和送来建林棺材的人！

"哦，忘了给你介绍了。此人是我贴身护卫，姓唐，跟随我数十年了，与我情同手足，自己人无妨。"总督引手介绍道。

"幸会！幸会！"懋峰与那唐护卫彼此拱手致礼。

总督笑道："贤侄可否记得咱俩的约定？"

"部堂大人之嘱，小人岂敢忘怀。可是听凝絮弹奏之事？"

"哈哈，正是！老夫自从在苏州听得凝絮弹奏之后，再闻他人之曲，或乱耳或嘈嘶或如嚼蜡。国手难觅，实为憾事！故常为念，如今赋闲无事，便冒昧前来叨扰，未悉可否如愿？"

凝絮连忙起身道："雕虫小技竟蒙大人记挂，真乃荣幸之至，岂敢不效涓滴之劳。敬请两位大人移步书房，待妾身焚香取琴。"

"孩子们，速去准备美酒助兴，好生伺候两位贵客，别怠慢了！妾身乡野村妇不识风雅之趣，恐扫雅兴，又偶染风寒，稍待失陪，请多多见谅！"黄氏站起身来，施了个万福。

"多谢夫人厚意，烦劳了。"总督起身拱手施礼。

"二位大人请。"懋峰起身，将客人引至书房。

"大人，我一介武夫也不识风雅，想留在厅上陪老人孩子们聊聊天，看这一大家人，感觉就像自己家人一样，很亲切。"唐侍卫道。

"唉，这些年你随我走南闯北，难得让你回家团聚，实在有愧啊！"

"大人言重了。"

"如此我和凝絮陪部堂大人到书房听琴，唐大人失陪了。孩子们速去准备酒食，好生侍候唐大人。"

夫妻二人将郝总督请至书房。这懋峰、凝絮乃是文雅之人，书房自是十分雅致。檀案几架明净簇新，书籍、文房四宝叠放齐整。秉烛熏香，室内光华陆离，香气茵蒀。

琵琶声起，始若裂锦乍如银瓶迸裂，继而戛然而止，唯闻气息，渐起空谷莺声。松风林涛，高山隐约，巍巍云端，烟岚缭绕。由远而近，清流从幽涧缓缓而出，叮咚恰似山涧流泉而来。转而由疏入密，滔滔不绝竟成淼淼，由缓而急，铿锵激越，腾沸澎湃犹瀑下九天。流远声悄，犹徜徉平湖，豁然开朗，又入幽溪，潺潺淙淙。此谓高山流水也！

"琵琶演奏的高山流水虽少了些许古朴，却山更峻朗，水更清丽！妙哉！技艺精进，荡气回肠，绕梁三日也！"郝总督击掌叫好！

"部堂大人过奖了！妾身再为大人弹奏几曲以为尽兴！"凝絮又接连弹奏《夕阳箫鼓》《阳春白雪》等琵琶名曲数阕。

总督连连击节叫好："今日能闻得天籁之音，不虚此行啊！适才听闻贤侄与凝絮姑娘相知相识于你填写的《青玉案》，可否也让老夫欣赏欣赏。"

"能得部堂赏识，实为荣幸，献丑了。"凝絮起了前奏，懋峰清了清嗓子朗声唱道：

春深迷乱萋萋卉，可曾忆，前芳退。

落雪飘红渠泽内。

香肌纤骨，许多妩媚，凭付闲流水。

朱颜易改韶华蜕，玉脂轻消叹残岁。

忍把冰清沽富贵。

灯红酒绿，金迷纸醉，谁识佳人泪？

夫妻俩一唱一和，相视绸缪。总督见其夫妇恩爱有加，赞许道："贤侄善解人意，词都写进人家心坎里了。郎才女貌真乃天造地设，老夫祝福你们天长地久，永结同心！"

"多谢部堂大人赞誉。难得大人赏识，小人最近谱得新词《齐天乐》言渔家事，斗胆献丑了，请大人多加指正。"

"甚好！甚好！贤伉俪夫唱妇随，让老夫再饱饱耳福。"

懋峰唱道：

"春潮韵彻圭峰澳，遥望水天接处。

湄峡流金，远岑焕彩，熙下依稀樯橹。

襟昂破雾。黑舶卷珠波，劲帆张鼓。

好汉乘风，海疆千里骋龙虎。

忍将抛子别妇，故园风物远，不堪回睹！

铁骨霜凝，铜皮日曝，休致吞糠衣苎。

暮深檐雨，正沥沥淋淋，幼儿骄女，绕膝言欢，独嗟机上杼。"

"这曲前阕豪气干云，下阕婉约儿女情长。唉，老夫懂了，黔庶多艰，渔家离愁少天伦啊！"

"部堂大人体恤民生，实为黎民之福。"

"哎，惭愧之至，民生多艰亦老夫之无能啊。"

"部堂大人言重了。大人常怀民生、德被万家。圭峰案结，庶民莫不感恩戴德，广为传颂。"

郝总督闻言动容，叹道："原以为此遭用人不察而坐实贿名，毁我一世清名，愧对天地君亲师，无脸苟活于世。此行了却心愿便效东篱远红尘。未曾想为贤侄所言打动，如此豁然也！"

"此偶遇时运不济，鲲鹏必有重振高飞之日。"

"罢、罢，能得心安莫大福焉。方才老夫言隐情之事，是时机告诉贤侄了。"

"隐情？"懋峰、凝絮疑惑地看着郝总督。

"嗯，若无意外，刘妙还在世上。"

"啊？"懋峰、凝絮闻言大吃一惊几欲瘫坐地上。懋峰突地心里一阵狂喜，如遭骤雨，心跳加剧，怦怦地快要跳出胸膛。

"贤侄莫要激动。时候也不早了，让老少们先行休息，请唐侍卫前来，事情是他办的，由他来言末枝细节为好。"

"遵命。"

须臾，懋峰引来客人。黄氏偕家人与客人见礼后先行告退，书房余下郝总督、唐侍卫与懋峰夫妇。

"唐侍卫，你来将刘妙之事讲与二位，以了我一桩心事。"

"事情经过是这样的。"唐侍卫讲起往事。

原来那天唐侍卫送懋峰到按察使司牢房见刘妙后，回去复命，总督问道："你觉得今日这个刘巡检与那个刘妙关系如何？"

"据在下观察，此二人关系非同一般。"

"哦，何以见得？"

"在去往按察使司路上，这个巡检三步紧作两步，到了门口一直往里张望，可见其急促心情。"

"哈哈，我也早看出来了。这两人情同手足，却硬要在我这里充路人。所谓兄弟反目不过是掩人耳目。方才在此骂刘妙时眼神闪烁，明显言不由衷，言之刘妙伏法之事，虽咬牙切齿，实为肝肠寸断之痛。"

"大人的意思是这巡检私通海盗，那怎么还把他放回去了？"

"不，不，兄弟情深与这个是两回事。我倒是很佩服刘巡检的胆识，欣赏他的才干和义气。对了，那刘妙你觉得如何？"

"是条汉子，单从一人做事一人当这点，我就佩服他。"

"唉，侄女因他而死，与我是私仇。然而我若陷他以死地却有不义之处啊！"

"大人，这……"

"刚才巡检言及前因后果，侄女之死虽与刘妙有关，但并非他所致。据闻这刘妙虽为海盗却因生活所迫，且多有义举，可谓侠盗。"

"那大人的意思是？哦，我明白了，这个在下去处理，大人尽管放心。"

"好！我答应买口上好棺材送他。到时你把刘妙给弄出来，活着送回去。来，把这个带给刘妙，他自会明白。"言罢，总督将那小姐玉镯交于唐侍卫。

"明白。"

唐侍卫怀揣玉镯匆匆赶到牢房，与建林见面。建林看着来人："你是？"

唐侍卫屏退牢头，取出玉镯递与建林："你可识得此物？"

建林接过玉镯一看，两眼放光，激动地问道："先生何人？此为小姐玉镯，未曾想我刘妙死前还能见到此信物，死而无憾了。哦，我明白了，你是总督府的。来吧，动手吧，我不还手，痛快点！"

"谁说要你命了？总督大人有好生之德，敬你是条汉子，欲放你一马。"

"这？"

"你师从少林，可知少林秘技闭气功？"

"我自小顽劣，在海里练憋气能潜泳数百米不需换气。慧明大师见我潜质颖异，乃密授我闭气功。运功时脉息均无，非同道中人根本无法发现。"

"如此就简单多了，接下来你就装病。再过半个月，就快立秋了，你就用闭气功装死，等弄出牢房按我说的做就行。"

"小姐因我而死，我苟且活着有什么用啊？"

"你个蠢材，好生不识好歹！总督可不想有辱家风。男子汉志在匡世济民，岂可做寻死懦夫？若不从言，当寻你兄弟是问！"

"我与他早就不是兄弟，与他何干？我遵命就是。"

"你这次算死过一回了，出去定当隐姓埋名，休要连累众人。"

"这个我明白。"

"明白就好，当依计行事，手镯我先带走，出去后再还给你。"

那唐侍卫唤来牢头，交代道："此人是部堂大人亲自过问的要犯，务必好生看待。凡事要及时禀告于本人，不得擅自处理，若有差池，小心脑袋。"

那牢头连声称是，不敢怠慢。

此后，刘妙果真依计行事，假装身染重疾。到了约定时间，用闭气功假死过去。牢头吓得屁滚尿流，忙报告了唐侍卫。唐侍卫随同来到牢狱后，先是将牢头好一通训斥。后又假装可怜他们，说要替他们想办法。待暮色将昏让他们抬着建林，去山谷抛尸。那两牢吏胆战心惊地来到密林，闻见夜鸟扑翅鸣啼吓得哭爹喊娘一溜烟跑了。待人去远，唐侍卫又折回密林找到建林，取出先前准备好的包袱将建林化妆成仆人模样，改名郝思彤，进入总督府。直至秋后风声平息，乃特制一副棺材将建林运回峰尾。为瞒过众人，总督还特意写了"生不同衾，死亦同穴"八个字。

唐侍卫道："事情经过就是这样，刘妙装死隐姓埋名瞒过众人。其实那天运棺木时，我见你痛苦之状溢于言表，心有不忍，就告诉你棺盖并未盖紧，好自为之。"

"啊，不好！我把棺盖用长钉给钉死了。又将其与小姐埋在一起了，妙哥一定让我给害死了。"懋峰大惊失色，又懊恼不已，悲从心来，眼泪迸出，忍不住号啕起来，突又意识到有贵客在场，强忍悲伤，恨不能捶胸顿足方能缓解。

郝总督闻言安慰道："贤侄莫急，我早想到这一层，那棺材底是用木楔拴住的，只要拔起木楔就能推开。”

“可是埋久了，会不会闷死呢？”凝絮也焦急地问道。

“这闭气功神奇之处就是运功时气息全无，吸上一口气就能顶几个时辰。”

“埋完不久，我们就回家了，但留了几个兄弟守坟。”

“这个估计不成问题，只待夜来无人，新土未干，依刘妙的功力很轻松就能推开。”

“妙哥，你在哪里呢？你把兄弟想苦了！”懋峰喜出望外。

“贤侄，你矜贫恤困多有美名，商船所经之处从未受海贼洗掠，你真以为是美名服四海吗？”

“是啊，我也曾为此事有所疑惑呢。咦？难道是妙哥在暗中保护于我！如此说来，妙哥还在世上，我得赶紧去坟地看个究竟。”

“贤侄，如今我一桩心事已了。时候也不早了，休息一下，明早五更我就返程回老家去了。”

懋峰一听总督急着要走，连忙挽留道：“部堂大人难得有闲，何不在此多住几日，看看圭峰风物。”

“这圭峰风物，老夫早有耳闻。枕山襟海，风景秀丽。敬德崇贤，踵武赓续，古风淳朴。历代贤人辈出，与之不无关系。本欲一睹仙乡神韵，然身不由己，还是趁五更人稀之时返回，不致招人耳目为宜。”

“多谢部堂大人吉言，只是与大人从此一别，不知何时方能再见？”

“唉，人生如此，缘聚缘散不必执着，友德常怀即可。”

“大人再生之德没齿难忘。您是我家的大恩人，无以为报，甚为惭愧！”

“贤侄不必客气，老夫素来喜欢才俊。能与你相识相知亦乃幸事啊。时已子时，亦不便再听曲扰民了，各自休息去吧。”

“厢房都准备好了，请两位大人安寝。”

将客人安排停当，回到房中，懋峰紧紧地将凝絮抱住，一连亲了好几下，笑道："妙哥一定还活着，我真想马上去坟地看个究竟。咱们先别告诉娘亲，万一有什么意外，她老人家可受不了打击。"

凝絮笑道："看你高兴的，我也是此意，咱们得等万无一失了再告诉娘亲。"

"这部堂大人和唐侍卫对咱家有大恩。可惜不能多住些时日以报恩德。如今他们急着要走，总得表示一下心意才是。"

"咱家金银首饰倒有一些，但能拿得出手的奇珍异宝却没有。"

"是啊，要不咱送些家乡特产，再送上一些银两作为盘缠如何？"

"看来也只能如此了。"

五更时分，总督与唐侍卫别过众人，登上马车就要启程，却发现车上多了一包东西。

"这是何意？"

"这只是家乡特产鱼干鳗鲞而已。"

"那老夫就不推辞了，诸位就此别过，再会。"言罢，叫唐侍卫驾车而去。

望着马车离去，又拐了个弯，懋峰刚要进门，却发现马车又朝家门奔来，"吁"地一声停在门口。只见郝总督招手道："贤侄的厚意，老夫心领了，这些请你取回。"

唐侍卫道："巡检不必客气，部堂每年养廉银将近两万，但大人体恤下属，所剩无几。幸而早在老家购得良田数顷，衣食无虞。"

"这区区一点银两只是略表寸心。大人再生之德虽当牛做马难以为报，路途遥远，请多保重。"

"贤侄的心意我领了，留着多为乡亲们办些好事吧，这样老夫方能安心。但愿能有机会再与贤侄相会，就此别过，各自珍重。"总督言罢拉过懋峰，将银票郑重地交与他手，依依难舍，紧握良久方才挥手而去。

懋峰心里一阵难舍，鼻子一酸，马车模糊在泪水之中。正是：

莫嗟志趣几人同，水远山高何处逢。

勤业殷家劳一世，只缘相识太匆匆。

送走客人，懋峰回头掏出一锭银元宝递给李直："这银锭还昨夜向你借的。我吃完饭要去湄洲办点事，等下你去请四个帮工来，再准备一下铁锹、镐头和锄头，让他们稍等我一下。"

"怎么还了这么多？我不要！"

"拿着，别推辞了，你也去店里做两身体面些的衣裳。"

"我一个赶马车的要什么好衣服啊。"

"以后你不用赶车了。等下若是庄大来了，你带他去找汝贻拿三十两银子，问他愿不愿意接替你的活，若是愿意，你就教他怎么赶车。"

"老爷，您不要我了？"李直闻言，大吃一惊，疑惑地看着懋峰，眼泪都要下来了。

"哎，傻孩子，我怎么能不要你了！我是想让你去商行里帮忙，学着做生意呢。"

"啊？真的啊，老爷！多谢老爷！哈哈！"李直高兴得跳了起来，又不好意思地搔了搔头，笑着一溜烟跑了。

"交代你的事，要记得哦。"

"记得记得，我这就去办。"

懋峰进门，叫来汝贻仔细交代一番，匆忙用过早餐，拜辞母亲，仅言要处理公务，悄悄叫上四个帮工取了工具，直奔姑妈宫澳，寻得一艘快船直奔贼王岛。到了岛上，三人将刘妙坟墓掘开。懋峰心里怦怦直跳，仔细观察棺木后，又教帮工用绳索套住棺盖两边，然后抬起棺木。

"一、二、三啊。"帮工们齐力抬起棺木盖，只听得"砰"的一声。帮工惊叫道："哎呀！不好了，棺材掉底了！"

一阵暗喜袭来，懋峰心中的石头也好似棺底脱落，放下了大半。然而终归未看个究竟，他还是放心不下，于是思索一下，一本正经地对帮工道："私掘坟墓即使官府不追究，冤鬼也会索命。我是代表官家来查寻线索的，所以我不怕。你俩与他非亲非故，等下不要偷看。来，把眼睛闭上，忍住呼吸，把棺木抬高地面，我看一眼，你们就放下。"

那帮工吓得赶紧闭眼屏息，合力将棺木抬起。懋峰连忙扫了一眼，果然棺内空空如也，心中大喜。

"好！快放下。我查清楚了，这刘妙确实是病死的，没有被毒死。"

"哦，原来老爷你是查这个啊，吓死我们啦。"帮工们抚了抚心口，终于松了一口气。

"嗯，我一直对刘妙的死因表示怀疑。今天终于弄明白了，不然总是悬着一桩心事。这下我放心了。来，你们也辛苦了，这是点小心意，回去好好喝上一杯，祛祛邪。也不要跟人说起，免得吃官司。"懋峰给每人五两银子。帮工们高兴万分，不迭地道谢，更不敢与他人提起此事。

人逢喜事精神爽，船返峰尾，懋峰上岸急奔家中而来，迎头遇见李直和庄大，问道："钱找汝贻拿了没有？"

"拿了。多谢大善人，此等恩情，没齿难忘！若庄大能有出头之日，定要回报您的恩德。"庄大纳头便要跪拜。懋峰连忙一把扶住："都是亲戚，互相帮忙也是应该的，不能见外。当灶户很辛苦，不然都搬来峰尾。我这边码头货铺车把式都缺人手，你看如何？"

"这？我娘病重，我是老大不好离开。我弟性格鲁莽，也不适宜为大善人您做事。还是多谢您的好意，您的大恩大德，庄大永世难忘。"庄大沉吟了一番，红着脸，眼闪怯意小声地答道。

"无妨，无妨，有孝心是对的。回家好好服侍娘亲，有什么难处尽管来寻我。"懋峰安慰道。

"那，我先回去了，多谢恩人。"

"嗯，回吧，路上多加小心。"

懋峰目送庄大离去，轻叹一口气，对李直道："那还得委屈你驾一阵子车，我若没有出门，你就去商行当学徒。"

"嗯，全凭老爷做主，您是我的再生父母。"

"我今天不出门了，你随贻儿去商行吧。"

"好。"

懋峰进家先将探墓之事告于凝絮，又一同来到母亲房中，大笑道："娘！天大喜事。"

"儿啊，何事如此欢喜？"

"娘，您要有心理准备啊，这可是天大喜事，我得慢慢跟您说，怕您急坏了。"

"傻孩子，娘什么大风大浪没见过。来，说与娘听，什么事把你高兴成这样？"

"娘，这事我也知道。没核实前，不敢禀告娘，担心您空欢喜一场，备受打击。如今玉郎查实了，定是大吉了！"凝絮笑道。

"这俩孩子，现在有事都敢瞒着为娘了！看娘不打你，呵呵。来，快告诉娘，什么大好事？可是念娘的婚事定下了？"

"娘，念娘的婚事是定下了。这是一个好事，但还有一个更大的好事呢。"

"还有比念娘婚事更大的好事啊？来，快告诉娘。是什么大好事呢？"

"娘，您觉得妙哥要是还在人世，该如何？"

"唉，这是伤心事啊。提起妙啊，娘心肠就像被扯断一样。"黄氏心情一下子沉重起来。

"娘，我梦见妙哥还在人世呢。"懋峰担心，要是突然告知妙哥尚在人事的消息，母亲定会受到很大刺激。于是，他故意一点点地做好铺垫，好让母亲有个心理准备。

"唉，傻孩子，梦又不是真的，看你高兴成这样！要是梦能成真那该多好呢。妙啊要是在，也该儿女成群了，孩子们可也得叫我阿嬷呢！噫？不对啊，刚才絮儿说什么核实的，莫非妙啊有什么蹊跷？"黄氏听闻懋峰说梦，不禁感慨，忽又想起凝絮所言，看着懋峰和凝絮两人满脸喜色，恍有所悟，眼睛都亮了起来，疑虑而期待地注视着两人。

懋峰、凝絮微笑着郑重地点了点头，目光坚定而有力。

"难道说这是真的！这怎么可能？你们可别哄娘，娘可受不了。"

"没哄娘，这是真的。"

"真的？不，不，不，娘不会是做梦吧。来，快掐娘一下。"

"娘，是真的，不是做梦，不信您拍一下我的手。"懋峰拉过母亲的手，轻轻拍了自己一下。

"娘感觉到了，是真的！这喜讯太突然了，几年来，娘做的梦有百千个，从未敢梦想妙啊还能活着。"黄氏说着说着竟激动地哭了起来，抹了一把泪，忙四处张望。

"妙啊，人呢，在哪呢？快跟娘说妙啊在哪里？"

"娘，我只知道妙哥还活着，却不知他人在何处？"

"那你是怎么知道妙啊还活着的？"

"部堂大人告诉我们的。他是好人啊，豪杰之士与妙哥惺惺相惜，竟然法外施恩设计救出妙哥了。"

懋峰将事情来龙去脉叙述了一遍。

"哎！真是天降大喜讯啊，菩萨保佑我的妙啊大难不死。要是你们君敏伯伯能活到今日，那他该有多高兴啊！"黄氏听闻往事，早已热泪盈眶，眼望天空，双手合十不断地拜谢！

"我想妙哥肯定会回家看他爹的，可咱们怎么从未听君敏伯提起呢？"懋峰疑道。

"娘觉得妙啊不敢回家，这万一让人给认出来，那不知要害死多少人呢，孰重孰轻他心里跟明镜似的。妙啊知道他爹有你们照顾着，所以是很放心的。"

"嗯，他肯定没想到我义父会死得这么早。唉！"凝絮道。

"唉，可怜君敏伯伯悲伤过度、郁郁寡欢，妙哥出事后不久便撒手人寰了。"

"可怜天下父母心啊，孩子都是父母的心头肉。白头人送黑发人，那是剜父母的心头肉啊！咱们峰尾世代耕海为田，行船走马三分命，谁家能没有这种事呢？"黄氏叹道。

"是啊，渔家人太艰难了！但愿这种悲剧不要再上演了。"凝絮道。

"咱们要多行善事，兴办学堂，让子孙后代都有地方读书。读圣贤书成才成气，不用去讨海受苦。"

"娘，您从小就教育我们要行善积德不图回报。现在咱家做起色了，自然要帮助乡亲们。"

"是啊，对人家的恩情一定要知恩图报。这次部堂大人的大恩大德咱却无以为报。我原以为他帮咱们请旨敕建贞节牌坊，以公有恩于咱，而下令捕杀妙啊，与咱亦有私仇。所以昨夜郝总督上门来时，我只是出于地主之谊，勉强陪客，后借口身体微恙失陪。如此看来，咱还把恩人给怠慢了。"

"娘啊，您不必过意不去。孩儿认为他做这事也是不图回报的。"

"太难得了。他是妙啊的再生父母，是咱家的大恩人，今后娘要为恩人祈福以作报答。如今风声已过，你要设法快把妙啊给找回来。"

"妙哥肯定是隐姓埋名了，按他的性格，他应该又去当海盗了。部堂大人也提醒我说，咱们这些年从未受海盗抢掠，可能也是有赖妙哥的庇护。"

"那下次船队回航，你就亲自去寻找。这事不能委托别人，以防消息泄露引来灾祸，咱更不能因此连累恩人。"

"可我放心不下娘亲。"

"现在孩子们都长大了，娘身体还硬朗，没事。对了，一忙一高兴，都忘了说念娘的终身大事了。这次你去城里，是不是有什么眉目了？"

"我岳父提了一门亲事，我觉得还好。"

"那男方情况如何？"

"这亲家倒是厚道人，我让岳父催促一下，让他们赶紧提亲，等念娘出嫁后，我也好放心出门了。"

"好！厚道就好！这可真是双喜盈门啊。哈哈，娘高兴。"娘儿俩正高兴间，只见念娘嘟着嘴，满脸委屈地跑了进来。

"爹，阿嬷，我不想离开你们。我不要嫁山里，那山里有什么好的？"

"傻孩子，女大当嫁，怎么能不嫁呢？"黄氏一手拉着念娘，一手抚着她的头，笑道。

"反正我不去山里，我就要待在家里。就是嫁给阿直也比那山里人好。"

"胡闹！父母之命，媒妁之言，胡言乱语成何体统？都是平时把你惯坏了。"懋峰板起脸来呵斥道。

"慢慢说，还是孩子呢。我的乖孙女，阿嬷也舍不得你啊，可女大不中留呢。唉，以后咱到了人家那里，可不好这样使性子啊。"

"不要，不要，我不要嘛。阿嬷，跟爹说，咱们不嫁了能成吗？"

"不成。"

"哼！你是个坏爹！"念娘瞪了她爹一眼，气冲冲地跑了。

"这孩子！"

这时，门口传来汝贻的声音："阿妹找到婆家啦？哟，怎么满脸不高兴，这是怎么啦？"

"哼，阿兄，我才不嫁呢。"念娘说着，用手背抹着眼泪跑回了闺房。

"啊？叔，这是怎么啦？"

"孩子使性子呢，唉，其实我更是舍不得，可又有什么办法呢？"懋峰叹道，心中隐隐疼痛，而又十二分无奈。

"我刚才见到阿直在抹眼泪，问他怎么回事，才知道了这好消息，大家又高兴又有些不舍。"汝贻道。

"这孩子跟念娘青梅竹马的，倒是有情有义。可惜腿脚有毛病，唉。"黄氏叹道。

"是啊，孩儿已叫他到商行当学徒了。这孩子实诚，头脑也灵活。以后就看他的造化了，要是争气能成就一番事业，也就不怕找不着对象了。"

"哥，我还不知道你，总是想着提携人家，你帮的人还少啊。"

"赠人玫瑰手有余香，有些事对咱们来说也许不算什么，但对别人来说也许是一辈子的前途大事。"

"哥哥所言极是。善良才是最大的美德。"凝絮深情地望着眼前的这个男人。她庆幸当年相信自己的直觉，仅凭一面之缘就敢千里投奔，用她的真情真爱来耕耘呵护，如今看来，她真的是人生的最大赢家。

"嗯，咱就多帮帮他，没爹娘疼的孩子太可怜了。还有那闵姑娘，我看干脆寻个黄道吉日，跟念娘的事一起办了。"黄氏道。

"娘说得在理，等苟家来定亲了。我再去找阿明师傅商量一下，咱们就挑个好日子。"

这时门口响起了鞭炮声，接着传来李书吏高兴的声音："苟家来下聘礼了。"

众人连忙出屋迎客。

"这是犬子。子思，来，还不速速拜见各位长辈！"苟济拉过身后的儿子介绍道。

　　众人闻声注视，只见苟子思头不敢抬，眼不旁望，白净秀气，唇红齿白，虽无英雄气，却有文雅风。众人互视一下，微笑点了点头，表示中意。

　　"孩儿拜见各位长辈。"子思连忙垂首弯腰，双手并拢，行了一个大礼。

　　"免礼、免礼，都是自家人，不必客气！"懋峰将其扶起，也将家人一一介绍。苟子思逐一见礼。

　　"来，来，来，快请坐。"懋峰将众人引至上厅分宾主坐下。

　　李书吏道："我看十月十八正是黄道吉日，不如就此定下，如何？"

　　"双月双日，是个绝佳好日子，我看就这么定下来。"黄氏笑道。

　　"亲家这边可有什么难处？"懋峰转而用期待的眼神询问苟济。

　　"没有没有，一切听从亲家的安排。"苟济急忙应允下来。

　　"好！那就在十月十八日，我们赶紧张罗孩子们的婚事。"

　　众人齐声称好。

　　豆干婶已端来了几碗荖花①鸡蛋汤，笑道："这是咱们这里的风俗，要吃完才吉利哦。"

　　众人大笑。

　　"豆干婶，我看十月十八是个大好日子，不如把闵姑娘的喜事也一并办了，你看如何呢？"

　　"那敢情好！只是还得与黄家商议一下。"

　　"这个没问题，我等下就去跟阿明师傅商议一下。"懋峰道。

　　"贵府还有喜事要一起办啊？"苟济问道。

　　"是我的干女儿，婆家早定好了。这次刚好一起办，热闹热闹，哈哈！"

　　"恭喜亲家！"

　　①荖花：麻枣，一种糯米、芝麻、饴糖等制成的糕点，峰尾婚嫁点心之一。

堂上谈笑言欢，喜气洋洋。不觉时已近黄昏，苟家告辞，主人假意一番留客，客人一番推辞。彼此心照不宣，欢颜作别。

　　"事情办好了，我也该回城了。"李书吏也要告别而去。

　　"我也一天没吃东西了，肚子饿得慌，等下请陈先生、松弟、阿明师傅一起去真好记吃个饭，咱们好久没聚了。"懋峰将其岳父一把扯住。

　　"就在家里吃个便饭吧！"

　　"家里也没备什么菜肴，咱们随便点没有关系，可还要请阿明师傅商议喜事呢，不可太随意。走，咱们找他们去。"

　　"如此我也不客气了，哈哈，走！"

　　"娘、絮儿，你们快张罗吃饭吧。我等欲约阿明师傅谈事，就不在家吃饭了。"言罢，翁婿两人便相伴出门，逐一寻访故友而去。

　　老友们相见分外欢欣，一路聊到了真好记酒楼。

　　"陈兄，久违了！"

　　"李兄，久违了！"

　　"一转眼，咱们都成了老爷爷了。松儿的孩子都很大了吧。哦，不对呀，陈兄你都有外曾孙了，哈哈。现在连玉郎都快要做爷爷了，我也快有外曾孙了，哈哈。"

　　"人这一生，匆匆忙忙的，像是在赶路一般，都还来不及欣赏沿途的风景和体验游览的乐趣，就快走到头了，总有几分遗憾啊。老了老了，闲暇多了，咱们老友也该多聚聚了，再不聚，就得去泉下聚喽。"

　　"诶，今天是好日子，咱们不说丧气话。来，咱哥俩先好好喝上一杯。再过三五年，我也该回乡颐养天年了，咱们又可以在一起了。"

　　"对啊，爹，李叔说得对。学堂那边您也不用太操心了，好好颐养天年。"陈松道。

　　"你这孩子，是不是嫌爹老了，不中用啦。爹放心不下孩子们的学业呢。"

"恩师，有松弟在呢，您大可放心。您是该欣赏欣赏沿途的风景了。呵呵。"

"你们这些孩子，敢揶揄老师了，都不怕老师的戒尺了，哈哈！"

"青出于蓝而胜于蓝，你那套早就不中用了。哈哈。你这把老骨头可得给我保养好啊。"

"你也一样，咱们老胳膊老腿都得好好保养了。"

"是啊，都经不起折腾了。"

"孩儿祝爹、李叔，长命百岁，贵体安康！"陈松举杯敬道。

"同祝、同祝，祝愿两位长辈益寿延年、松柏常青！"懋峰与阿明也举杯相敬。

"咦，怎么变成祝寿酒啦？"

"谁让您一口一个老的，你们正春秋鼎盛呢。"懋峰笑道。

"好，那都不提了，酒桌无大小①，谁提就罚酒一杯。玉郎你来当监酒官。"

"遵命。来，来，大家先吃点东西，我可饿坏了。"

"来，来，先吃菜。"

"那不许说话了，孔子曰食不言。哈哈。"

"好，先不说话。"

"这帮读书人真是有趣！"阿明心中偷笑。

世人皆言知己难求，然实非品性相近、意气相投之人难求，而是时缘难逢。芸芸苍生莫不谋于口腹，疲于家计，奔波于四处。即便祖遗饶产，天降横财，伸手有衣，张口有食，亦要陷于俗务，或勤于修为，耽于所好。尤其劳碌之人鲜有清闲，难得相聚言欢。好在海内存知己，天涯若比邻，知心好友并不因聚少而疏远，言寡而隔阂。待到老来落叶归根，重拾青春年少时玩伴知交的那份纯真与友情，是为天伦之外的乐事！

①酒桌无大小：峰尾俗语，意为在酒桌上大家平等，不分大小尊卑贵贱。

"好，吃好了，留点肚皮喝酒。来，我敬大家一杯。"陈先生笑道。

"爹，您少喝点。"陈松见他爹兴致高昂，怕他喝多，急忙提醒道。

"松儿，没事，我知道你爹的酒量。对了，你怎么不参加科考了？"李书吏道。

"不想考了，考个举人都费老大劲了，更别提进士了，即便考上，又能如何呢。咱们这类人，不谙官场之道，徒增烦忧，倒不如在家教授童蒙来得痛快。"

"对啊，咱们不去受那做奴才的鸟气。凭技术凭本事吃饭，也是快乐似神仙。我是个粗人，但也很敬佩饱学的人，来，再敬各位一杯。"阿明端起酒杯一饮而尽。

"痛快！来，喝！"

"喝！"

"阿明师傅，今天苟家来下聘了。我们定在十月十八给念娘完婚。十月十八是难得的黄道吉日，所以跟豆干婶商量了，想把闵姑娘和阿舣的事一块办了，不知你意下如何？"

欲知阿明是否答应，请看下回分解。

第四回

旧船舱重见象牙扇
小海岛惊逢玉手环

上回说到懋峰与阿明商量阿舲和闵姑娘的婚事。阿明当下满口答应："那当然好了，我也正想跟你商量这事呢。我们明天就去置办聘礼。"

"好！闵姑娘是我娘的干孙女，我也准备了一份嫁妆！"

"你太客气了，我先替阿舲谢谢你。"

"这嫁妆，我今天就得交给你，以早做准备。"

"这怎么成？还是等成亲那天吧。"

"这嫁妆我可是有私心的成分在里面哦。"

"啊，那是什么嫁妆？快说来与大伙听听。"陈先生道。

"一千两。"

"啊！不，不，这礼太重了，我们可承受不起。不行，不行。"阿明头摇得跟拨浪鼓似的，连连摆手推辞。

"这是一千两银票，我想给你们扩建造船厂、扩大修船坞用的。以前朝廷海禁，沿海民无所养，贫困交加。如今航运兴起，正是咱们大展宏图之时。以后咱们就能缩短船只的修补时间，能造更大更安全、可商可战的大船，尽量减少海难事故和海贼抢掠事件的发生。"

"阿明兄，我觉得玉郎哥说得很有道理。你们有技术，但是缺资金，船坞小造不了更大的船。要造大船就得扩建船坞。"陈松道。

"如今四海升平，然而咱们居安不可不思危，若有外敌入侵，至少可以自保。"

"没有远虑必有近忧，未雨绸缪。玉郎你说得对。"

"好！那我就不客气了，船厂算你一份，以后咱们共同打造大船。"

"船厂还是你黄家的。我需要的是你家造的大船，哈哈。"

"好！痛快！"

"来，大家一醉方休。"

…………

十月十八，好个小阳春，天高云淡风轻。苟子思头戴红瓜帽，身着红色马褂礼服，骑着高头大马，后面抬着大红花轿，放着鞭炮，吹吹打打地一路过来，好不热闹。

"玉郎嫁女儿啦！"

"哇，好气派，好热闹啊。"

"阿舣也是今天娶某①。"

"阿舣娶的是玉郎的女儿？"

"不是啊，阿舣娶的是玉郎的干女儿，是豆干婶的养女。玉郎的女儿是那个大脚杂某②，嫁到顶山去了。"

"哦，难怪这么热闹啊。"

鞭炮声又噼里啪啦响了起来。

"你们看！又来了一队迎亲的。这是哪家的啊？"

"这是阿舣！你看阿舣多英俊啊。"

"听说闵姑娘也很漂亮，真是天造地设的一对呢。"

"走，看人娶某啦！"

① 娶某：闽南语，娶老婆的意思。
② 杂某：闽南语，女人的意思。

懋峰家张灯结彩，一派喜气洋洋。闺房内，一大伙女眷手忙脚乱地给念娘梳妆打扮。

"我不去，我不去！我不想嫁到内山去。"念娘挣扎着要从椅子上站起来，大伙急忙将她按住。

"乖孙女啊，听阿嬷的，快打扮起来。哇，念娘俏得跟仙女一般。"黄氏婉言哄道。

"对啊，咱们念娘打扮起来真好看。你看这小嘴，就是嘟起来都这么好看，来让娘给您画个柳眉。哎，真乖，真好看。"

"那新郎俊秀得很呢！正好很般配呢。"

"苟家那边也不算内山，不过几里路，来回很方便的。"

大伙七嘴八舌地哄着，终于把妆化好，穿戴齐整，盖上红盖头，送上了花轿。刘家的嫁妆十分丰厚，陪嫁了许多金银不说。衣食用品、床桌橱桶一应俱全，就连棺材也都陪嫁了①。这苟家娶亲着实发了一次大财。

迎亲的队伍走了，锣鼓鞭炮声渐远。望着空荡荡的石埕，懋峰的心像是被挖走了一块，感觉空落落的，禁不住眼眶湿润。

"哥，明天请女婿②客人都请好了没有？"

"都请了，姚县令我还得亲自去请一趟。对了，阿直人呢？"

"对啊，阿直人呢，早上就没看见啊。"

"叔，我去找找看。"

"好！我要趁早去城里一趟。"

"东家，我来了。"

"你去哪啦？"

"哦，刚才头有些疼，所以在家躺着。"

---

① 古时候陪嫁棺材为大嫁，只有富豪嫁女才有。

② 请女婿：回亲宴。

"那你没事吧？哦，还好没有发烧，眼睛怎么红红的？"懋峰摸了一下他的额头，又见他眼睛红肿，关切地问道。

"哦，没事，昨晚多喝了几杯茶，外面狗叫吵醒了就没睡好！洗脸时不小心眼睛又进了水。"

"那，去趟城里，可以吗？"

"可以的，东家，咱们现在就走吗？"

"嗯。"

"好的，那我驾车去。"

一个时辰后，到了县城，懋峰对李直道："我去找县尊办点事，估计他会留我吃饭。你等下自己去街上吃个饭，别饿着了。要是不舒服，就去找我岳父。"

"好的。东家，您放心吧，我没事。"

到了县堂，姚知县见懋峰来访，快步相迎喜不自胜，扯住懋峰的手笑道："大好消息啊，可喜可贺。方才张知府差人告知，那总督请求渔船多次征税的陋规应当废止，朝廷已经恩准了。皇上圣明，张知府、那总督真乃忠正爱民之良吏啊！"

"渔船多次征税的陋规废止，减轻了渔民负担。小弟替众渔民谢谢兄台和诸位大人。最应感谢的是县尊您啊。"

"诶，老弟客气了。"

"真的衷心地感谢。小弟言拙，也不知怎样表达才好！"

"这是为兄应该做的。"

"小弟还有一事，不知当讲不当讲？"

"讲，咱们有什么不能讲的？"

"小弟认识了一家盐户，前些天他家里有难找到我，我才知道福建盐场浮费规礼，灶民多不堪重负，不知可否代请裁减？"

"待为兄了解一下，若是属实，当报请裁减。你今日专为此事而来？咱们也有月余没见面了，老弟近来如何？"

"小弟近来好得很，却令兄台牵挂，荣幸感念之至，兄台可好？"

"还好，惠邑地瘠人贫，助农劝学，思无良策，让老兄大为头疼啊。老弟可要助我一臂之力啊。"

"小弟岂敢班门弄斧。但小弟觉得凡事不必急躁。可先从敦正衙门风气入手，风正气顺，百姓自然信服，倡学劝农休讼，助贫解困，民得安居乐业，自然慢慢繁荣。"

"正中下怀，果然真知灼见，佩服。要不老弟留在城里，做我师爷好了。"

"小弟难得兄台赏识，也很钦佩兄台的为人和学识，能留在兄台身边，固然求之不得，只是小弟家里有老有小，外面又有船务要管，实在是分身乏术啊。"

"唉，也是啊，老兄理解你。那要是你有空，就多来看看我。都大中午了，咱们吃饭去。最近县堂附近新开了一家酒馆，要不咱们过去看看如何。"

懋峰随姚知县出了县堂，往南数步，临街一间两层骑楼，门庭开阔，门匾上书"香欣酒楼"。酒楼布置倒也清雅，然而户牖桌椅碗筷盆碟做工粗糙，与真好记酒楼精细的物件相比，确实差了个档次，所列菜谱也颇为寻常。

"来，老弟熟悉本地菜谱，你来点。"

懋峰点了两菜一汤，又要了一壶地瓜酒。少顷，菜肴酒水备齐，端了上来。懋峰先斟了两杯酒，双手举杯呈与县令，又举起杯来，言道："小弟替家乡渔民敬兄台一杯，感谢您力陈废止渔船多次征税之陋规，减轻了渔民负担，先干为敬！"

"此非愚兄一人之功，咱们还是为渔民兄弟们高兴喝一杯吧。"

"好，干。"

"这地瓜酒还挺醇的，不错啊。"姚知县赞道。

"嗯，惠安干旱贫瘠，全赖这地瓜果腹。"

"对啊，惠安米粮本就难以自给，百姓又要交纳粮税，若得丰年尚且安稳，若是灾年，愚兄心中惶恐啊。"

"唉，百姓难啊。兄台体恤百姓之苦，是个好官，小弟再敬您一杯。"

"这杯先欠着，等愚兄有所建树了，再喝也不迟。来，先尝尝菜做得怎样？"

"好！"懋峰夹了一口菜，嚼了嚼，却是色少香淡而味咸。懋峰暗自为其生意担忧："这等菜肴如何能留得回头客，难怪食客冷清，这酒楼如何能够长久？"

"老弟是不是觉得这菜做得不怎么样啊？"知县笑道。

"还好吧，能吃饱就行，我过去可是连咸菜都吃不上呢。"懋峰道。

"惜福是美德，哈哈！但我觉得这菜确实做得不好，吃了一次就不想吃第二次了。还是觉得真好记的菜最好吃。"

"哎，你看我，差点把正事忘记了。明天午时我要给小女办回亲宴，席设本宅，请真好记的师傅前来做菜。届时还请您大驾光临，为小弟捧场。"懋峰拍了一下额头，连忙掏出请柬，双手呈向姚知县。

"侄女出嫁了？恭喜恭喜啊，按理我应该准备一份贺礼才是啊。"

"兄台的深情厚谊，小弟心领了。兄台如空谷幽兰，咱们还是不落俗套吧。您要是能赏脸光临，就是对小弟最大的礼遇。"

"不是愚兄驳老弟的脸面，只是愚兄身居一县之主，如若开了先河，则难敌滔滔之人情，恳请老弟体谅一二。"

"小弟能够理解兄台的难处。要不事后咱们私下再聚如何？"

"这个可以，就像今日这样，小酌一下，轻松自由，甚好。对了，愚兄身无长物，咱也不落俗套，写副贺联表示一下，总是可以的吧？"

"如此当然好了，小弟求之不得。多谢兄台。"懋峰大喜，拍手称善。

"那令婿姓甚名谁，还有侄女的芳名，愚兄看看能否写个冠名联。"

"小婿是户房攒点苟济的儿子，名叫子思。小女名唤念娘，为原配所生，因幼而失恃，故而名之。"

"哦，原来是这样啊。老弟事情做得好周密啊，居然找了愚兄手下的差人做亲家。还瞒了这么久，也不先找我了解了解，哈哈。"

"此等小事怎敢劳烦兄台费心呢，请兄台海涵。"

"哈哈，玩笑而已。令婿子思，令爱念娘……这'子思'倒过来是'思子'，哈哈，刚好与'念娘'可对。让愚兄想想……嗯，有了。"姚知县手拈胡须，微闭双眼，摇头思忖了片刻，突然眼放光芒。

"小二，快请笔墨纸砚。要上等红纸啊！"懋峰连忙招呼。小二搬来了一张案子，又端来了笔墨纸砚。姚知县提起笔来，气定神清，笔走龙蛇，书道：

"思尔雅好述，琼瑶适之，昨犹童子今为男子；念娉婷淑女，鼓瑟迎之，来尚姑娘回则女娘。"

"写好了，哈哈！"

"兄台对联颇有风雅之意，又不乏谐趣，颇多喜感。多谢兄台赠联。"

"愚兄今日心情好！诙谐不是我的风格。人逢知己千杯少。来，咱们再痛快喝几杯，也祝令婿令爱喜结良缘，天长地久永结同心。"

"谢谢，谢谢！来，小弟敬兄台一杯。"

"好！这酒就当是喜酒吧，咱们喝了。"

"女儿成家后，我想随船队出去转一圈，在家待久了，感觉挺闷的，想请兄台恩准一段时日。"

"嗯，我看圭峰在贤弟治下，百姓安居乐业，社会安定祥和。就是你不在这边，估计也不会出什么问题。出去好，散散心，长长见识，我准了。"

"多谢兄台。这次我想去浙江，兄台可有什么要吩咐的？"

"没有，就是你在外要多加保重。"

"船上很方便，小弟想顺带一些土特产，也不知兄台喜欢什么？"

"没有，没有。老弟不必客气，咱们君子之交，哈哈。"

"倒是兄台客气了。"

"哪里，咱们交的是这里，情义无价。因对你早有耳闻，果然一见如故，为老弟的气度折服，愿意交你这位兄弟。咱们就不必客套了。"姚知县按了一下胸膛。

懋峰心里升起一股暖流，这一种熟悉的感觉，如同与陈先生、岳父、陈松、妙哥他们一样，那是一份亲切、信任与真诚！

"小弟明白，来，喝！"两人推杯换盏，海阔天空侃侃而谈，直至酒酣人倦，方才告别而去。

次日，懋峰家的回亲宴热闹非凡。宴上，姚知县的贺联更是博得一番赞赏和羡慕。

入夜，客去人悄。女儿婚事落定，夫妻俩颇是一番感慨。

"絮儿，孩子的事落定了，我得出海去找妙哥了。母亲年龄大了，嫂子身体又不好，家里的事，你要多担待了。"

"哥，能为你多分担事是应该的。汝贻长大了，也很能担事。家里的事，你也不用多操心。倒是你出门在外要应付许多的事情，

船者

一定要多加小心啊。"

"汝贻这孩子是很能干，现在有一些事我也能交代他去办了。哥哥只有他一根独苗，有风险的事，我都不敢让他办。唉，才不尽用，也是可惜啊。"

"没有什么比平安更重要的了，读读书做点生意，安安稳稳的也没有什么不好。有机会咱也让孩子多磨砺一下，以后咱们老了，家业还是要靠孩子们来继承的。"

"贤妻所言极是。那商行的事咱们先交给他，也该让他接手磨砺一下了。"

"我倒是不放心你，在外大风大浪的，让妾身怎能不担心呢？"凝絮说着竟哽咽起来，用袖擦拭眼角。

懋峰轻轻地挽过凝絮，默默地帮她擦去泪花。

"别担心，不会有什么事的。"

"那你准备什么时候出门呢？"

"明天吧，我刚才跟娘也说好了。娘也跟你一样，都忍不住落泪了，让我心中好生不落忍。可咱寻找亲人也着急，巴不得能早日见到妙哥呢。"

"唉，人生多少的生离死别，总是不由人啊，就是不落忍也没办法啊。"

"贤妻，来，咱们琴箫再和上一曲，以抒胸臆！还是那首《青玉案》吧。"

"好。"

琴清箫婉，一曲未终，已是情意缱绻。看那凝絮，美目顾盼，秋水凝情，琼鼻朱唇，齿若含贝。好个娇美徐娘，风韵秀彻。两人急急宽衣解带，琴置箫挂，好是一番缠绵。

十月小阳春，风和日丽，天蓝海青，海水已涨满沙滩。峰尾姑妈宫澳头，三艘大商船满载货物，并排在一起。船身高昂，细浪轻拍，轰隆作响。乌漆漆的船身间着一道白漆，气势不凡，五个枪堰，霸气凌凌。船上船员列队齐整，岸上人头攒动。送行的亲友们携老带幼，馈赠"送顺风"①礼物。彼此互道珍重，依依难舍，其意殷殷。

懋峰告别亲人，与阿六登上舢板，船工撑杆向大船靠去。人到大船底下犹望高楼，顿生敬畏。微风吹来，一种桐油灰、老漆与海风咸湿味相混合的气味扑面而来，既熟悉又亲切。

"东家，你要上哪艘船？"阿六问道。

"还是宁兴号吧，这是咱们打造的第一艘大船。船虽然旧了些，但我看到它总是觉得很亲切。"

"好！宁兴号升主旗。"阿六一声大喝。

宁兴号升起了"刘"字大旗。懋峰登上甲板，靠近船舷，向岸上的凝絮及子侄们挥了挥手，大喝一声：

"鸣炮，起航！"

船上咚咚咚地敲起三通响鼓。鞭炮齐鸣，船队缓慢地向北方驶去。

此时，岸上的人们纷纷让开一条道来，只见豆干婶搀扶着黄氏姗姗而至。家人立即拥上前去，将其扶住。黄氏身影单薄，她努力地站直身子，举起手来朝着大船优雅地挥了挥。风吹乱了发鬓，阳光下丝丝白发依稀可辨。懋峰心中一阵酸涩难过，眼眶湿润，大喊一声："娘！您多保重。"但激荡的风潮声将这呼声无情地吞噬殆尽，回应的只有风卷旗帜的猎猎之声。

岸上人群逐渐变小，慢慢成了一些小黑点，最后一片模糊。懋峰眨了眨眼，强忍着没有落下眼泪，心中空落落的，自是十分不舍。

"东家，这船的主舱原来是妙哥住的，一直留着。要不打扫一

①送顺风：峰尾习俗，每逢船只出航，亲友们都要送些茶酒干果点心之类的礼物，以祝福顺风顺水、平安好运，名曰送顺风。

船者

下，给您住如何？"阿六打断了懋峰的思绪。

"好吧，那就带我去看看吧。"

"好。"

"拿钥匙过来，打开。"

舱门打开，一股陈旧的木头味道扑鼻而来。

"这船密封性就是好，这么久了都没有潮湿发霉。只是有一点点灰尘而已。打扫一下，把旧的被褥换洗干净，再添置一套新的被褥就行了。"

"嗯，很好。被褥不用换洗了，拿出去让太阳晒一下就成了。"

"这……毕竟这么久没用了，会不会不干净？"

"没事的，晒一下就好了。"

"汝安，来，把被褥拿去晒晒。再把船舱打扫一下。"汝安是个学徒，做着火头军和杂活。

"哎，来了。"汝安抱起被褥，突然听见"啪"的一声，被褥里掉出一件东西来。

"这是什么？"

"一把折扇。"

"快拿过来，让我看看。"懋峰一把抓过扇子，这是一把玉坠象牙绢纸扇，打开，上面题有一首《青玉案》和凝絮"感玉郎佳词，如入肺腑，知己难求。谨录玉扇，玉郎惠存，凝絮敬录。"的题跋。

"这是我送妙哥的折扇啊。"睹物思人，懋峰不胜感慨，突地又是一阵惊喜。这是一个好的兆头，想必此行必有所获。

船一路直奔宁波，十多天后，顺利到达宁波港。但见码头桅樯林立、橹棹交错。船、货、人往来如织，一派忙碌景象。不远处泊着的一艘三帆大洋船尤其显眼。

懋峰见天色尚早，就叫上阿六，准备找牙商接洽购销货物。两人刚上岸未行几步，就见那洋船的小艇上下来一个洋人。那人金发梳得一层一层的十分整齐，身着蕾丝褶皱丝衬衫，开襟长马甲，披着一件长大衣，紧腿的半截裤，白袜紧裹小腿，脚蹬低帮绑带皮鞋。

"这洋人长得太奇怪了！头发棕黄色卷卷的，眼珠子是蓝色的，皮白得像猪油，个子也很高。讲话叽里呱啦的，一句也听不懂。"阿六道。

"这洋人好生精细，打扮得跟女人似的。"两人禁不住好奇，跟随在那洋人后面，竟然也跟着走到了牙行。

"原来这洋人也是来找牙商的。"

"走，咱们也进去看看。"

"东家，我听着，那洋人好像在讲菜篮、铁①什么的。"

"你听得懂洋话？"

"咱哪听得懂啊，只是有些听起来跟咱们的老家话有点像。"

"什么菜篮、铁的，哈哈，笑死我了。这洋人是在说要买茶和瓷器的事。"那牙商听了忍俊不禁道。

"茶和瓷器我们船上装的都是啊。"

"是吗，那太好了，我赶紧跟他说。"牙商言罢，转向洋人道，"The two friends said they had tea and porcelain and could sell it to you。"

那洋人闻言，连忙转过身，又鞠躬又握手："Nice to see you, chinese friend。Thank you very much。"

懋峰和阿六一脸茫然，连忙看着牙商："他说些什么呢？"

"他说很高兴跟你们做生意呢。"

"Thank you very much。May I see your goods？"

"哦，洋人说非常感谢，可不可以去看看你们的货物？"

"当然可以了。请。"

①菜篮、铁：某些英文词汇，听起来像闽南语的菜篮、铁。

　　懋峰和阿六将牙商和洋人领到船上。洋人看到船舷木架上的几门土炮，用脚顶了一下，摇了摇头，露出鄙夷的神情。这不经意的动作，懋峰全然看在眼里，嘴上不言，心中却愤愤难平。

　　阿六忙着介绍船上的货物："这是安溪铁观音、惠安铁罗汉、永春佛手，都是上好的茶叶。这是德化的瓷器，精白如玉，都是一等一的好货啊。"

　　"Very good。I'll take it。Let's make an offer。"

　　"洋人很满意，问多少钱要卖？"

　　"要八千两银子，少一个铜板也不卖。"懋峰一个箭步横在阿六面前，接茬道。

　　"What？Eight thousand liang？No，no。"

　　"洋人嫌贵不买呢。这位客商，不是我多嘴，你们这批货最多值五千两，怎么要八千两呢？"

　　"就要八千两。"

　　洋人看出懋峰的态度来，把牙商叫到一边耳语了几句。只见牙商点了点头，转过头来对懋峰道："洋人刚才说，由于航期快到了，他没有时间等。他又很需要这批货，希望你能将这批货便宜卖给他。他愿意送你几门舰载炮，他刚才看你们船上的炮真是太垃圾了。"

　　"真的？"真是想什么就来什么，懋峰闻言高兴得差点跳起来，连忙道，"行，那先带我去看看洋炮。"

　　牙商又跟洋人耳语了几句。洋人朝懋峰和阿六招了一下手，道："OK，let's go。"

　　洋人带着懋峰他们登上那大洋船，进入炮舱。只见船舱两边各八门油光锃亮的红夷大炮架在铁墩子上，每门长约八尺，连同炮架，少说也重个三四十担①。

────────────

　　①担：旧时的计重单位，一担相当于一百斤。

"哇，这炮真是漂亮，连外壳都这么光滑。咱们的炮可浑身都是坑点啊。"阿六摸了摸炮身，连声赞叹。

"麻烦你跟洋人说，这炮行，我想要十门，每门减三百两。那批货五千两卖给他了。"

牙商又朝洋人讲了几句。洋人想了想，歪了一下脑袋，耸了一下肩，然后双手一摊，再点了点头同意了："OK。"说完就掏出一沓银票来，交给牙商。

牙商道："白天太招人耳目了，你们把船靠过来，先把你们的货搬过来。搬完差不多也到晚上了，再把炮吊到你们船上。这批货总共八千两，按例我抽成二百四十两。但这私下与洋人买卖军火，若是被查到了非得吃官司不可，我就多要了一百两。成不成，随便你。"

"成，成。"懋峰接过四千六百六十两银票，满口答应。

一切照计划进行。到了傍晚，懋峰将十门大炮吊过船来，都藏在宁兴号的底舱。

接下来，采购货物自有阿六他们操办。懋峰倒是落得轻闲，自顾自地到码头集市闲逛，偶尔买些文房精品和精致点心。也无人知道东家要做什么，都以为他只是出来散散心而已。懋峰基本上都在宁波各个茶楼酒肆喝茶吃饭，借机向店小二打听一番，然而毫无建林的消息。

懋峰忖道："妙哥应该不会跑这么远来吧。这人杂的地方他也不会来，按他的性格，应该是到哪个海岛隐居了。但他肯定也要到附近的码头置办些日常用品，也肯定会去酒肆喝酒才是。我想应该在温州到汕头之间的各个小码头上去打听打听才对。"想到这些，不禁有些焦急，忙叫来阿六。

"阿六，货都置办好了，叫大家都聚过来。看看人都到齐了没有，要是都到齐了，咱们就开船返航了。"

"来，来，来，大家都聚过来，准备开船了。"

"不好了，和贵还没回来。他跟我是一个舱的。"汝安叫道。

"有人知道他去哪了吗？"

"他，他，可能赌去了。"汝安小声道。

"什么？去赌了？"懋峰皱起眉，脸色凝重起来。

"不瞒东家，这些个船工啊，平常没什么事就聚在一起喝个小酒，要不就小赌一下。自从您来到船上，他们既不敢喝也不敢赌，这下可能憋坏了，就偷着上岸赌了。"阿六红着脸解释道。

"这样啊，那咱们就等等他。大家都聚过来，我告诉大家一个好消息。"

"好消息，什么好消息？"大家一听说有好消息，兴奋起来，交头接耳地互相打听起来。

"这次船出航一个多月了，大家很辛苦，也很努力，咱们呢也赚到钱了。为了表示谢意，我今天把这次的利润全发给大家，每人二十两银子。阿六，来，把钱分了。还有一个事希望大家记住，这次洋人送咱们大炮的事，都不要说出去，以免惹来祸端，大家都明白吗？"懋峰言罢，叫人从主舱抬出一筐白花花的银子来。

"明白，我们都不说。哇，二十两啊！哈哈！发财了，东家您太好了！"大家欢呼了起来，有人跳，有人笑，有人塞到嘴边死命咬，有的拿到眼前狠劲瞧，有的揣在怀里生怕掉，一会儿捂住一会儿又忍不住掏出来瞧。

懋峰微笑地看着眼前场景。

"跑一趟二十两，那一年跑个六七趟，就有一百多两银子了啊，我很快就能变富人了。"汝安扳着手指，算了一遍，突然兴奋地大叫了起来。

"那你变富了，想干吗呢？"

"当然先盖个大厝啊，三间张的，不，要五间张的。"

"光有房子哪够啊，还不得打一套好家具。"

"还得要一堆的丫鬟、家丁，买好多好多的地做地主。哈哈。"

船工们七嘴八舌地聊开了，美滋滋地做着发财梦。有的还得意忘形地傻笑。

"还得找个漂亮的婆娘。"

"一个婆娘哪够啊，最好再纳个可人的小妾。还要生一堆的娃，嘿嘿。"汝安道。

"吹吧你，就你还好意思纳妾。上次咱们路过怡红院，你就在那门口闻了个脂粉味，就大汗淋漓、手脚乱抖，整个人都不好了。亏得有我们给你搀回家，不然估计就在那趴窝了。"

"哈哈。"众人哄堂大笑。

"小兔崽子，都想太多了！还得意忘形，就你们这德行，有钱也给你败光了，还想做富人？"阿六骂道，转而又不好意思地对懋峰言道，"都怪我平常没教导好，让东家见笑了。东家，要不您讲几句，给这帮弟兄们开开窍。"

"快乐幸福的感觉才是无价的。只要弟兄们快乐，这钱就分得值。"

"值！当然值了。那请东家讲几句话吧。"

"好的。"

"好了，好了。咱们东家满腹经纶，胸怀大志，咱们听听他怎么说。"

"好，好！"大家鼓掌道。

"好，那我就说几句。听说以前无聊的时候，你们都在船上赌，个别胆大的还上岸赌。我说呢，要赌可以，但只准在船上赌，而且我要按规矩收骰东①。还有赌赢赌输都不能吵架惹事，晚上不能超过子时，不能私下借贷，不然我绝不轻饶。大家认为怎样？"

"好啊，好啊。"众人大喜。

"那我们现在就可以去赌了？"汝安胆怯地问道。

"可以啊，请便！"懋峰笑道。

只见大伙欢天喜地地一哄而散。从舱底、床底弄出一堆竹牌麻将，三五成群，噼里啪啦地玩了起来。

过了一会儿，从岸上匆匆忙忙地跑来一人，赤着脚，光着上半身，狼狈不堪地爬上船来，众人一看正是和贵。

"和贵，你怎么成这样子了？"众人见状大笑。

和贵低着头怯怯地站着，看着懋峰不敢言语。

"还没吃饭吧？你先去吃个饭，换身衣服。等下到我舱里来。要开船了，大家也先都停了。"

"好！"

拔锚，把舵，扬帆，船缓慢地向东南驶去。

"东家，我来了……"

"你是不是赌输了，连衣服都输光了。还好，你还知道留条裤子回来！以后，还赌吗？"懋峰板着脸道。

"不赌了。"

"真的能做到？"

"这……"和贵搔了搔头，吞吐了许久。

"好了，我也知道你一时戒不了。这样吧，我允许你们在船上赌，你以后就负责帮我收骰东。这次每人分二十两银子，你也拿去。以后要是让我知道谁去岸上赌，我就开除谁。"懋峰说着把二十两银子递给和贵。

①骰东：开赌馆的人向赌徒收取管理费。

"谢谢东家，我下次不敢了。"

两天后，船过象山县。懋峰突然发现航向变了："噫！船头怎么偏东了，这是什么情况？"

"东家，咱们马上要过三门湾了。"阿六道。

"是不是这边的礁石多、潮流急，不好行船？"

"这边的岛屿很多，海盗又多又强悍。咱们往大洋外面一点比较安全。"

"原来是这样啊！岛多海盗多？"懋峰嘀咕着，心里犯疑道，"妙哥会不会就躲在这些岛上呢？可能也不会跑这么远过来吧？这次暂且就不登岸了。要是还找不到，该冒险还是得冒险。"

就这样，每逢海岛港口，懋峰都要船只停船靠岸。他还是自顾自地闲逛，喝茶吃饭，买些特产。众人不知东家用意，也不敢多问，只道是东家游兴未尽。

又过了几日，船至福宁府霞浦三沙澳头。懋峰心中记挂着寻访之事，便交代了一番，自己登岸而去。眼前是一条黄金沙滩，背后青山环峙。一个小村落，数百间石屋错落其间。懋峰来到小街上，窄窄的青石板道两边是一排低矮的石头厝店铺。三沙的居民多是从闽南迁徙而来，通用闽南语。渔村的气息和景象与圭峰有几分相似，备感亲切。懋峰在街上溜了一圈，见无非是些肉铺、菜铺、杂货铺，有的卖些鲜干货、渔网钓具，并无什么稀奇。再行几步，突见一服饰店显得与众不同，他便信步走了进去。

"客官，买些首饰送家人吧，便宜又好看。"

"我就随便看看。"懋峰见是些铜铁簪钗、骨木珠翠的低劣货色，朝店主笑了笑就要离开。

"客官请留步！我看您不是一般人。小店有一件镇店之宝，想必您会感兴趣。"

"哦？"

"请客官稍候。"那店主从内室拿出一个红绸布包出来，小心翼翼地放在柜台上，缓缓解开，却是一只冰翠玉镯。懋峰突然觉得十分眼熟。

"可否让我细看一下。"

"可以，但请千万小心。"

懋峰轻轻圈住玉镯，借着阳光细细端详，只见玉镯晶莹剔透，絮如轻丝隐约，玉色水润喜人，有一块阳绿飘花，绿得深幽，净得渗人心扉，是件极品玉镯。

"啊！这不就是郝小姐赠予妙哥的那个玉镯吗？"懋峰大吃一惊，心脏狂跳起来，突然觉得喘不过气来。手脚都要颤抖起来，忙忍着激动，将玉镯放回绸布包上，再深吸了一口气，方才稳住。

"你这、这……镯子哪来的？"

"收的啊。"

"哪里收的？"

"一个过路客商啊。"

"那客商长什么模样？"

"是个女人啊。哦，哦，好几年前的事了。"

"这怎么看起来跟我兄弟的那个一模一样呢？"

"也许是对镯呢，也许是同一块玉石开出来的，有时好几个都一样呢。"

"哦，这样啊，天下竟然有这么巧的事？那店家你这镯子卖多少呢？"

"一百两，一分也不能少。您是贵人，肯定识货，这镯子少说也值个二三百两吧。我们这里是渔村，很少有豪商来。小店没有什么本钱，想赶紧变现，所以就便宜卖给你了。就赚您十两，要是多赚您一分的话就遭雷劈。”

"行，行，行，别下那么大赌咒。一百两就一百两，这镯子我要了。"

"客官，您真是个痛快人！哇，这是山西票庄的大汇票呀，一张一百两啊，啧啧啧，果然没错。多谢客官，慢走，请慢走。"那店主接过银票大喜，看了又看，连忙收起，又仔细地包起镯子，双手奉与懋峰。

懋峰将玉镯揣入怀中，再无心思闲逛，径直返回船中。

是夜，懋峰拿出手镯，反复察看："世上怎么有这么像的手镯？可这店家也不像是在说谎，妙哥也肯定不会去卖镯子的。难道真的是对镯，这也太像了啊，简直就是一模一样啊。"正嘀咕的时候，有人敲起了舱门。

"谁？"

"东家，是我，和贵。"

"和贵啊，请进。来，坐下说。"

"东家，这是今天收的骰东，总共三十一两二钱。"

"这些天下来，咱们共收了多少骰东了？"

"有两百八十两了吧。"

"好，辛苦了。你出去跟他们说，要是谁没钱了可以向我借，但是我要三分的利息。"

"好，多谢东家。"

船一路南下，过了福宁府，又经罗源到了马尾。懋峰令船只靠港。阿六刚安排停当，就见一艘巡防船靠了过来。船上站着十几个绿营兵，头戴檐边暖帽，身着窄袖短装棉衣裤，外套镶边灰蓝色背心，中间圆圈书有一个大大的"兵"字，腰间系有拧转麻花布带，手中分别持有刀枪。为首的过来喝道："你们是干什么的？"

"我们是商船，路经此处补给淡水。"阿六道。

"弟兄们，上去看看。"为首的言罢，手一挥，兵丁们便登上船来。他们先在甲板上巡视一番，然后进入货舱。

"这装的是什么？"为首的指着货物问道。

"这麻袋里装的是大米。这边布包里装的是丝绸。箱子里装的是一些日杂货物。"阿六应道。

那为首的分别用脚支了支那些货物，又退后几步，审视一番，突然冷冷地瞪住阿六，逼问道："这重量不对啊，就这些货物，船怎么吃水这么深？下面还有夹层吧，叫人把货物搬开，看看有没有什么违禁物品？"

"老总，哪不对啊？我们这船用料实，所以沉。这货搬起来，要费大半天，错过了潮位，会耽误航期。请老总通融一下，这一点小小心意给弟兄们喝杯水酒。"阿六心中咯噔一下，但尽量稳住情绪，掏出十两银子来就要塞给那为首的。

"大胆！竟敢行贿督标水师。也不看看是谁带的兵？来人，快去通知千总，将船只扣下！"那为首的一见顿时变了脸色，把手一甩，登上甲板，唤过两名兵丁，就要回营报告。

气氛一下子紧张了起来，阿六暗自攥紧了拳头，手心捏出了一把汗来。

欲知后事如何，请看下回分解。

第五回

会知交览胜罗星塔
讲故事寓情慈善心

却说那为首的兵丁拒绝贿赂，扬言要将船只扣下。正紧张之际，懋峰已闻讯赶了过来。

"这位兄弟如此高风亮节，令刘某佩服之至，失敬失敬！"

为首的回头一看，不禁怔住了："您是圭峰刘巡检？"

"你？"懋峰定睛一看，也是感觉十分眼熟，却想不起来在哪里曾经见过。

"我曾经随江管带去过峰尾剿海盗啊，多蒙您的关照。怎么您想不起来啦？"

"啊，我想起来了，难怪这么面熟呢？你们怎么到这里来了？"

"自从在峰尾剿了海盗以后，总督大人就将本部收归标下统领。江管带也升了千总，然后一直驻防在此地。"

"原来如此，那真是太巧了。敢问将官尊姓大名，幸会幸会。"

"不敢不敢，鄙人姓郝名冰。弟兄们，这位便是我们经常说的，兵不血刃就拿了海盗的圭峰刘巡检。"

"哦，好厉害哦，经常听老兵们提起您。"那些兵丁围了过来，纷纷赞道。

"既然是知根知底的，就没有什么可怀疑的了。难怪这船看起来这么眼熟呢，这是当初那收缴的大海盗船吧？"

"正是，各位兄弟请进舱坐会儿喝杯水酒吧。"

"多谢巡检，公务在身，不能饮酒，我还是带您去见江千总吧。他经常念叨您。"

"如此就有劳兄弟了，请前面引路。"

"兵营离此不远，就在罗星塔下。"郝冰引着懋峰沿着石径蜿蜒而上。山不甚高，拐了几个"之"形拐角，眼前一方平地，豁然开朗，依山有一圈用角石垒砌的平屋。举目仰望，岭横峰侧，松翠枫红，层林环抱，风景秀丽。罗星塔巍峨云间，佳树繁荫簇拥左右，气势雄伟。

众人又行数步，突然从林间斜刺里闪出一个手执长枪的岗哨来，把懋峰吓了一跳。

"口令！"

"海潮！这是千总的贵客。不得无礼。"郝冰回复道。

"失礼！"那士兵拱了一下手，又躲到了林子里。

"江老大，您看谁来了。"才到操场，郝冰便扯着嗓子喊道。

"啊，是玉郎兄弟。"

"哈哈，晋九兄。"

"哈哈，一别数年，都长胖了。"

"哈哈，也都老了。"

"来来来，快进营房叙谈。"

懋峰与江晋九双手紧握，彼此端详，又紧紧地拥抱在一起。在追缉刘妙案件时，两人一见如故，嗣后，彼此挂念。一别多年未得相聚，如今相逢却无半点生疏。

"对了，什么风能把你给吹来了？"

"我跟随商船出来散散心。登岸补给时，恰逢郝兄弟查船，才知道你驻防此地。"

"我来此已有四五年了。驻守炮台，巡防海疆。走，你难得来一次，我带你看看此处的风景。"

"好，那就有劳了。"

两人行至后山，拾级而上，风刮过树林，响起啾啾的呼啸声，备感寒意。

"冷吗？玉郎。"

"还好吧。还能受得住。嘿嘿。"懋峰裹紧棉衣道。

"时至隆冬，兵家之地更有萧瑟之气。咱们登塔吧，四面八方均可在望。"

"好。"

登塔远眺，但见平滩之后高山环抱自成屏障。西南州府乡居之地，平川江流、阡陌纵横。山下乌龙江、闽江、营前港三江汇成一处，延绵数里流向出海口。入海处两岸高山夹峙，十分雄峻。懋峰识得那正是方才商船由海入内的航道。

"此地峙两岸以为门户，挟三江而汇海流，乃为咽喉要冲，战略要地啊。"

"是啊，所以为兄不敢稍有懈怠。"

"这么重要的地方，怎么没有架设炮台呢？"

"这边没有，但那边有。兄弟你看，那是你刚才商船进来的那条航道。北面山叫长门山，与之相对的南岸金牌山、獭石山、烟台山还有闽安、象屿、洋屿均有炮台。"晋九指着远处的入海口介绍道。

"嗯，如此看来，有敌入侵，必能给予迎头痛击。"

"为兄手下还有数艘精英炮舰。若有外敌入侵必与之死战到底。"

"炮舰？那用的是什么炮？"

"我们用的是仿制红夷大炮，射程还是比较远的。但是很笨重，技术相对比较落后。"

"晋九兄觉得现在的洋炮如何？"

"那当然好了。洋炮轻便、射速快、射程远、威力大，确是仿制炮难以相比。"

"晋九兄对洋炮也很有研究啊。几年不见，玉郎理应刮目相看了。"

"兄弟过奖了，既然干这行了，什么都得熟悉才行。"

"晋九兄谦虚了。兄弟有个打算，也想在圭峰烟墩山架个炮台，到时需要晋九兄前来指导一番。不知能否？"

"哦，什么时候要架设？到时知会一声，晋九乐为效劳。"

"那到时我派人来接你。在此先谢过了。"

"好，一言为定。兄弟你看，涨潮了，江水与海水快相冲了，就要激起怒涛了。"

"哦？"

话音未落，就见河口突然扬起数丈巨浪。江面一时汹涌澎湃，犹如千军万马奔腾，又好似海底漏下了一个大洞，水流翻滚如巨龙，激起层层漩涡。潮水拍击、浪花飞溅，声音轰隆，如雷贯耳。

"哇，气势雄伟！真是撼天地惊鬼神啊。"

"是啊，每每登临，见此情景，就不禁胸臆澎湃，激情满怀啊。"

"英雄气概不过如此啊。哈哈，长见识了。"

"哈哈。"

两人一番感慨之后，又慢慢走回营房。晋九早已命人安排好酒席，又叫了几位亲随，众人把酒言欢，好是畅快。

懋峰见天色已晚，恐船上兄弟们挂念，又恐误了潮水，便要告辞而去。晋九十分挽留，终拗不过懋峰归心似箭，便相送至码头，依依难舍而去。

过了马尾，又经平潭、南日，依然寻访建林未果，眼见离家越来越近，懋峰心中又喜又愁。喜的是马上就能与家人团聚，愁的是一路奔波寻访，犹如大海捞针，就连妙哥的栖身之处都未能确定个大致，心焦如火却又无计可施。

"东家。"叫唤声打断了懋峰的思绪，却是和贵来了。

"这是今天收的骰东，总共三两二钱。"

"今天怎么这么少啊？"懋峰笑道。

"大伙都输得差不多了，又不敢来找你借。"

"你去把大伙都叫过来。"

"好的，东家。"

一会儿，船工们垂头丧气地聚到了一起。

"都软塌塌的，怎么回家见婆娘，都振作起来。"

大伙"哄"的一声苦笑。

"怎么啦，没钱回家了。"

"嗯。"众人不好意思地应道。

"看看，你们身上最多的还有多少钱？"

"我剩九两三。"

"我剩十二两。"

"没有比十二两多的啦。"

"说说看，钱哪去了？"

"我们不赌了。我们明白了，赌来赌去的，原来钱都给骰东赚走了。"

"那要是我还把钱加息借给你们，让输的去抢本呢？"

"要是小赌，赌来赌去，最终都不会输赢多少。可借钱豪赌，我觉得最终都会倾家荡产。"阿六道。

"来，和贵，咱们骰东收了多少？"

"六百七十八两一钱。"

"分给大家吧，每人发十六两。不够的我来垫上。"懋峰道，但表情却是严肃的。

"哇，这下又有钱回家啦。多谢东家。"众人喜出望外，刚要欢呼大叫，却看到懋峰满脸严肃，不敢狂欢造次。

"钱是挣来的，不是靠赌赢来的。赌博有输赢，输的都是自己的血汗钱，沮丧自不必说，若是想借钱还本，最终可能倾家荡产。赢的人也不必高兴，想想赢的都是弟兄们的血汗钱。他的妻儿老小都要忍饥挨饿，少吃少穿，咱们能忍心吗？而且你能保证每次都能赢？还有整天沉湎于赌博，精气神涣散，能好好劳作好好挣钱吗？"懋峰声音不大，但却义正词严。

众人面面相觑，噤若寒蝉。

"这是我赢的，我不要了。我只要二十两。"

"我也只要二十两，多的也不要了。"

舱板上堆起了一小堆银子。

"好！看来大家真都明白了。咱们是一起出生入死的兄弟，就要有福同享有难同当。"

"明白了，明白了。"

"那好，大家自己拿，每人还是二十两。拿起咱们的精气神来！"

"好！"

"东家，可他们不赌也无聊啊。"阿六小声道。

"是啊。我们又不像东家是读书人，可以看书解闷。"

"以前做海盗的时候，还喝酒说女人。头家还经常给我们讲《水浒》故事。"一船工道。

懋峰闻言，眉头不禁一皱，一丝苦涩涌上心头。

"要你多嘴！"阿六轻轻地拍了那船工一脑门，又狠狠地剜了他一眼。

"无妨，无妨，小赌怡情，小酒怡身，我不反对。但凡事要有个度，你们自己掌握个分寸就好了。但我想除了玩牌和喝酒，还有许多好玩的，比如吹拉弹唱，琴棋书画。"懋峰笑道。

"这种文雅的事，我们粗人哪会啊？"众人摇头道。

"诶，我发现大伙都很聪明，学这个不难，都能成。"

"我真的能学会？要是能，那就太好了，我最羡慕那些会吹箫拉二胡弹琴的人了。每次听人家弹奏，我的耳朵感觉都快要动起来了，心里像喝了蜜糖一样甜，好像有个温柔的小手抚摩着那样舒坦。要是自己也会，那别提有多美啊。我要学，东家您能不能教我？"

"那我也要学。"

"我也要！"

"我喜欢写字画画。"

"我喜欢下棋。"

"好！既然大伙都想学，那我就领大伙入门，修行还是要靠你们自身了，凡事贵在持之以恒。"

"好！"

船上一片欢呼。懋峰摆了摆手，接着言道："如今咱们船运生意日益兴隆，能有今天，这跟兄弟们的勤劳努力分不开，让我钦佩和感动。船队的股份呢，过去我占了一半，大伙占一半，你们都把我当东家，我给大伙发工钱分红。这些年大伙手上也攒了一些钱了，有点小钱你们就想着盖大厦，养丫鬟、家丁、小老婆，吃喝嫖赌。攀比奢侈逐渐成风，这能富起来吗？现在我有个想法，我计划将船队规模再扩大一倍，作价一万两，一两银子一份，设个一万两的份额。这些份额我不参与了，都归大伙，大伙自愿投股，年底算账的时候按照新的份额比例分红。"

"这样东家您的份额比例可是要少了一半啊。咱们的船队起码值个两万两，现在一万两就占了同等份额，谁不投谁是傻子。"阿六道。

"独乐乐不如众乐乐。"懋峰笑道。

"这是东家让利，要带咱们共同发财呀！哈，看来我真的要富起来了。"和贵高兴地跳了起来。

"我要入股！"

"我也要，这是您刚分的二十两，回家我再凑八十两，入一百份。"

"我也要，我勒紧腰带也要入个一百份！"

"欢迎大伙入股，但是你们不能为了入股去借贷，把日子过得苦哈哈，必须在不影响生活的情况下，剩下的钱拿来入股，做生意有风险，不是稳赚不赔的。"

"我们相信东家，就是赔了也心甘情愿！"

"多谢弟兄们的信任！那我一定尽力而为！"懋峰拱手道。

"哈哈，看来我真的要发财了，难怪我最近老梦见上茅厕！"

"哈哈，黄金万两！"

"能富起来当然是好事！前些天，我听大伙讲富起来后要怎样怎样，无非是小进则满、小富即安，温饱即思淫欲的想法，实不可取。只是当时我见大伙兴味盎然，不忍扫了大家兴致，没有说破而已。"

众人不好意思地低下头来。

"咱们的这一点点财富，好比沧海一粟，微不足道。一不可不思进取，二不可骄奢淫逸，三不可为富不仁。下面我就给大家讲两个大富豪的故事，先讲西晋首富石崇的故事吧。"懋峰思索了一下，讲起了故事。

"石崇是西晋开国功臣石苞的第六个儿子。石崇小时候就才能出众，很有智谋。石苞临死的时候，把财产全分给了石崇的其他兄弟，唯独一分也不给石崇。他母亲向石苞请求分一些财产给石崇，没想到石苞却说：'别看这孩子年纪小，他以后自己就能得到许多财富。'

"真是'知子莫若父'，这石崇后来果然成为当时的全国首富。但他富得很不光彩，据说是他在担任荆州刺史的时候，乔装成强盗抢劫远行的商客，从而获得了巨额财物。

"暴富后的石崇十分奢侈。他在洛阳造了个园林叫金谷园，有方圆几十里大。园内随着地势的高低来修筑高台和开凿水池。富丽宏大的房子多不胜数，楼榭亭阁，水萦绕穿流其间。芳林鸟鸣，明溪鱼洄，宛若仙境。他后房有千百个姬妾，都穿着刺绣精美的锦缎，佩戴由珍珠美玉宝石制成的首饰。他每次要召唤美姬，不是呼其名字，而是通过听玉佩看钗色来辨人。侍妾们口含香料，迎风而立取其香。听的都是天下最美妙的音乐，吃的都是珍禽异兽。就连厕所都修得华美绝伦，厕所四周用锦幔围住。里面准备了各种的香料，十多个衣着锦绣、妆容艳丽的婢女恭立侍候。客人上完厕所，衣服就不能再穿了。这些婢女要客人把原来的衣服脱下，侍候他们换上了新衣才让他们出去。以致客人们大多不好意思如厕。有一个叫刘寔的官员，他年轻时很贫穷，当官后始终保持着勤俭朴素的习惯。有一次，他去石崇家拜访。上厕所时，见里面陈设豪华，赶忙退了出来，十分抱歉地对石崇说：'我错进了你的内室了。'石崇笑着说：'那就是厕所啊！'刘寔连连摇头说：'我可享受不了这样的厕所。'

"石崇与国舅王恺斗富。他听说王恺家用饴糖水洗锅，他就用蜡烛当柴烧；王恺用紫丝布做了四十里的步障，他就用锦缎做了五十里；王恺用赤石脂涂墙壁，他便用胡椒。当时胡椒全靠西域千里迢迢运过来的，可是比黄金还贵的东西。晋惠帝却觉得他们斗富很好玩，会时不时地帮他舅舅一把。有一次晋惠帝赐给王恺一棵二尺来高的珊瑚树，树干延展，枝条繁茂，世所罕见。王恺就拿着这棵珊瑚树找石崇炫耀。石崇看后顺手操起铁如意就将珊瑚树打个粉碎。王恺大怒，认为石崇是在嫉妒自己的宝物。而石崇却说：'这不值得发怒，我现在就赔给你。'于是命令下人把家里的珊瑚树拿出来。这些珊瑚树高三四尺，枝条繁密，高大雄奇，光彩夺目。像王恺那样的就更多了。王恺见了，自愧不如。

"石崇请客饮酒，常让美人斟酒劝客。如果客人不喝，他就让侍卫把劝酒的美人杀掉。有一次，丞相王导与大将军王敦一道去石崇家赴宴。王导向来不能喝酒，但怕石崇杀人，当美女劝酒时只好勉强饮下。王敦却不买账，他原本倒是能喝的，却拗着偏不喝。结果石崇斩了三个美人。王导责备王敦，王敦竟然说：'他杀他自己家里的人，跟你有什么关系？'你们看，这些权贵是不是很没有人性？"

"是啊，实在是太坏了！简直猪狗不如！会遭报应的！"众人愤慨道。

"嗯，我接着讲。石崇任交趾采访使时，以十斛珍珠换得一个美姬，名唤绿珠。绿珠美若天仙，妩媚动人，善吹笛，善舞《明君》，又善解人意。因而石崇对绿珠最是宠爱，每次宴客，必命绿珠出来歌舞侑酒。见者都若失魂魄，因此绿珠的美貌名闻天下。

"晋惠帝司马衷是个懦弱蠢笨的皇帝，皇后贾南风擅政专权。贾南风有个妹妹叫贾午，嫁给韩寿，生了个儿子名叫谧。谧过继给外祖家，改姓贾，被封为鲁国公。石崇依附了贾谧，极尽谄媚。贾谧、石崇和西晋当时最负盛名的才子们，经常聚集在石崇的金谷园中。这些人谈论文学，吟诗作赋，时人称之为'金谷二十四友'。

"西晋永康元年，赵王司马伦听从孙秀之计，用离间计诱使贾皇后杀害太子司马遹。又以贾后杀害太子之名发动政变，诛杀贾后、贾谧等人，石崇因是贾谧同党而被免官。

"这个孙秀原为二十四友之一、天下第一美男子潘岳的小厮，因其性狡诈，不为潘岳所喜。潘岳时常打骂他。孙秀后来投靠了赵王司马伦，因善于谄媚，诡计多端，颇受赵王喜欢。孙秀早就垂涎绿珠的美色，时下石崇失势，他便派人前去索要绿珠。石崇将数十个婢妾引出来，让使者自己从中挑选。使者说：'这些婢妾倒是都很漂亮，可是我是受命来要绿珠的，不知哪个是？'石崇怒道：'绿珠是我的爱妾，你们是得不到的！'使者说：'君侯博古通今，明察远近，希望三思。'石崇说：'不需要三思了。'使者出去后又转回来劝石崇，但他最终还是没有答应。

"孙秀恼羞成怒，劝司马伦杀了石崇。石崇得知消息后，就与潘岳暗地里劝淮南王司马允、齐王司马冏谋划诛杀司马伦与孙秀。孙秀觉察了此事，就假称惠帝的诏命逮捕了石崇、潘岳等人。当时石崇正在楼上宴饮，甲士到了门前，石崇对绿珠说：'今天我是为了你而获罪了。'绿珠哭着说：'我应该在你面前死去来报答你。'说完便跳楼而死。石崇叹道：'我不过是流放到交趾、广州罢了。'直到被装上囚车拉到了东市，这才叹息说：'这些奴才是想图我的家产啊！'押送的人答道：'知道是家财害了你，为何不早点把它散掉！'石崇无言以对。他的母亲、兄长、妻妾、儿女共十五人全被杀掉，石崇时年五十二岁。为富不仁，即便富可敌国也难免抄家灭族弃之东市，是为富者之戒啊！"

船工们听完故事都睁大眼睛，啧啧称奇，如此豪奢，简直难以想象。

"哇，厕所都比咱们的房间奢华百倍啊。还有花园，漂亮的婢女。啧啧啧。"汝安流着哈喇子，努力瞪大眼睛想象着那故事里的场景，但可以肯定的是，贫穷限制了他的想象力，他所能想象的，不过是九牛一毛而已。

"哇，要是能这样活上几天，被砍了也值啊。"和贵叹息道。

"看你们这熊样！没出息，让东家见笑了。"阿六扬起手来抽了他们两下。

"呵呵，好了，好了。世人皆想富贵，这无可厚非。但福祸相倚，为富者当要戒骄奢淫逸，要仗义疏财多做善事才能免祸。我再给大伙讲一个咱们泉州首富李五的故事。"

"好，好，好，东家的故事太精彩了，真是大开眼界啊！"众人忙支起耳朵，生怕错过了什么情节。

"东家，您能不能等我尿完回来再讲？我憋不住了。"汝安挠头道。

"就你小子懒人屎尿多！"阿六笑着假装用脚在他屁股底下踢了一下。

"那我也去尿，东家请您等下吧。"

"好吧，都不用着急，等你们完事了再讲。"懋峰笑道，他由衷地感受到，这帮从小在海上讨生活的兄弟，勤劳勇敢而又真实可爱。

"都好了，东家您开始讲吧。"

"李五是晋江凤池人，生于明洪武十九年，名英，字俊育，号自然，因排行第五，人称李五。李五幼时家贫，关于他如何发家的，民间有许多传说。话说某日，村里肉贩子挑着肉担子来到李五家中，说：'李五，你买些肉吧。''我穷得连粥都喝不上，哪有钱买肉啊？''我愿意赊给你。''赊了我也没钱还给你。''不用还，只要你给我写个条子就行。'李五狐疑地看着肉贩子：'真的不用还，白吃？''白吃。'天下居然有这样的怪事？李五大惑不解，又看那肉贩子一脸正经的样子，不像是在寻自己开心，于是就说：'那就来五斤肉吧。'肉贩子真的就割了五斤猪肉给李五，要李五写个条子，某时某日李五买肉五斤云云。

"如此好几次，李五终是想要探个究竟。一日傍晚，他便趁着天黑，尾随肉贩子到了野外。只见前面有一座银光闪闪的银山挡住了去路。此时从银山后面闪出一个老人来，喝道：'这是李五的银山，闲人请速离开。''土地公公，我是肉贩子，今天李五又买了一两银子的肉，你看这是他写的条子。''哦，那你就自己拿一两银子吧。拿完速走，不可泄露天机，否则要遭天谴。'

"'这是我的银山？'李五闻言大喜，连忙跑了过去。对土地公公道：'土地公公，这真是我的银山吗？''是的，李大财主，老夫帮你看了几年银山了。如今时缘已到，可以还给你了。''既然是我的，那能不能飞到我家去？''行啊，李大财主请回家，银子一会儿就到。'

"李五连忙往家赶，刚到下厅，就见铺天盖地的银子从天井倾泻而下，不一会儿就淹没了李五的胸膛，压得他喘不过气来，急忙喊道：'再下银子，我会被闷死的。'飞银戛然而止。自此李五就成了富甲一方的大财主了。"

"哦，李五命太好了，我怎么没这命啊。"和贵叹道。

"这些传说是不足为信的，李五的发家是做糖跑船经商来的，跑船经商可以说跟咱们做的是同行。"懋峰应道，接着又讲，"闽南盛产甘蔗，凤池良田千顷，土地肥沃。李五利用地理条件的优势，大量建设仓舍。发动族人和邻近的村民种蔗，然后大量收购甘蔗或蔗糖，附带特产龙眼、荔枝干及各种土特产，用大船运往江浙京津等地倾销。返程时带上丝绸、棉纱，回家后分发给家乡的妇女纺纱织布，再把加工好的丝织成品转销海内外，获得了丰厚的利润。

船者

"但天有不测风云，有一年晋江起风灾，下暴风雨。李五的糖仓被风雨刮倒，黑糖全被泥土覆盖。看到损失惨重的样子，李五痛心不已，但他还是心有不甘地把手插到泥里。他发现糖并没有完全被融化，而是变成了灰白色。他习惯性地舔了一下，发现糖反而变得更加清甜，不由得眼前一亮。通过琢磨试验，他发明了比黑糖更甘醇细腻甜美的赤砂糖，人称"凤池糖"。就这样他苦心经营数十年，成为富甲一方的大商人。但他生活俭朴，住破厝仔，吃粗粮，钱财多用来做善事。

"泉州古话称，'富不过李五，善不过李五。'说的是李五为人仁义，做了许多善事。他十四岁那年，邻居没钱买棺材葬父，他竟然二话不说就拿出自己的床板给人家做棺材。他就是这样仁义的人。"

"这人这么仗义啊，换成我绝对做不到！"众人赞叹道。

"别插话，专心听东家讲。"

"有一次，李五的船队途经舟山海域的时候，被海贼劫走。李五被囚禁在船舱里。入夜，海上一片寂静，李五前途未卜，百感交集，烦闷之中，意外地发现舱中竟然有洞箫、二胡、琵琶等南音乐器，便向海贼借来吹奏起来。清幽凄婉的箫声响起，划破夜空，动人心魄，众贼听得入迷。船上传授曲艺的弦管先生闻声跑了过来，惊叹道：'你这技艺也只有福建泉州凤池的李五能比了。'李五闻言急忙自我介绍，弦管先生便将李五引荐给贼头。

"贼头听闻李五曲艺高超，十分高兴，就把李五留在身边传授南音曲艺。原来，贼头喜好南音，借此消遣海上寂聊的生活。李五跟海盗们相处的时间久了，有了交情，才敢向贼头请求放他回家与亲人团聚。贼头见劫了李五的大宗货物，又见他教授曲艺非常用心，很是过意不去，就答应了，却要他再耐心等候一段时日，说等抢到新货物了，再还他一些。李五不敢推辞，只好耐心等待。直到有一天，海贼又抢到一批货物，就放了李五。"

"台州那边的海贼太多了，咱们都不敢靠内湾行船，要是被抢就麻烦了。"一船工插话道。

"没事，咱们东家的箫也吹得很好，海贼肯定喜欢听。"汝安道。

"你这个小笨蛋，乌鸦嘴！谁让你们插话的，听东家继续讲。"阿六轻轻地抽了他一下。

"东家，您大人不记小人过，请您继续讲。"汝安吐了一下舌头，缩到一旁去了。懋峰笑了笑，伸手摸了摸他的头，又接着讲起故事。

"李五马上辞别海盗，带上伙计们将船开往外海，打开船舱，发现尽是丝绸布匹。他便改道京城，将货物出手，采购了一些北货，准备运回家乡。此时，在他暂住的晋江会馆里，有一名晋江籍的京官死在任上，家眷们正为亲人去世无钱南返哀苦不已。李五不但解囊相助，还顺路将其家眷及灵柩载回晋江，等京官下葬之时又去吊丧。

"当时天气炎热，京官夫人见恩公满头大汗，就亲自打来一盆清水，请李五洗脸擦汗。不料京官族亲见夫人对李五如此关心，误以为李五与那夫人存有私情。又打听到李五遭遇海盗的事情，就到衙门诬告李五勾结海盗。于是李五被县、府关进囚笼，层层递解，准备押送京城。

"囚车途经洛阳桥的时候，忽见江面风高浪急，一个渔夫连人带船顷刻被风浪卷走。江水漫过桥面，李五的大半个身躯泡在江水中。备受风浪之苦的李五，又看到船毁人亡的悲惨场面，百感交集。于是他在洛阳一间杂货店里歇息的时候许愿道：'我若能生还，一定要重修洛阳桥，为过往的行人提供方便。'

"店主见他一个囚徒，自身都难保，还想要修桥，就取笑道：'你

若来修桥，到时修桥用的竹杠我全包了。'旁边的杂货店老板也笑道：'杠绳我也全包了。'李五道：'好！一言为定。'

"后来，李五被押送到京城，却早有一帮他过去帮助过的人，为他洗清了冤屈。李五平安还乡，但却无法去修桥，因为没有官方的许可，老百姓是不能擅自去修桥的。

"终于到宣德六年正月，新任的泉州郡守冯祯和晋江县尹刘珪商议要把洛阳桥墩增高，但苦于工程巨大地方财政困难。这时，有人推荐了李五。李五果然慷慨答应，认为正好可以实现自己多年的愿望，于是分割家财，耗费万金，鸠集民力，并请正淳法师具体负责。历经三年，将桥加高三尺多。

"传说那两店主果然兑现诺言，免费出竹杠和绳子，差点因此破产。后来，李五见他们也是仗义之人，就依价付钱给他们。他们因此还小赚了一笔。

"传说修桥工程花费巨大，很快就把李五的家资耗尽。李五家铸造的金牛只剩下了一个金牛头，而工程还有大半未完成。李五暗暗发愁，夜深人静的时候，独自坐在桥头叹息。他突然发现远处一道白光从江底窜到桃花山上。过了一会儿那白光又从山上窜回江中。他暗自惊奇，不知是为何物。于是又连续观察了两晚，发现都是如此。

"天亮之后，他独自一人划船来到桃花山下，登上岸。寻找了良久，终于在一个山坳边发现了一条宽有两三尺的小道。小道看起来很光滑，像被什么东西磨过一般，弯弯曲曲地从水边一直通到一个大岩石底下。

"李五心里想：这会不会是什么水怪作祟呢？可别让它坏了我修桥的大事。于是他想了很久，就去砍了一些竹子，做成许多长竹签，尖头向上，沿着滑道自下而上一路插好。又用湿泥掩盖，恢复原状。

"第二天早晨，他又独自一人划船到了桃花山下。眼前的一切把他吓坏了。只见一条长数丈，粗如水桶，鳞片有碗口大的大蛇死在那边，肚子底下插满了竹签。他壮着胆子上前查看，只见死蛇的鳞片里好像有什么东西，挖出来一看竟然是一颗盈寸大小的夜明珠。"

　　"哇，太惊奇了。夜明珠啊！"汝安睁大了眼睛。

　　"是啊，还不止一颗呢，每个骨节里都藏有一颗珠子呢。"

　　"啊，那得有多少啊？"

　　"足足找到了二百多颗，他还在蛇头里找到一颗碗口大的夜明珠。李五知道那是无价之宝，忙将之揣入怀中。装完珠子，李五连忙摇船往回赶。刚到江心，突然天色转暗，江涛汹涌起来。李五大惊，心里道：'听闻洛阳江有龟蛇两怪，兴风作浪害人，昨晚我杀的莫非是那蛇怪，如今看这架势应该是那龟怪复仇来了，这可如何是好？'思虑之间，江面已是乌云密布，风雨交集。小船在风浪上跳跃，随时都要被掀翻一般。李五把心一横，将那颗大珠拿了出来，喝道：'孽障，休要兴风作浪害人。把这内丹拿去修成正果，否则那蛇怪便是你的下场！'言罢将大珠向一波大黑浪狠狠地丢去。说来也怪，顷刻间，江面就变得风平浪静。李五平安登陆后，卖了几颗珠子，就筹够了修桥的费用，索性将原来剩下的金牛头也丢到海里，起誓说：'以后若是有人三十六岁牵孙从桥上经过，金牛头就会浮上来给他。'可到如今，都没人能够在三十六岁牵着孙子从这桥上经过。"

　　"原来洛阳江沉有金牛头的故事是真的啊。"

　　"神话传说当然是假的，多半是后人为了故事更精彩添油加醋的。"

　　"那都说是蔡大人和咱们卢厝的卢锡造桥，李五大善人修桥是不是真的啊？"

"这当然是真的啊。"

"哇，蔡大人和卢锡造桥，修桥的原来是李五大善人啊。"众人惊叹道。

"李五救苦救难，做的善事可太多了，我就不一一列举了。"

"东家，李五真是大善人啊，东家您虽然没有李五富，但您也是大善人啊。"

"我哪敢跟李五比啊！像李五、卢琦这些先贤，他们的人生和品格都在一个很高的高度。后人很难超越，但咱们不能因为无法超越他们，就不学就不做了？人的能力有大小，机遇也都不一样，但做人都要常怀良善之心。我今天讲这两个故事啊，是要说一个道理。就是世之富人，有重利忘义者，唯利是图，以利谋利，以利谋势，攀龙附凤，此并不为奇。然恃势凌人，飞扬跋扈，奴仆弱贫，寡善失道，怨声载道，自是埋藏祸根。尤有甚者欺男霸女，为非作歹，谋人财害人命，灾祸必近。即便侥幸逃得灾祸，后人耳濡目染亦多不肖，骄奢淫逸变本加厉，穷凶极恶即便杀人越货亦为所欲为，辄有破家灭族之虞。是谓为富不仁，果报不爽。亦有重义厚道之人，诚信守本，多行善事，得道多助，美名远扬，人皆亲之尊之。所谓人为善，福虽未至，祸已远离。"

"哦，我明白了，东家这是说富了要像李五这样行善积德，连神仙鬼怪都要帮他成功。千万不能学石崇为富不仁，最终家破人亡。"和贵道。

"和贵讲得很好！确实是这个意思。"

"东家。您讲人富了以后更要为善，不然会有祸事。我要是富起来啊，我就盖个大厝给我娘住，好好孝敬她老人家，娘必须要孝敬的。婆娘，就找一个，一个哦，儿子我倒是想多生几个。然后就多做善事，帮助贫苦人。我是这样理解的，不知对不对？"汝安思索良久，言道。

"哎，汝安这个想法可以有！娘必须要孝敬，儿子必须要多养，咱们海边人缺劳力，婆娘呢要找个贤惠贴心能持家的，如此一个足矣！"

"哈哈！东家说可以！说可以啊！我的娘，我的婆姨，我的儿啊。"汝安好像看到了他未来幸福的生活，美滋滋地说着，淌出了口水，"嗞"地又吸了回去，大家见状哄堂大笑。

"东家说得对，咱们跟着您，这样正儿八经地干活，正儿八经地赚钱，要富起来不难！哈哈！咱们富起来要多做善事才行，若没有富起来，也可以做些力所能及的好事，咱们量力而行嘛。"阿六笑道。

"我看跟着咱头家，不但会富起来，连文化也会富起来。你看阿六哥，现在说话也开始一套一套的了。哈哈！"

说笑间，船从湄洲湾门仔口缓慢驶入，家乡风物已隐约可见。船工们情绪高涨，心早已浸润在与家人欢聚的幸福之中，恨不得身生双翅立即飞到家里。回家的感觉真好！

姑妈宫澳已聚满了接船的人群。他们用手遮住额头翘首以待，迎着那朝阳耀眼的光芒，目光搜寻着海面的每一点帆影。每逢船只要回航，船工们总是会先写信告知家人。于是，亲人们便算好了日子，早早地到澳头等候。有时还会找回航的其他船只打听消息，得知确切的消息后莫不欢喜雀跃，奔走相告。

"哈！来了，来了。"人们欢腾起来。

"快看那湄洲湾，船来了！"

"是我爹的船！哈哈！"

"看那船上的旗，没错，哈哈！"

船由远而近，从几个小黑点，慢慢地变大。船头扬起的水花哗哗地向两边滑去。船上的人已能看到岸上的人群了，他们同样急切

船者

地找寻自己亲人的身影。

"哈哈！回家喽！"

"好，船快到家了。大家都打起精气神来。来，《望海潮·赞圭峰》唱起来！"

"泉兴①之界，湄湾南岸，海滨邹鲁圭峰。

翻雪卷珠，飞云漱玉，快哉海峡长风。

渐万顷流东。

有七星坠地，五虎沉龙。

一塔观澜，环山襟海蔚葱茏。

人灵地杰天钟。

自鸾翔凤集，福禄攸崇。

追德慕贤，卢仁设塾，襄琦②不世之功。

瑜瑾古今同。

渔工商艺仕，袭冶承弓。

俱与鲲鹏争翼，锡类庆弥隆。"

"东家，这曲好听是好听，也很有气势。但是文绉绉的，我们也不懂得深意，唱着总之不对味。来首土的，怎么样？"

"那就来首《湄湾掠鱼郎》吧。"

"湄湾讨海男，笼裤苎衣褴。

曝日刣③人剑，凝天彻骨霄④。

风来规面⑤湧⑥，雨渥⑦满身澹⑧。

惜死何为计，毋将老幼耽⑨。"

①泉兴：指泉州府与兴化府。②襄琦：蔡襄，宋代名臣，宋书法四大家之一，主修洛阳桥。卢琦，元代泉州唯一进士，良吏，德、诗、绩斐然。

③刣：闽南语，杀的意思。④霄：闽南语，寒冷、霜冻的意思。

⑤规面：闽南语，满面的意思。⑥湧：闽南语，浪涛的意思。

⑦渥：闽南语，浇淋的意思。⑧澹：闽南语，淋湿的意思。⑨耽：耽误。

"这诗很有本地味，但唱着我就想要哭，以前行船讨海真的很艰苦，拿命养家糊口。如今朝廷开放海禁，才能让咱们做生意，但愿好日子会长久。"

　　"是啊，咱们得趁势赶紧打拼，才有以后的保障。但愿子孙后代不要再吃讨海的苦了，能够安心读书，做国家的栋梁。"

　　"对啊，咱是会吃苦会打拼会读书的峰尾好儿郎。"

　　"来，《阮郎归·峰尾好儿郎》唱起来！咚、咚、咚咚锵，锣鼓敲起来，预备，唱！"

　　　　"皆言峰尾好儿郎，行船最在行。

　　　　犁涛斩浪出东洋，掠龙做海王。

　　　　峰尾仔，上书堂，读书也在行。

　　　　举人进士状元郎，人人是栋梁。"

　　"好！举人进士状元郎，人人是栋梁。是栋梁！"

　　"鸣炮，船入港了。"

　　岸上锣鼓鞭炮齐鸣。听这正鼓的鼓点十分振奋人心。咚咚锵、咚咚锵、嘀咚嘀咚锵！

　　众人登岸，亲人相见不胜亲切。孩子们忙着抢过行囊，那儿有父亲熟悉的味道，更有他们梦寐以求的寸枣①、饼干的脆香。接了船，大家欢天喜地地返回家中，亲人们有诉不尽的离情聚欢。

　　懋峰顾不得与亲人欢聚，忙着交代分派货物，又吩咐将船放到造船厂。

　　"东家，咱们船好好的，不用修补啊。"

　　"咱们峰尾黄氏的造船厂升级了，我想看看能否把旧船进行升级加固。你叫人把船泊船坞去，回头我再找阿明师傅理会。"

　　"好的，头家②。"

①寸枣：从浙江等地买来的京果，圆柱形，长约一寸，外裹糖霜，酥香脆甜，峰尾俗称"寸枣"。
②头家：闽南人叫老板头家。

懋峰家中，喜气如阳光般萦绕着门庭。厨房里飘出一阵阵夹杂着柴火松油烟味的美味佳肴，香气尤其诱人，那是故乡的味道、喜庆的味道！懋峰前脚刚至，陈先生、陈松等一帮亲友就闻讯而来了。懋峰一一回馈了文房佳品和点心作为"面前礼①"，大家畅谈航途经历，交流心得，转眼到了吃饭的时候。

"咱们走吧，玉郎他们也该吃饭了。"

"大家就在这儿一起吃个便饭吧？"

"不了，你们一大家子也好久没在一起吃饭了。家人先好好聚一聚，我们就不打扰了。"陈先生道。

"那明天再聚，早点来。咱们先聊聊天，中午干脆去真好记酒楼吧。出门月余，怪想念那鲑鲞炖猪脚②的美味。呵呵。"

"馋了，哈哈，好！那就这么定了。"众人告辞而去。

家人欢聚一堂，席上少不了欢言畅意。懋峰谈起航海的各种经历，却只字不提寻访建林的经过。孩子们饶有兴味地倾听着外面的各种风情趣事。席阑，懋峰与凝絮又至母亲房中，叙说寻访情况。

"娘，您看，这次寻访就找到这把扇子。当年自首的时候他放船舱了，怎么不早还给我们？"

"这扇子是你们的兄弟情缘，当年你们兄弟反目，那是他装出来的，这扇子是他的唯一念想。他最后一次登门来谈自首事宜的时候，他还不知道你是否还认他这个哥。等到自首的时候，众目睽睽之下，他更不能把扇子拿出来了。"凝絮道。

"贤妻你前面分析得都对，但后面我觉得不对！他要是想还，完全可以放在藏宝点的。他根本就是不想还的，当时他要带着兄弟

①面前礼：相当于见面礼，峰尾人外出回乡，都要采买些礼品赠送亲人，称为面前礼，也是对出外时亲友送顺风的一种回馈。

②鲑鲞炖猪脚：鲑鲞即河鲀鱼干（峰尾老渔民都懂得识别鲀鱼，去除河鲀毒素），与猪蹄一起炖汤，是道超级美食，是圭峰特色菜。

一世的情缘走的。"

"对，这扇子是他的念想。他看重的就是你们这一辈子的兄弟情缘啊。"黄氏叹道。

"每逢上岸，我都要到各个码头附近的村庄转转，探听外地人和海盗的消息，可什么线索也没有，确实不知该如何下手才好？"

"对啊，又不好公开寻访。海阔天高，茫茫人海，这样大海捞针寻下去如何是好？还有你一个人到处转悠，也总让家人提心吊胆的。"凝絮皱眉叹道。

"我通常就在码头附近村庄转转，青天白日的倒也无妨。"

"这大海捞针般的确实不好找，妙啊可能也不知道咱们在找他。他肯定怕连累咱们不愿意轻易露面。咱得想办法让他知道才好！"黄氏道。

"娘说得对，咱们得设法让妙哥知道才行。"凝絮点头附和道。

"嗯，让我想想……"懋峰思忖了一会儿，豁然开朗，眼放光芒，一拍大腿，高兴地言道，"有了。"

欲知懋峰想到什么妙计，能让建林知晓他们在寻找他，请看下回分解。

第六回

玉郎巧计填词寄意
知县重情收砚回章

上回说到懋峰想到妙计，能让建林知晓自己在寻找他，高兴地言道："有了。"

黄氏和凝絮急忙问道："想到什么好计策了？"

懋峰道："唐侍卫曾经说过，妙哥在总督府化名郝思彤，这思彤思的是若彤，也许他就化名郝思彤呢。即使不叫郝思彤，咱们也可以公开找。如此，我就填个词，隐入若彤之名，北浙南粤茶楼酒肆使人传唱，兴许妙哥知晓，就会来寻咱们。"

"这个办法好！这样既可以掩人耳目，又可以达成默契，一定能成。"黄氏、凝絮赞道。

"咱选个寓意的词牌名，《阮郎归》如何？"

"《阮郎归》好，取典阮肇、刘晨误入桃源，隐居仙乡之事，寓意恰好！"凝絮赞道。

"那就填个《阮郎归》吧。"玉郎言罢，研墨提笔书道：

"春声乍醒隐隆隆，新丝坠蜕虫。

南枝似泫雨初濛，海棠好若彤。

矜故友，忆青葱，离人旧梦中。

天高海阔不相逢，萦怀寄雁鸿。"

"嗯，蜕虫寓新生，海棠寓思念，南枝寓故园，又隐有郝若彤之名，妙哥应该会懂。"凝絮连连点头赞许。

"天下之大，若无明确地名，恐未必能引起你妙哥的关注啊。"黄氏沉吟道。

"那我再填首《相思令》，寓入地名，令人一起传唱，妙兄定然知晓。"懋峰道。言罢沉吟片刻，提笔书道：

> "峰尾澜，斗尾澜，千顷烟澜凭眺观，争流万斛船。
>
> 湄洲湾，夷洲湾，环海依湾几百滩，何时同聚欢。"

"都说到峰尾、斗尾了，如此就万无一失了！"凝絮赞许道。

"上次比较大的海岛、海港码头我都去查访了。这次沿岸一些未登临的海岛，我都想尽量去看看，但愿妙兄能读懂我的心思。"

"去这些偏僻的海岛，会不会太危险了。海盗、山匪、野兽的，让人挺担心的。"凝絮道。

"我就到海岸边看看，荒无人烟的地方就不去了。再说咱们船坚炮利的，即使遇到海盗也能应付得过来。"

"还是多加小心为好！"

"放心吧，我去叫他们多做些准备。"

懋峰言罢，走出房门，正好遇到汝贻。

"贻儿，陪我到造船厂看看。"

峰尾造船厂，宁兴、宁懋、宁盛号都停靠在那里。阿明和阿舣正在船上查看，看到懋峰来了，连忙从船上下来。

"玉郎，你来了。"

"嗯，阿明兄，你觉得咱们船的状况如何？"

"船身还很坚固，船底的个别地方需要烘烤一下，用桐油灰①艌缝填补一下就好了。"

---

① 桐油灰：用熟桐油、石灰按一定比例掺入少量麻筋搅拌均匀，反复锤打，形成黏合剂，用于填补弥合船板间的细缝，十分坚固。桐油灰古来造船必备。

船者

"咱们的枪堰要是架上更大的炮，这船能不能承受？"

"你想架多大的炮呢？"

"本来我们这船只能架小土炮，射程很近、准头差、击力小。要等很近了才能打，对付一些小船没什么问题，若是遇到海盗大船，顺风顺水的话航速快，根本来不及换填炮弹，那就很危险了。所以我想，咱们能否换上红夷大炮？"

"红夷大炮？那该有多重啊？"

"一门两三千斤吧。"

"十管炮就两三万斤了，那不行，不行。这炮大威力大、后坐力也大，咱们的船肯定吃不消。"

"朝廷颁有禁令，每船带炮不得超过二门，我是想换上两门大炮就行。其余小土炮不变。"

"两门炮，那一边一个，倒是可以的。我得想想怎么加固才好。"

"来，你们随我来。"懋峰招了招手，将众人引至宁兴号底舱，撬开船板，掀开一层油布。笑道，"看，这是什么？"

"哇，红夷大炮？这东西你哪弄来的。真是太好了！"

"哇，这炮好精致啊，哪都这么光滑，这工艺，啧啧！"

"咱们能不能照着也铸几管呢？"

"那不行，私铸火炮，弄不好是个死罪。再说咱们哪有这技术啊。"

众人七嘴八舌地议论着。

"不瞒大伙，这炮是洋人送的。"懋峰笑道。

"洋人哪有这么好，会送咱们炮？"阿舷道。

"对啊，他们做炮的水平这么高超，要是来打我们怎么办啊？"汝贻道。

"哎，这炮怎么使啊，咱们没人会啊。"

"这事交给我一位老朋友了。"懋峰胸有成竹地笑道。

"这炮一边架一个我看没问题。我设法在船板下面加一圈环梁，中间再加几个横肋，把炮座固定在横肋上，这样船板就不会被震坏了。"阿明道。

"那好，这边船的加固就交给你们兄弟俩了。三艘船各两门共六门炮先留着，另外四门先找人帮我架到海边去。"

"还好这次咱们刚配置了起重滑轮，不然这些炮就吊不出来了。"阿舣道。

"哈哈，就是。"汝贻道。

"你哥不用滑轮也有办法弄出来，不信你问你哥，好好向你哥学本领。"懋峰道。

"哥，真的吗？"

"这有什么难的，搭个架子，横一根粗长木。前头短后头长，前头绑上炮管，后头挂个大筐，把石头一直加上去，不就起来了，没见过秤杆啊。"

"嘿嘿，还是阿哥厉害。"阿舣搔了搔头，笑道。

"贻儿，走，咱们回去了。各位师傅辛苦了，春节快到了，咱们争取在尾牙①前把活干完，尾牙请大伙好好撮一顿。"

"好！谢谢头家。"

"来，大伙快动起来。"

"贻儿，我等下修书一封，说咱们乡里要架几门红夷大炮防御海贼。但没人会使，想请江千总来帮我们训练几天。你跟阿直辛苦跑一趟，带几坛好酒去慰问一下。他现驻扎在马尾罗星山，是绿营督标水师的千总。"

---

①尾牙：农历十二月十六，闽南老板（雇主）有请员工（雇工）吃饭的习俗，俗称"做牙"，请尾牙、打牙祭。

"好的，那侄儿明日就出发。"

"阿直在商行学得如何？"

"他很刻苦，人也很机灵，学得很快。现在出入账和库房存货都一清二楚，是个经商算账的好材料。"

"如此很好，这孩子打小就吃苦，挺懂事的。我等会儿要去县城一趟，你先去叫阿直过来备车，我回家准备些见面礼。"

"好的，叔。"

"爹，您回来啦。"懋峰刚进家门，就听见一声亲切的问候，抬头一看，却是女儿、女婿来了，正与家人坐在厅上聊天。

"是子思和念娘啊，好、好、好，孩子，快坐，快坐。"看到女儿女婿来了，懋峰很是高兴，心里关切，本欲嘘寒问暖，却又说不出口。连忙招呼汝赐："你姐和姐夫来了，快去街上多买些海鲜来。"

"我早就叫孩子买来了，晚上留孩子在家吃呢。"凝絮道。

"好，好。"懋峰又陪女儿女婿坐了一会儿，终是不知从何说起。于是清了清嗓子，对黄氏言道："娘，我等下要去城里办点事。"

"你忙你的去吧，路上多加小心，这儿有我们陪着呢。"

"晚上我会回来，大家一起吃饭。"

"爹，你忙吧，我们等你。"

"好！那就先失陪了。"言罢，懋峰走进书房。不一会儿，又听得懋峰在里面唤道："絮儿，你进来一下，我有事问你。"

"出什么事了？"

"你有没有见到一个锦盒，里面装着一块洮砚？"

"你放在哪里？"

"跟这些面前礼都放在一起的，那是我特地买的。"

"都找过了，不在这里边吗？会不会是送人的时候拿错了。"

"这个锦盒外面还包着一层红布，我不会拿错的。"

"那个啊，我见过，见过。刚才女儿女婿来了，我让他们自己来提个见面礼，后来看见女婿提出来的那盒子上面就是用红布包着的。"

"那他们打开来看了没有？"

"我也不知，我刚才一直在外面呢。"

"另一份好的已经送陈先生了，这个是我特意准备送给瀛亭兄的。其余的又拿不出手，只好拿回来，下次再带份好的给他们。"

"这样会不会很尴尬？"

"可也没别的办法。"

"这都怪我。叫他们自己拿。"

"这不怪你，我事先也没跟你说。"

"要不我叫女儿来商量一下。"

"可咱们也不好把女婿当外人看啊，干脆就明说了吧。"

"好吧。"

懋峰提了两份礼物，出了书房，走到女儿女婿旁边，涨红了脸，终于憋出话来："刚才，你……你们提走的那份礼物只有一份。我已经安排好送……送朋友的，能不能让我先带走。下次我出门，你……你喜欢什么，我再带给你们。"

"爹，这是什么事呀，费那么半天劲，拿去拿去。"念娘见她父亲那样，禁不住好笑，一把提起那红布裹着的锦盒，递给懋峰。

懋峰接过锦盒，如释重负，忙又拿过一份礼盒递给女儿，却丝毫没有注意到女婿眼巴巴失落的神情。

"老爷，车备好了。哦，小姐……姑爷也来了……"李直迈进门来，猛地看到厅上的众人，声音越来越小，扭身就要往外走。

"阿直，你干吗躲着我？过来！"念娘见是李直，大声喝住，大步流星地从上厅跳到下厅，一把扯住，"让我看看，最近好像养白胖了。脸怎么红一阵青一阵的，是不是哪不舒服呀？"言罢，就伸出手来在李直的头上摸了一把，"也没很烫啊。"

懋峰急忙干咳了两声，对女婿道："哦，这是我的养子，都是一家人。这丫头在家就是任性，让你见笑了。"

"没事，没事。"苟子思讪笑道。

"娘，那我出去了。"懋峰辞过娘亲，又朝众人挥了挥手，走到下厅，朝女儿使了一下眼色，又招呼李直道，"咱们走。"

"这丫头，阿直你别见怪。"

"不会啊，老爷。"

"听说你在商行学得不错，又让你来驾车，委屈你了。"

"不委屈，都是老爷栽培。此恩永生难忘，驾个车算什么呢。"

"等找到合适的人来驾车，你就专心在商行做掌柜。"

"老爷，不用再找人了，我乐意给老爷驾车。"

"嗯，好孩子。其实你驾车我才放心。"

"嘿嘿，老爷，我也喜欢跟着您。跟着您能学到许多东西。"李直笑道。

"好！那你就跟着。"

"好！驾！"

到了县城，懋峰将那红布锦盒提在手上，又交代李直道："我先去拜访一位朋友。车上这份礼物你提去给我岳父，访完朋友我再去岳父家，你就在那儿等我吧。"

"好的，老爷。"

县衙后堂书房，姚知县见懋峰来了，十分高兴，忙放下手中之书，起身相迎，手扶懋峰肩膀，上下打量一番，笑道：

"玉郎，你出海回来了。呦，晒黑了。"

懋峰将锦盒放下，合手作揖道："兄台别来无恙。"

"来，快坐下，泡茶。哎，贤弟这是为何？怎么给我送礼了？忘记咱们君子之交的约定了？"

"哦，兄台误会了。我们老家风俗，这叫'面前'，出门人回家都要给亲朋好友带些见面礼，这样才吉利。"

"这个送礼的名堂倒是冠冕堂皇。"

"只是一些特产而已。"

"如果仅是一些特产，那我就入乡随俗啦。要是太贵重了，我就退还给你。"

"真的不贵重。您就放心吧。"

"告诉你一个好消息，裁减福建盐场浮费之奏折早获朝廷恩准。总督还明谕，场员受年节规礼，以不枉法赃①论罪。"

"兄台勤政恤民，小弟不胜钦佩。"

"其实此非愚兄之能。在你出海之时，那总督莅惠巡察，愚兄借机谈起盐场浮费之事。那总督闻言大笑，说裁减福建盐场浮费之奏折去年就已获朝廷恩准，乃是他所奏。总督见上令下行不甚畅通，就又明谕场员受年节规礼，以不枉法赃论罪。"

"那总督真是好官啊。"

"当前朝廷好官不少，物以类聚，人以群分。"

"兄台你也是。"

"愚兄守本尽心而已。君子处事以公道为准则，宵小者则以私为谋，世清不藏奸，世浊君子难为，好与坏往往一念之间。若奸人当道，私利当头，则人心变，社稷危。"

"兄台忧国忧民，小弟受教了。"

"这次外出散心，感觉如何？"

①不枉法赃：刑律名。官吏虽贪污但未歪曲或破坏法律，谓不枉法赃。

“长了不少见识呢，过年后还得出去一趟，望兄台准许。”

“还出去啊，是不是生意上的事要你亲自处理呢？”

“我是想自己跟几趟船比较放心，多了解一下各地的货运行情，这样便于打算今后的生意。”

“那你这春节后就再跑一趟吧。节前，钱百万和一些乡绅要去圭峰参观文武馆，你能否安排招待一下？”

“多谢兄台。这个没问题，到时我会尽好地主之谊。明日中午我约了陈先生父子和我岳父在真好记小聚，想请兄台赏脸。”

“前时，侄女出嫁，愚兄碍于众目，也没有去峰尾给老弟祝贺，颇感失礼。明天愚兄一定要去的，再不去，我看咱们兄弟也做不成了。哈哈！”

“岂敢、岂敢。那小弟恭迎兄台大驾光临。”

“嗯，我穿便装去，明日午时到。”

“那小弟先告辞了。”懋峰拱手作别。姚知县将懋峰送至门口，目送其拐过街角方才返回。

懋峰见到岳父，直陈来意。翁婿一拍即合，一同回了峰尾。当晚亲人欢聚，促膝而谈自是亲密无间。次日清晨，汝贻与李直出发马尾，又顺道将念娘和子思捎上，送回苟家。

懋峰则与陈先生、李书吏、陈松泡茶讲天抓皇帝①，正讲得起劲时，苟济来了！

“啊，亲家，什么风把你吹来了。来就来了，还带什么东西呢？”

“也没什么，自己家养的两只鸡。”

“山里的土鸡好，哈哈，时候差不多了。走，咱们拿到真好记加工，中午咱们多了一道山珍啦。”

“诸位先到雅间稍候，我去安排一下，随后便来。”懋峰提着

①讲天抓皇帝：闽南语，意为谈天说地不着边际。

鸡来到后厨。

"这是山里的土鸡，等下杀了，就加几片姜炖成鸡汤。给我们上一盆，其余的都送到我家去，给我娘补补身子。"

"玉郎你真是孝子。"

"这都是儿女应当做的，有美食自己吃而不分父母，怎能咽得下？"

"对，您说得对！"

懋峰点了几个菜肴，仔细交代了一番，回到雅间。

"亲家，这家酒楼好是雅致啊！这装修该花了不少银子吧。"

"我也不知道啊，叫小二来问一下。"

"小二，这里里外外的，花了不少银子吧。"苟济问道。

"是不少银子呢，大概一百五十多两吧。"

"一百五十多两，能做得这么豪华？"

"能啊，请崇武的师傅来做的。"

"这！"苟济不再言语，脸色变得十分难看。

"亲家，你怎么啦？"众人关切地问道。

"我的胃有点不舒服。"

"那叫郎中来看看。"

"不用、不用，老毛病一会儿就好了。"

"没事就好！悄悄告诉大家一个消息，等下姚县令也要来。他是便衣出来的，切记不要惊动他人。"懋峰小声道。

"啊？县太爷都要来啊。"苟济吓了一跳。

"玉郎啊，你不简单啊。"陈先生道。

"君子之交，不分贵贱。"

"玉郎，好像是知县来了。"众人忙伸头往窗外看去，只见远处一骑奔驰而来。

船者

122

“是他，我到下面去迎他一下。”

“我们也去迎他。”

“县尊驾到，我等有失远迎，请恕罪。”陈先生道。

“各位不必多礼，今日我特地便衣出行，是为私交。”

“请，楼上请。”

“请。”

“小二，人到齐了，快上菜。”

“还是这真好记的菜好吃，上次我和玉郎在城里那个叫香什么的酒楼，那菜可差多了。”

“是香欣吗？”李书吏问道。

“对，对，是叫香欣。”懋峰应道，抬头却看到苟济脸红一阵青一阵的，急忙问道，“亲家你是不是胃又不舒服了，那咱们赶紧去找郎中看看。”

苟济支支吾吾的说不出话来。

李书吏道：“那香欣就是苟济和金佳合开的酒楼。”

“不是合开杂货铺吗，怎么变酒楼了？”懋峰道。

“唉，说来话长，原来杂货铺开得挺好的。到算账的时候，那金佳又说有本钱了，应该开饭店去，说他有个朋友的酒楼如何如何赚钱，因为丁忧了回家守坟，所以要转让，要是盘下来，能赚更多的钱，机会难得。我们一盘算，觉得很有道理就同意了，唉，没想到一直亏钱。”苟济愤恨道。

“那厨师做菜的水平不行，要不换了厨师可能就好了。”懋峰安慰道。

“刚才我问真好记花了多少钱，人家才花了一百五十两，你们猜那香欣花了多少钱，三百两银子呢！”苟济咬牙切齿道。

“三百两？都快赶上建一幢三间张大厝了。那么贵啊？”

"我那么信任他，没想到他这么坑我。"苟济越说越气。

"要不写个状纸告他。让县老爷给你做主。"陈松道。

"这买卖契约，两相情愿，如何告得？"陈先生道。

"难道就这样吃哑巴亏不成？"陈松道。

"那又能怎样？除了自己懊悔，我也没有什么办法。"苟济泄气道。

"此等无义之人如何能够合作？不如早做了断，清算罢了。"懋峰道。

"看来，也只能如此了。"苟济道。

"玉郎言之有礼，若是早做了断，当前吃点小亏，今后不吃大亏。"姚知县道。

"是啊，是啊，亏点钱退股吧。"众人附和道。

"当时合股可有请人见证？可否签得契约？"知县又问。

"都没有。就写了一张字据，言'收到苟济合股资金二百两'，我就是太相信他了。"

"你平日觉得他为人如何？"

"都感觉很实在的，勤快，见面总是一脸笑容，语气亲切，让人喜欢。"

"如此看来，此人多属狡诈阴险之辈。那退股之事，你只得和气与之商议，切不可恼怒上火。若难以决断，可诉之于县衙，待我与你决断。"

"多谢县尊。"

"私下里不必拘礼。"

"无论如何，不可与之纠缠，大不了当被贼偷了。"

"可这偷得也太多了，简直是挖我的心头之肉啊。"

"这肉是玉郎的，又不是你的。哈哈，好了，喝酒，不说扫兴

船者

124

的事了。"李书吏见众人为了苟济的事，都停杯罢箸，气氛清冷，举杯打趣道。

"对，对，那我就再割块肉给你。哈哈。"懋峰也接茬逗乐道。

"哈哈，来，喝酒，请。"众人禁不住全乐了，气氛热烈起来。觥筹交错，酒酣耳热，兴而赋诗，其乐融融。然而聚时何其欢，散时终需散。

临别之时，姚知县从怀中取出一寸许大的方形红布包，拉过懋峰，郑重地交到他手里，言道："老弟惠赠名砚，价值不菲，本当退还。然愚兄也非不近人情之人，来而不往非礼也，这一方田黄印章石是为兄的珍爱，加刻了'明懋圭峰'四字，今赠予贤弟。"

"这……"懋峰犹豫了一下。姚知县又按了按他的手，眼睛直勾勾地盯着他，不容他有半点推辞。

"好，小弟领受了，谢谢兄长。"

众人赞许了一番，又宽慰了苟济几句，各自别去。

余下数日，懋峰倒是闲着，无非陪着家人亲友泡茶聊天弹琴唱曲，正念叨着："也不知汝贻事情办得是否顺利？"就见汝贻从门口匆匆迈了进来，欢快地叫道："叔，您看谁来了！"

"玉郎兄弟。哈哈，咱俩又见面了。"

"晋九兄。终于把你迎来了。"

"快，贻儿，快与阿直备酒菜去，我要亲自下厨给晋九兄接风洗尘。"

"玉郎，不必客气。时候尚早，咱们先讲正事。你说要设岸炮防御海盗，那炮在哪里？"

"炮在海边呢。"

"走，咱们看看去。"

"先喝杯茶吧。"

"回来再喝。"

"好，那走吧。"

"玉郎，我带了一份见面礼在马车上，你一定会喜欢的。"

"晋九兄，你这么客气干吗？"

"等看了再说吧。"晋九笑道。

只见马车里躺着一门小型舰载加农炮，乌黑锃亮的包浆在阳光下闪着一丝沉着而神秘的光。旁边还有一捆彩旗。太意外了！懋峰抚着炮身，大喜道："啊！是红夷小型炮。这可比我的土炮强多了，怎么才一门？你也太小气了。哈哈！"

"是你马车小气，多装一门都载不动。"

"那下次，我开船去载个一船来。哈哈。"

"好气魄！一船我可没有，一二十门我可以想想办法。这些炮都是海战的战利品。炮管短，射程不太远，但却是正宗的洋货，轻便而且威力还是很大的。"

"海战射程很关键的。你们兵船又不载货，重一点没关系。我的船可是要装货的，不好都装重炮。这种小型炮很适合我。我可以把那些土炮全换掉。"

"行，反正那些炮堆着也没用。物尽其用，方得其所。过段时间，你开个船来，让人偷偷地把炮弄上船去。"

"万一让人发现，会连累你吗？"

"到时我把哨位换上心腹，把仓门打开。你让人偷偷地搬走一二十门，再换上你的土炮就行了。"

"如此甚好！就依兄所言。走，咱们海边看炮去。"

"你架的是什么炮？"

"去了，你就自然知道。咦，对了，这一捆彩旗是做什么用的？"

"到时你就自然知道。哈哈。"

"你呀！哈哈！"懋峰指着晋九，两人开怀大笑。

姑妈宫尾山埔顶，四门红夷大炮一字排开，幽光闪闪，傲视海疆。

"玉郎，你是从哪弄来的这炮？这可是正宗洋货啊，一门少说也要千两呢。"晋九惊叫道。

"洋人要我的货，我趁机要他的炮。哈哈，怎么样，比你们船上的炮好多了吧。"

"厉害！比我船上的炮好多了。"

"那你们怎么不换洋炮呢？"

"装备洋炮，费用太高了。如今四海升平，朝廷还未足够重视备战。但目前这样对付一些海盗，还是绰绰有余的。"

"我有话不知当讲不当讲？"

"咱们还有什么好客气的，但讲无妨。"

"我所见的兵船，跟民船并没有多大差异。不但没有坚船利炮，就连兵勇也久乏战事，军纪涣散，羸弱无能。"

"唉，这是普遍现象，让人堪忧。我这样的算是精英舰队了，非一般兵船能比。"

"从你手下的表现和军营风貌，我看出来了。晋九兄治军有方，玉郎佩服。"

"承蒙谬赞。可这是舰炮啊，你怎么放到岸上来了？"

"目前我的船还装不了这么重的炮。只好放这边，让船员们学会怎么使这炮。"

"不对啊，你都有这炮了，还要我的小炮做什么？"

"我船上最多只能装两门这样的大炮，其余就得装小炮，近战时可以发挥作用啊。"

"你这样配置很有道理，炮分主次，远战近战均可，又减轻自重。可惜官家就不能这样灵活。"

"是啊，官家是越上面越不讲规矩，越下面规矩越多越死板。

以兄此等人物，只屈居一个千总，真是大材小用，可惜了。"

"也没有什么可惜的，养兵千日用兵一时，乱世方能出英雄。如今海疆除了小股海匪滋扰，并无战事。我倒是希望能四海升平，永无战事，把这带兵打仗的本事埋没了也不是什么坏事。"

"兄长此心公也，弟钦佩之至。时候不早了，咱们先回家吃饭去。明日再请兄长来给我的船员教授使炮的本事。"懋峰敬佩之情油然而生。

"就依兄弟安排。"

次日，船工们齐聚尾山埔顶。他们虽没读过多少书，但海边人头脑都比较灵活，平素又操过土炮，加上晋九知无不言、倾心教授，众人皆得操炮要旨，于是拉了几艘废弃舢板到海中进行试射，命中率越来越高，将靶船都打成了齑粉。欢呼声激荡在峰尾海上，融入澎湃的浪涛声中。

"哈，打中了！"

"我也打中了。"

"厉害啊，船都打沉了。"

"我才最厉害呢，把最后那块船板都打碎了！"

"哈哈。大家都很厉害！人人都是神炮手了。"

"多谢江兄，教授有方啊。"

"没想到大家学得这么快。"

"等你的船装上这炮，再加上这些弟兄们的水平，我敢肯定，目前浙闽粤海上很难有海盗能够匹敌。"

"那咱们也不能大意，小心驶得万年船。"

"接下来，我教大伙怎么用旗语。"

"什么叫旗语啊？"

"就是通过标准的手势来挥舞小旗，船与船之间用来传达信息。"

船者

"还有这绝招啊？"

"海上风大，要叫对方的船，喊破嗓子都听不见。打手势能行，快教我快教我。"

"我也要学。"大家争先恐后。

"叫人把马车上的那一捆彩旗搬来。"晋九道。

"哦，原来是打旗语用的。哈哈。那晚上天黑看不见，这旗怎么打？"

"换灯啊，打灯语。"

"好办法！"

…………

"大家都学会了，我也该回去了。"

"多住两日再走吧，我带你在峰城到处逛逛。"

"几年前都逛过了，其实还是想去逛逛的。特别是东岳庙，在那边住了十多天，别后总感觉魂牵梦萦，也说不出什么原因，也许是珍惜咱们的友情，爱屋及乌吧。"

"这还不容易，走，咱们现在就逛逛去。"

"离开已经多日，得赶紧回去了。擅离职守，责任重大。留点念想吧，下回再好好逛逛。"

"那我叫阿直送你回去。十二月十日我船到马尾。"

"好，那就这样约好了，我到时去码头接你。"

挥手道别，总是心中不舍，鼻子发酸眼睛湿润，道不尽的珍重。

送别晋九，懋峰回到家中，刚要坐下呷口茶，突然听见门口传来凄惨的叫喊声："亲家，快救救我！"

懋峰吓了一跳，一口茶差点喷了出来。

只见苟济父子两人狼狈不堪地奔将过来，"扑通"一声跪在地上，头捣蒜般地叩个不停。

欲知发生何事，请看下回分解。

第七回

姚知县明勘人命案
刘玉郎夜访水师营

却说苟济父子狼狈不堪地奔将过来，请求救命。懋峰大吃一惊，急忙问道："究竟发生什么事了？快起来说话。"

"您得答应救我爹，我再起来。"

"你不说什么事，我怎么知道能否救得，要是救得，我岂有不救之理？"

"单凭您与县太爷的交情，一定能救。"

"好吧，你们起来，说说究竟是犯了何事？"

"我们不是与那金隹合伙做生意吗，那金隹又诓骗我们盘了一家饭店。我爹觉得他盘店的时候黑了我们一把，于是就去找他理论。

"没想到金隹死不认账，说白纸黑字写的，而且付钱的时候，我们也都在场，岂能反悔。

"我爹又说生意合作贵在信任，既然翻脸了，就没有合作的必要，让他退还本钱。他不同意，说钱都投进去了。我爹说那钱可以让他欠着，也不要他利息，让他两年内分期还清。他也不同意，说那钱是合作的，不是借的。反正就是赖账。

"我们没辙，就想着与他分开，我们要杂货铺，让他要饭店，其实杂货铺估价才是饭店的一半。他也不肯，他说杂货铺本来就是他的，饭店是后来我们合作后才盘的。

"我们都知道是着了他的道了，但却也无计可施。只好应下饭店来，心里想，再好好经营一番，也许还能回本。

"可没曾想到，那饭店早就让他给经营坏了，名声不好，花了好大的劲，都不见起色。连日亏损，我爹气得天天跺脚。

"今日上午，我爹放衙后到茅坑小解，却见那金佳蹲在坑上解手，越想越气遂破口大骂，又操起粪勺作势欲殴之。那金佳起身慌乱中一失足便跌入粪坑，在粪水里扑腾。那粪坑深有丈余，上层的刚好又被掏走。我爹忙伸下粪勺欲救之，不料金佳用力过猛，我爹手滑而失，粪勺也掉落坑中。那金佳扑腾了一会儿，等旁人寻来竹竿，已沉了下去，捞起时早已死了。"苟子思叙述了事情的经过。

"子思之言可与事实相符？"懋峰道。

"确实如此，没有半点虚言。"苟济不住地点头，浑身抖得跟筛子一般。

"粪勺子有没有打到他身上是事情的关键，必须要确定。"

"真没打到，只是操起来装装样子，吓唬而已。同厕的吴关、金耀都可以做证。"

"只要你说的是实话，如此并无大碍。你不用紧张，随我到衙门自首，姚知县一定会秉公处理的。"

"我不去。我去了就完蛋了。"

"我们来求您，就是希望您能搭救一把，没想到你反而劝我爹自首。爹，咱们还是逃吧。"

"他一个手无缚鸡之力的人能逃到哪里去？再说也没有必要逃，若果真如你所言，你爹的罪行并不大，自首总比被拘捕好吧。"

"爹，咱们快走吧。我再想想办法。"苟子思拉起他爹，头也不回地跑了。

"哎，这孩子。我不会坐视……"懋峰见状急忙追了出去，望着他们远去的背影连声喊道，"我会想办法的，你们别乱来啊。"

"苟家出事了，我得去城里一趟。"懋峰与家人匆匆说了经过，骑上快马就往城里奔去，在承天山时，遇见一班衙役押着囚车迎面而来，心知坏事，顾不得腰酸背痛，马鞭一挥，飞纵而去。

……………

夜晚降临，街上灯火暗淡，行人稀少。一年轻人行色匆匆，到了县衙后门，犹豫片刻，举手叩门。

"谁啊？"

"是我，峰尾刘懋峰的亲戚有事拜访县老爷，烦请通报。"

"请稍候。"

未久，门"吱呀"一声打开，一老仆提着灯笼，将来人上下打量一番，言道："老爷有请，请随我来。"

两人穿过一条回廊，便到了书房。年轻人进门纳头便拜："苟子思拜见太爷。"

"哦，你是玉郎的女婿吧，令岳怎么没有来？"姚知县站起身来，略有所悟。

"我岳父有事脱不开身，令我前来替我爹求情，恳请太爷看在与我岳父的交情上，放我爹一马！"苟子思跪在地上一劲地叩头。

姚知县闻言，来回踱了几步，沉吟少时，轻轻挥了一下手："起来吧，此事我会秉公处置的，若无别事，你就请回吧。"

"太爷，这一百两银子是小人的一片心意，恳请太爷手下留情。"苟子思言罢，从怀里掏出一张银票，小心翼翼地放在案角，猛一抬头，盯住案上的一方洮砚，嘴角划过一丝不经意的冷笑。

"你这是什么意思？把我当什么人了！"姚知县见状，面有愠色，抓起银票扔还给苟子思。

"我知道一百两不够，若是能让我爹平安出来，我还可以给二百两，不，不，五百两！"苟子思急了，伸出两个指头，又变成一个手掌。

"混账东西，若不是看在你一片孝心的份上，本官非治你的罪不可。送客！"姚知县板起脸来，狠狠地瞪了他一眼。

"太爷真是清官啊，小人有眼不识泰山，请恕罪！"苟子思站直身来，故作轻松道，"不愧是文人雅客，案上这老坑石洮砚可是不同凡响的啊，绿如蓝，润如玉，价值可远不止五百两啊。"

"你识得这砚？"

"怎么不识得？我岳父原来也有一块跟这一模一样的，后来听说送给一位朋友了。"

"你岳父送的那人就是我。怎么啦，难道你还想要挟本官不成？明日叫你岳父来见我，滚！"姚知县脸色铁青，拂袖而去。

次日清晨，懋峰闻讯匆匆来到县衙。

"玉郎你来了，你女婿昨晚来找我了，说是你让他来的？"

"孺子固难成事，若小婿有冒犯兄台之处，恳请看在玉郎的脸面上，多多包涵。"

"若非看在其一片孝心之上，图谋贿赂朝廷命官，必不轻饶。今日请你前来，别无他事，这砚台但请收回。"

"兄台此为何意？"

"愚兄并不识得此砚的价值，只为管鲍情谊肝胆相照而留下此物。如今看来多有不妥，若为他人所知，岂不误了公正。"

"如此小弟让兄台难为了，这砚台我收回珍藏。"懋峰低头双手接过锦盒。

"好了，此案人证物证均已勘明，明日即可秉公判决。你们都回家去吧，休要再做那扰乱法纪之事。"

"那小弟告辞！"

姚知县犹豫了一下，又喝住懋峰，言道："贤弟稍候，令婿为人非同我辈，大事务必慎之。"

"多谢兄台提醒。那小弟回去了。"

"慢走。"

⋯⋯⋯⋯⋯⋯

县衙上，明镜高悬匾下，师爷朗声宣读：

"差役金佳苦主状告胥吏苟济斗殴致溺死案，经查：金佳与苟济合伙经商，济疑佳昧财，辄起争执。如厕偶遇，怒詈之，旋又恫疑虚喝欲殴之。佳惧，起，未稳，跌。延勺以救，滑而失，俄顷溺亡。杵作尸验均无伤痕，又访同厕见证者吴关金耀，言均吻合，二人无斗殴之实。故断佳为意外跌入茅坑溺亡。然事因苟济詈责恫吓，难辞其咎，着令苟济偿付金佳苦主恤葬银二十两，另罚银三十两以充公帑，披枷扫厕一旬以儆效尤。

"金佳者贪，小人重利，行失信昧心之道，乃招致灾祸，溺溺丧身，此为见利忘义者戒之。苟济者躁，锱铢必较，泻口舌胸臆一时之快，乃失体面辱斯文招灾破财，此为气量狭小者戒之。"

"爹，娘，我家翁没事了，只是轻罚，已经放出来了。"念娘匆忙回家报喜来了。

"子思没跟你一起回来吗？"凝絮问道。

"他呀在生我爹的气呢。"

"他干吗生你爹的气呢？"

"还不是怪咱爹见死不救，说不但不救还劝他爹自首。幸亏他机智，在县衙看到老坑洮砚，急中生智唬了知县一把，让他不敢重判。又跑到金佳家中，唬了他家属一把。让他们不敢纠缠，拿钱了事。"

"如何唬人家属的？"懋峰闻言心中一惊。

船者

"他得意扬扬地跟我叙述了事情的经过。好像自己是诸葛亮再世似的。"念娘讲述道。

原来，那天晚上，苟子思从县衙出来，先是去李书吏家说了知县要请懋峰去县衙的事，然后就来到金隹家中。只见他家屋角搭了个棚，脏衣服已换了下来堆在一旁，四周还散发着粪便的臭味，来吊唁的人很少，颇为凄凉。见有人来了，他家人号哭了起来。

"我是金隹的朋友，前来看他。这是一点小小的心意，请节哀顺变。"苟子思拿出一吊钱来。

"多谢多谢。"亲属答礼道。

"听说与金隹吵架的那个人已经关到县衙了，但我相信他很快就能出来。"

"为什么？要不是他害的，金隹怎么会掉到粪坑里淹死？"

"那是他自己不小心掉下去，又不是人家推下去的。"

"你是谁？为什么替仇家说话。"

"我只是说了实话，是为你们着想来的。唉，忠言逆耳啊！"苟子思假装感叹。

"什么着想？"

"你们说这种事是多要点钱好还是报仇好呢？"

"当然是既要报仇又要赔钱。最好是多要点钱。"

"这就对了，多要钱才是对的。报仇是不可能的。"

"为什么？"

"你知道那仇家是什么人吗？他亲家是峰尾的首富听说了没有？那要钱有钱要势有势，他跟当今的姚县令是什么关系？那好得像一个人似的，人家送县令一出手就是一个老坑石洮砚，哇，好家伙，值多少钱知道吗？至少五百两啊，你说凭人家这层关系，你能报得了仇？还不如趁机敲人家一笔，你们说是不是？"

"有听死鬼说过，那仇家是有钱人，一出手就二百两。也怪死鬼贪财，做局骗人家钱，才遭了祸。如今看来，仇是报不了了，这位朋友，你有什么办法能敲来钱？"

"那仇家就关在县衙，大家都是同仁。我去看他，问他有什么想法，他说赔点钱可以，若是告他，一分钱也不赔。我问他赔多少钱，他伸了一个指头。"

"一百两？"

"十两。"

"十两啊，太少了。"

"我也这样说，但他很生气，说金隹已经骗了他两百两。"

"我就说，人家死了，就多赔点吧。"

"这位朋友你说得对，应该多赔些。"

"后来，我磨了好久他才肯赔三十两。"

"三十两也太少了，至少五十两。"

"这个嘛，五十两确实太多了，还得去磨，那可得费老劲了。"苟子思装出一副很为难的样子。

"你既然是那死鬼的朋友，就烦劳您多辛苦了，帮我们多要点。我们不会忘了您的大恩大德，来，快给恩人磕头。"那家属拉过披麻戴孝的孩子纳头便拜。

"好！好！好！五十两就五十两，我先担下了，大不了当我做公亲贴菜地①。那五十两我先给，办丧事也要花钱，同仁一场算做个好事。收了钱，你们就写个金隹家人收到调解钱五十两，同意与苟济和解，自此互不相欠。回头我再找他要钱去，也不怕他不给。"

"我们都不大识字，就请朋友代笔。我们给画押摁指模。"

①做公亲贴菜地：闽南俗语，意为做调解人、和事佬还得把自己的利益倒贴进去，以达到和解的目的。

船者

136

"就这样，人家拿了五十两息事了。第三天果然就判无罪了。"念娘道。

"混账东西，无耻小人！我是眼瞎了才把女儿嫁给这样的人！"懋峰大怒。

"玉郎，你不要生气，孩子不也是孝顺，为了救出他爹才出此下策嘛。"凝絮连忙劝道。

"对啊，爹你不救他，他才去救的，虽然有些过分，但人终归是救出来了。"念娘道。

"孩子，你不知道情况啊，你爹为了救他可是费了大气力了，只是你不知道而已。"黄氏从内室走了出来，言道。

"娘，不用说，这都是应该做的。"懋峰道。

"还是让娘说吧，话说开了才不至于伤了和气。"凝絮道。

"你爹那天听了苟家父子的话，很着急。他分析啊，按照历律，若是斗杀是要判个绞监候，自首的可从轻发落断个流放。若只是拌嘴致死就构不成斗杀，最多断个流放，要是自首也能从轻发落，最多断个游街示众，至于赔钱那都不是什么大事。所以才劝他去自首的，可惜苟家父子不听。你爹着急，李直又不在，只好骑马去了城里。你爹以前腰扭了，骑马那是拼了命的，我们都担心得不得了，还好平安回来了。你爹去城里做了什么，你知道吗？"黄氏道。

"听说我爹也没有去找知县求情，他去做什么呀？"

"你爹去找证据啊，他进城就找了杵作，让他仔细查看全身，没发现伤痕才放心。又找了证人，求人家出面做证。后来知县也提问了，若不是你爹求人家，惹麻烦的事你说谁愿意呢。人家也可以说没看清楚啊，那这样不就麻烦了。你爹又去牢房，也没有让你家翁知道，请牢头关照，别让他吃苦。才知道那姚知县在断案时看似无情，也不跟你爹多说一句案件的事，私下却交代牢头给你家翁好吃好住的，结果还轻判了。这就是人家念情顾义，又不失公道。"

"原来如此啊，那苟子思还沾沾自喜，以为自己很聪明呢。"

"这个混账东西，信口雌黄，还说什么，我送县令一出手就是一个五百两的老坑石洮砚。此话若是传了出去，坏了姚兄清名不说，说不定还会给他招来灾祸呢，让我们如何对得起人家！"

"但愿金家拿了钱不会再有所言语。"

"我回去就说给那混账听！他还到处吹牛呢。"

"唉！真是个蠢货！"

"还不都是你，我都不愿意嫁他的。如今蠢了也没办法了，真是拣呀拣，拣着一个担龙眼①的憨团婿。②"

"女儿，来都来了，就住几天再回去吧。"

"好的。"

众人正谈话间，只见李直兴冲冲地从门口走了进来。

"哦，阿直回来了，怎么样？路上还顺利吧。"

"挺顺利的，江千总带我进兵营，顺道去那仓库探查了线路，到时咱们搬火炮的路线也定好了。小姐你也来了啊？"

"阿直，记你大功一件，辛苦了，赶紧去休息一下，晚上过来一起吃饭。"

"多谢东家。"

李直走后，懋峰不禁叹道："这孩子又机灵又可靠，是难得的人才啊，可惜腿瘸了。回头我跟贻儿说一下，让他去米店当掌柜。"

"阿直是个好帮手，你以后要多培养几个得力助手，就不用这么忙了。"黄氏道。

---

①拣呀拣，拣着一个担龙眼：闽南俗语，意为找对象挑来挑去，结果还是挑了个卖龙眼的货郎，形容找对象过分挑剔，结果还是不如意。

②憨团婿：傻女婿，峰尾至今还流行讲憨团婿的故事。

船者

"是啊，娘，现在岸上贻儿和阿直是我的左膀右臂，海里阿六阿扁他们也都很得力，我轻松了许多。对了，我得去叫他们准备一条船，后天五更启程跑一趟马尾。等会儿贻儿和阿直来了，让他们明天买两头大猪，去真好记加工成卤肉，再备上五十坛好酒，带到船上来。"

"好——刚回来就都没消停，又忙上了。"黄氏慈爱地看着懋峰，笑道。

十二月十日酉时，一艘帆船在马尾码头靠岸，懋峰等人刚登上岸，晋九就迎了上来。

"玉郎兄弟，你来啦，晋九在此恭候多时了。"

"晋九兄。小弟没来迟吧？"

"哈哈，来得正是时候。"

"阿直，阿六，让他们把板车推上来，装上酒肉，咱们犒劳弟兄们去。"

"好！都把板车推上来。"大伙从舱底抬出板车来，又装上了皮轮毂，装上酒肉，足足有五辆。

"真有你的，玉郎兄弟，想得真周到。"

"哈哈，哪能不周到呢。走！"

"军营就在不远处。众位兄弟，请——"

"阿直，你前面带路。"

"明白。"

众人到了军营，晋九命人吹了集结号，一会儿，兵勇们就在帐前列队整齐，等待号令。

"弟兄们还记得这位朋友吗？"晋九言罢，将身边的懋峰引到众人面前。

"啊？这人是刘巡检吗？"

"是他，是他，有点长胖了。"

"差点没认出他来。"

"正是刘巡检，前些天我们刚刚聚首过。咱们在峰尾当差时，可没少受人家的厚待啊。"郝冰道。

"哈哈，是刘巡检啊！"众兵勇哄地拥了上来，热情地嘘寒问暖。

"众位兄弟，别来无恙啊。上次鄙人行船偶过此处，未来得及准备礼物，多有愧疚。这次特意准备了一些酒肉，请弟兄们撮上一顿。顺便给大伙拜个早年。"

"哈哈，多谢刘巡检。"

"来，弟兄们把酒肉抬上来。"

"哇，好香啊！好久没吃到这么香的卤肉了。"众兵勇差点流出口水来。

"在峰尾吃过，一直忘不了，有时做梦都梦到在真好记吃卤肉啊。"

"哈哈。该不会啃到人家的臭脚，当成卤肉了吧。"

"哈哈。"众人大笑。

"来，酒菜抬到伙房去，马上聚餐。"

天色已暗，饭堂上，众兵勇划拳喝令，气氛热烈。一些兵勇陆续来与客人敬酒。懋峰恐久待难以脱身，忙举起酒杯，大声喊道："来，我和弟兄们敬各位兄弟一杯，等下要赶着潮水起航，就先失陪了。"言罢朝阿六等人使了一个眼色。

晋九道："我送送客人。"便将众人带至仓库边。门虚掩着，也无人把守。大伙用麻袋将那些小炮包住，扛上板车，每辆两门。李直引着众人，穿过一片林子。由石板围成的栅栏，早已让人拆开了一个口子，众人鱼贯而出。趁着一丝月影，伙伴们将十门洋炮扛上了船，换上土炮，又原路折回，再扛上十门炮，就这样神不知鬼不觉地弄到了二十门小洋炮。回航路上，大伙心情大悦。

"头家，今年姑妈宫要演文武棚①哦。"

"尾牙要办全猪全羊宴哦。"

"行，行，行，一样都不能少。"

"哈哈。"

"多谢头家。"

"船应该修得差不多了。回去把火炮都换上，再叫船上多准备一些炮弹火药火枪火矢刀枪之类的。"懋峰道。

"朝廷禁令，船只携带火药每船不得超过三十斤，如何多带？"

"朝廷严禁民间火器，是为防范反清人士集结为患。然也削弱了渔商的自卫之力，反令海盗得逞。咱们就设法藏匿一些吧。"

"好！"

"你们有没有觉得这洋人的炮比咱们的土炮要好上许多？"

"是啊，这洋人做的炮怎么这么厉害呢。"

"万一洋人来打咱们怎么办？"

"这问题问得好，所以咱们不但要造好船，还要能做好炮，不然总有一天要挨打。"

"可是咱们只是老百姓而已，也只能光着急啊。"

"下次遇到洋人，想办法再弄些炮来。"

"这炮也太贵了，一门炮都够赶上盖一座三间张大厝了。"

"没办法啊，又不能私自铸炮，不然咱们峰尾人肯定能仿制得出来。"汝安道。

"吹牛吧你。"

"我当然没这个本事了，但我觉得阿明师傅肯定行。那天我看

①文武棚：峰尾每逢节庆日有演莆仙戏的传统，以文武棚的规格为最高，搭两个戏台，一个演文戏，一个演武戏。

到他用木头削了一个木炮，漆上漆，我还以为是真炮呢。"

"那把木头弄成铁的不就成了。"

"哪有那么简单？这铁复杂着呢，钢水①好不好很关键呢，咱们又不懂得。"

"铁匠懂得吧。打铁哥打得菜刀钢水可好了，斩大骨都不卷刃。"

"要是打铁哥和阿明师傅合作，肯定能成。别说铁炮，就是弄出铁船来，我看都成。"

"咱们峰尾能人多，这种技术活难不倒咱们。"

"说到底，不是咱们不行，是清廷不让，咱们都想多了。"

"唉，真扫兴。"

众人七嘴八舌地扯着，其实懋峰心中明白，海贼通常都盘踞在海岛上。如果船大一些，可以在离海岛较远的海域航行，或者船的航速快一些，都能够回避海贼。但他坚信妙哥就藏身在哪个海岛上，他必须靠近海岛航行才有机会找到他。可他又不能明讲，所以只能想办法加强防卫和提升船只的战斗力。看大伙有点丧气，于是鼓舞道："大伙振作起来，就咱们这样，已经很不错了，最起码打个小海盗的没有什么问题。咱们下次再造的船只啊，就要往大往强里做。炮咱们铸不了，可以找洋人买。以后，这些旧船呢，慢慢改成近程的，偶尔贩些土特产之类的。"

"哇，咱们又要做大船了？那能不能把厨房做得大一些啊，我可以放下更大的锅，这样可以多煮一些饭，大伙也可以吃得更饱一些。"汝安笑道。

"饭倒是够吃的，要是能多做点好吃的才是关键，最好是每天都有卤肉。"

"天天吃卤肉，那钱还不让你给吃光了。"

---

①钢水：峰尾人用来衡量钢铁品质的一种说法。

"想着尾牙吃全猪、吃全羊，我现在就开始淌口水了。"

"是啊，哈哈。你看和贵真的流哈喇子了。"大伙都笑成了一团。

"行，咱们没办法每天都吃卤肉，但几天吃一次总可以吧。"懋峰道。

"你看，跟着老大混，就是不一样！阿六哥，你可小气多了。半个月才能吃一次肉，每人就分那么几块肉末星，从来都没吃过瘾。刚才，看那两头大猪卤成的肉都慰问给海防营了，我是真舍不得啊。"和贵道。

"你小子，你不看看乡亲们还有多少人连米饭都吃不上，有肉吃就很不错了。还嫌不够！"阿六站起身来，轻轻地拍了一下和贵的脑袋。

"是啊，咱们还不富足，连肉都不能让兄弟们吃个够。出海跑船是重体力活，弟兄们很辛苦，这厨房必须要做大，还要做好。伙食标准咱们也得提高了，每人每月二两。一定让兄弟们吃好吃饱！"

"哇，翻倍了，太好了！"

"你们看，要不是我说要做大厨房，你们伙食费还能翻倍？"

"这么说都是你的功劳了，没老大什么事喽？你小子还想不想混了？"

"啊，啊，算我没说，嘻嘻。"

"我还给弟兄们每人准备了一份年终大礼。前些天算好账了，咱们船队今年赢利一万多两，留下五千两扩充实力，每份还可再发五十两的分红，让大家好好跟家人过个欢喜年。"

"哇，这是要发财的节奏啊！"众人欢呼道。

"这下回去在老婆孩子面前就更有光彩了。"

"富了以后，可别忘了老大是怎么教育咱们的，要多做善事啊。"

"这哪能忘呢。"

"自从跟了老大以后，正儿八经地过日子，生活安稳，不用担心这吃饭的家伙明天还有没有在。有个家牵挂着，有时想想真的是很幸福。"

"那还用说，当海盗也是迫不得已的。"

"现在想想，能好好过日子，比当海盗强多了。"

"真没想到，以前当海盗现在居然要防着海盗，人生真是太搞笑了。"

"以前妙哥给咱们讲梁山好汉的故事，他们最终也被招安了啊。"

"浑小子，哪壶不开提哪壶，那事能跟这比吗？"阿六挥手轻轻地盖了那船工一脑壳。

其实懋峰知道，这帮兄弟聊着聊着，都会将现在跟以前当海盗时的经历做对比，且都会无意中提起妙哥。阿六与妙哥的感情最为深厚，但他自从看出懋峰对妙哥的那一份情义后，再也没在他面前提起跟妙哥有关的事。

春节，峰城一片欢乐祥和。一年忙到冬，行船人都要回家过个团聚年。行船人不懂得诗情画意般的浪漫。在物资匮乏的年代，归家人带着对亲人浓厚的爱意，将之化作物质献予亲人，这是父亲与丈夫最深沉的爱。于是，春节也成了峰尾全年物质最为丰厚的时期，期待、爱意和欢乐，洋溢在每个人的心底。

节前，老板宴请员工、发红包送行，各个宫庙请莆仙戏班唱大戏。家家户户准备年货，亲戚朋友串门问好，做团圆粿①、蒸年糕，贴春联，给老人孩子包压岁钱。除夕一大家子围着吃团圆饭、放鞭炮。大年初一，孩子们穿上新衣服，挨家挨户地看新娘②。大人给长

①团圆粿：糯米加粳米泡水后舂粉或番薯蒸熟后捣烂加粉揉成粉团，染成红色做成皮，里面包花生、芝麻或糯米馅，包好后用粿模成型，后面垫上粿叶（黄槿树叶），蒸熟。美观香甜，为峰尾特色手工美食。

②看新娘：峰尾春节习俗。凡在当年娶亲的家庭，大年初一门口都要挂一块大红布，孩子们就会围上门来看新娘，主人给孩子们发糖果，以图喜庆。

船者

辈拜年，偕友人踏春赏景。山上树木萌发嫩绿的新芽，海上轻潮漫涌，一派欣欣向荣的气象。过了几天无忧无虑的舒坦日子，正月初九天公生日是峰尾最为热闹的日子，热烈程度甚至胜过大年初一。初八傍晚，家家户户都要在门庭里摆上素斋和牲礼，宴席五彩斑斓，穷尽奢华，香烛烟云缭绕。女人们诚心诚意地敬着天公，祝愿天降祥瑞，一年风调雨顺，平安发达。男人们幸福地感受着亲人为自己的祝福。过了子时烧金纸，各家开始燃放炮仗、烟花。鞭炮声震天、焰火映亮夜空，几乎是彻夜不停。

正是：

香炉袅袅烟，玉阙下诸仙。

慈烛明三界，神通妙九天。

享受了春节期间的天伦之乐，元宵闹过花灯，心满意足又有些意犹未尽，男人们又扬帆起航，踏上了征程。一路风平浪静，过了几天，船至三门湾南，阿六刚要准备让船右舵，取道外湾，却听见懋峰招手道："阿六，叫船左舵，走内湾。"

"老大，内湾危险啊，礁石多，海盗也多啊。"

"没事，我心中有数，走内湾。"

"这……好，听老大的！"阿六犹豫了一会儿，终于下了决心，大喝一声："左舵，走内湾！注意防范礁石和海盗！"

三艘黑舶五枪堰从湾口鱼贯而入。海面看似平静，底下却礁石成群，暗流涌动。船小心翼翼地缓缓前行。这些驾船的舵公虽说都是在海上滚爬了几十年的老手，但在这么大规模的暗礁上行驶还是很危险的。稍有不慎，船就有触礁的危险。而他们更加担心的是，万一从哪个岛上窜出一彪海盗来，船慢跑不脱可就麻烦了。大家手心都捏了一把汗，却不知东家葫芦里卖的是什么药，私下议论着这东家真是"有路不行行山坪①"。

①有路不行行山坪：闽南俗语，意为好走的路不走，偏要走难走的，形容自找麻烦。

当行至一个小岛附近时，众人突然发现远处的海岛边闪出一大批黑点来，密密麻麻的像蚂蚁一样。

"快看，那个岛上，出来一大批的快船，密密麻麻的像蚂蚁一样！"

"可能是海盗啊，怎么办？"

"大家别慌，做好应战的准备。发旗语，把主炮填上，挂上船尾旗。"

"好！"

"旗挂好了！"船上镶黄边红旗在风中猎猎飘扬，中间一个大大的"刘"字十分显眼。

"是海盗！这些快船是向我们开来的，有四五十只，后面还跟着五艘大船呢！"

"我们进入礁石区了，船开不快，掉头也来不及了，怎么办呢，老大？"

"放冲天炮示警。"

"轰、轰、轰"，船上响起了三响炮，不一会儿，远处传来"啪、啪、啪"的三个回音。

"海盗没有退却的意思啊，越来越近了，怎么办啊？"

"他们能看到咱们旗上的字吗？"

"应该可以了。"

"把主旗挂上！"

"好！"

一面大旗冉冉升起，两个"圭峰"大字在旗杆顶端扬开。

"海盗又逼近了，手上好像还都抓着鸟铳呢。离咱们不足四百丈了。"

"把小炮也都填上。咱们再行一百丈，右舵绕过那个岛屿。宁懋号和宁盛号绕到岛后待命，主舰继续往前开。听我指挥，旗语联络。"

"遵命！大伙打起十二分的精神，听老大号令。"

"船过岛屿了，宁懋号和宁盛号绕到岛后了，海盗快船离咱们只有两百五十丈了。海盗大船还有四百丈。"

"好！进主炮有效射程了！"

"再等等。估算海贼大船船速。"

"航速约为十节①。"

"好！"

"海盗快船离咱们不到一百五十丈了，连胡子眉毛都看到了。"

"好，右舵，把船横过来，右舷小炮对准快船边的海面，打！"

"砰、砰、砰、砰"右舷喷出四条火舌，一股硝烟味扑面而来。

远处海面哗哗哗地腾起几条大水柱，掀起的大浪，将一些快船掀翻，落水的海贼手脚忙乱地游向了没有翻沉的快船，又有二三十艘快船冲过浪头，恶狠狠地狂奔而来，有的已举起了鸟铳。情况十分紧急。

欲知后事如何，请看下回分解。

---

①航速约为十节：古时没有航程记录仪，难以确切判定船的航行速度。船航行时向海面抛出拖有绳索的浮体，再根据一定时间里拉出的绳索长度来计船速。1节等于1海里/小时，10节相当于18.52公里/小时。

第八回

报冤仇义重三沙镇
别知己情深五里桥

却说，懋峰船队在三门湾内遭遇海贼，贼势凶猛，十分紧急。

但见懋峰淡定地命令："左舷往外湾，横过来，对准快船边的海面，打！"

又是"砰、砰、砰、砰"左舷喷出四条火舌，掀起的巨浪将剩下的快船又打了个七零八落。剩下的几艘快船见势不妙，掉转船头就往回跑。

"好！打得好！哈哈！"

"海盗主船来了，进入主炮射程了！"

"旗语，宁懋号、宁盛号自岛后横向驶出，左舷主炮一致瞄准敌主舰桅杆底部，打！"

"砰、砰、砰"三声炮响，震耳欲聋，硝烟弥漫刺鼻，后坐力使船只向右倾了一个大摆，大伙一个趔趄，险些摔倒。

"哇，好大的威力啊！"

"啊，打中了，打中了！"

船上一片欢呼！只见海盗主舰上腾起一股黑烟和大火，桅杆和帆都折到海里去了。

"快，打旗语，右舷，转弯将右舷横过来，主炮对准冲出来的贼船，左舷主炮装填准备。"

"海盗大船都掉头了。他们怕了，哈哈！"

"哈，我们赢了！东家您太厉害了！哈哈！"众人欣喜若狂地拥向懋峰，欢呼着将他抱起，抛向半空，又接了回来，又要将其抛起的时候，懋峰连忙摆手求饶："好了，好了！哎哟，我的老腰啊！"

"哈哈！"众人忙将其放了下来。

"快，救人去。"

海面上漂着的十几个海盗惊恐地望着向他们开来的三艘大船！

"放下十只舢板，五人一组，互相照应，每船救完一个海盗即回，小心他们反抗。"

"好！"

"人都救回来了，没人丧生，只有几个受伤的。"

"帮他们包扎伤口，煮点姜汤给他们祛祛寒。"

"老大真是善心啊，对海贼都这么好！"

"东家有意朝着海面打，要是照着船打，那这些海盗可死定了。"伙计们议论着。

"那还用说，东家做的善事还少啊，海贼也是人啊，咱们以前不是也干过，你都忘本了。"汝安道。

"咱早就改牙（邪）归正了。"和贵道。

"那叫邪不叫牙。牙歪了正不了，哈哈！"

"就你行，你的牙最正了，嘻嘻。"两人打闹着，烧来了一大桶姜红茶。

"来，喝点姜茶，祛祛寒，别怕，我不会伤害你们，等下就放你们回去。"

"多谢头领不杀之恩！"

"你们是哪里的海盗？你们那儿有没有我们惠安这边的人？"

"我们是蛇蟠岛上的，惠安人吗？好像没有啊。"

"哦，那这边的海岛上有没有我们这边的人当海盗的？"

"没听说这边有惠安人当海盗啊。花岙岛那边头领倒是福建的，好像是龙岩州那边的人，以前当过和尚的。"

"那和尚长什么模样？"

"中等身材，瘦瘦的不甚壮实。"

"哦，这样啊。好吧，那回去告诉你们头领，峰尾刘玉郎情非得已开炮自卫，误伤了几名兄弟，此为纹银百两，略表寸意。希望今后行走江湖，莫开杀戒，莫再与刘某为仇！"

"多谢头领。"

懋峰令人放下两艘舢板，让海贼摇回岛去。

大船出了三门湾，去了趟宁波，卖卸货和采买装货都有众兄弟操办。懋峰也不用过多操心，顾自上岸，混迹于茶楼酒肆，将《阮郎归》《相思令》教与卖唱人传唱。又转而南行，每登岸，凡听闻演唱《阮郎归》《相思令》的，皆赠银五两，于是浙南卖唱人争相传唱，一时成风，然而沿途而下却无半点建林的消息。数日后，船至福宁府福鼎地界。

"也不知妙哥现在何方，许多地方我都去了，怎么就寻找不到呢，没有线索，这样大海捞针真的不是办法。可也没有更好的办法，还是上岸转转看吧。"懋峰暗自忖道。

"走，阿六，要是没什么事，咱们就一起上岸走走看吧。"

"好的，东家。"

两人登岸，刚走到渡头，却见来了几个官兵，在那城墙头上贴布告，旁边一圈看热闹的群众。

"杀人啦！"

"哪杀人了？"

"是三沙那边的，这是年前的事了。"

"杀的是渔船主蒲员外的儿子，这是个恶霸，该死！敢杀他的人是英雄。"

"嘘，小声点，他家势力大着呢，别惹火上身。"

"杀他的人名叫林海，看画像，长得浓眉大眼的很英俊。"

"阿六，咱们走吧，去那茶楼里坐会儿。"懋峰招呼阿六，刚要转身离去，却见阿六神色紧张地盯着那布告看了许久，小声道："东家，快看，这人像不像咱们妙哥？"

"什么？"懋峰连忙分开人群，见那布告上，悬赏两字格外醒目，上头居中画影图形，却正是建林模样。下书：福宁府正堂悬赏杀人犯林海，首告缉拿者各赏钱百两，如隐匿不报，与贼同罪。云云。

"糟糕，这林海会不会是妙哥的化名？却是如何又成了杀人犯呢？我该如何查得真相呢？"懋峰心中暗自着急，却假装无事似的，言道，"这怎么可能呢，妙哥早就不在人世了。"

"我怎么觉得这林海长得这么像妙哥呢。"阿六盯着布告狐疑地嘟囔着。

"这世上长得相像的人可多了。"

"嗯，那可能就是长得相像的人吧。"

"阿六，我突然想起一件事来，得去三沙会一会熟人，咱们马上去一趟三沙吧。"

"哦，好的。"

不到一个时辰，船就到了三沙。

"我去找一个熟人坐坐。"

"东家，我跟你一起去吧。"

"不用了，你忙你的吧，我去去就来。"

懋峰登岸，径自来到那服饰店。店主看到懋峰，大吃一惊："咦，你是那买手镯的客官？"

"正是。"

"出大事了，你可知道，上次托我卖你手镯的人出事了。"

"啊，卖我手镯的人？"

"他叫林海，我觉得他可能认识您。那天，你还没来这里时，他先来到我的店里，让我等下把镯子卖给一个穿长衫的读书人，要卖一百两银子，不能多卖也不能少卖，卖出了，给我十两当佣金，又教我别让你知道镯子的来历，瞎扯一番。然后他就躲在内间。"

"啊？"懋峰的心快提到了嗓子眼。他已经知道这个林海正是他要寻找的日思夜梦的妙哥。难怪买那手镯的时候感觉跟那郝小姐的手镯一模一样，原来根本就是郝小姐的那个手镯啊。懋峰恨不得回到那一天，那时他的妙哥就在那里面候着，听着他与那店主讲着买手镯。兄弟明明近在咫尺，却失之交臂，不知他的妙哥当时做何感想？

"你的心好硬啊，妙哥！"懋峰从无尽的痛悔中转而有了些许恨意。

"客官，客官！"店主打断了懋峰的思绪。

"哦，你说的这个林海我不认识啊。他究竟怎么啦？"懋峰极力掩饰自己的情绪，假装若无其事。

"唉，整个三沙都在传他杀人的事。他把蒲员外的儿子蒲仁给杀了，开膛破肚，砍了头，剜了内脏，血流得满地都是，把员外活活吓死了。那些头和心肝都祭奠在柯老爹和莲儿的坟上了。"

"谁是柯老爹和莲儿？"

"柯老爹和莲儿是这边的渔户，他们去年夏天在海边救的林海。"

"那这林海什么来历？"

"什么来历我不知道，那林海看着跟乞丐差不多，中暍晕倒在海滩上。幸好遇到柯老爹和莲儿，给背回了家，请郎中救活了。柯老爹膝下无子，就把他给收留了。柯老爹在崳山岛那边有间屋子，林海就住在那边。他打鱼后就拿到镇上卖，卖的钱都交给柯老爹，有时他也在柯老爹家吃饭。那莲儿长得十分漂亮，是村里的一枝花，可她偏偏就喜欢这林海，看得出这林海也是真心的。去年冬，这柯老爹摔断了腿，卧床不起。林海急了，就拿那个手镯托我卖给您了。得了一百两，给我十两当佣金，剩下的钱全给了柯老爹。可那柯老爹并不舍得花。唉，父女俩就这么没了。多可惜啊，多好的人，多漂亮的姑娘啊，就这么没了。"

"他们怎么没的？"

"还不是那恶霸害的，该死的蒲仁！杀得好！为民除害！记得那天晚上风雨交加，林海在岛上，风大雨大就没过来这边。等第二天早上他回来的时候，柯老爹和莲儿已经被害死了。事情经过是这样的……"

柯老爹家的门口围了许多人，众人见林海来了，连忙闪开一条道来，用怜悯的眼光看着林海："可怜的老柯，唉！"

林海快步迈进房间，只见屋内乱成一团，老柯倒在地上已死去多时，嘴角流有一丝血丝，旁边还有几口吐出来的血迹。"老柯、老柯！是谁干的，快告诉我！"林海环视众人。

"我不知道，我不知道！"众人连连摇手闪后。

"说！说不说！"林海睁着血红的眼睛，猛地揪住一个中年汉子。那人立即吓得尿出裤管来！

林海松开手，又帮那人扫了扫、平了平衣襟，突然对众人一声怒喝："滚！"，众人一哄而散。

"我一大把年纪了，无儿无女我不怕，我说！"只见隔壁孤老张头拄着拐杖颤巍巍地走了进来。言道，"昨天傍晚风雨交加之时，大家都早早地关了门户。我突然听到有人猛烈地拍着隔壁的门，是柯老爹开的门，他们父女都在……"

只听见柯老爹问道："蒲大官人，风大雨大的您上门有何贵干？"

"我收租来了！"

"那租子不都交好了吗？"

"宝物租子。"

"这世上哪有什么宝物租子？再说我也没有什么宝物！"

"我说有就得有，宝物就是那火龙珠。"

"那珠子只是海里捞到的黄螺珠，算不上宝贝，孩子拿来玩的。"

"既然算不上宝贝，那就卖给我吧，抵你一年的租子。"

"不给，这是海哥送给我的。谁也不给！"是莲儿的声音。

"哟，定情信物啊，难怪都十八了，还不愿意嫁人，原来是有心上人了啊。告诉你，我正要报告官府去逮那个人呢，来历不明，不是江洋大盗就是逆党！你们父女窝藏要犯，休说是一颗珠子，就是连命都保不住！"

"你吓唬谁呢？"

"告诉你，乖乖地把珠子交出来，免得我动手！"

"上，给我搜。"

"你们要干什么？还有没有王法！"

"我就是王法，你这个穷鬼还挺硬气！去年老子看上了你家女儿，想纳房妾，是你家的福分，你却不识抬举！太后寿诞将至，想跟你要颗珠子进献皇上，你还胆敢百般阻挠？要是不想活了，老子可以成全你！"

老张头越听越不像话，连忙开门出来，刚走到柯家门口，就被家丁一把拦住："老头，这边没你的事，回去！"

只见屋内已被翻得一塌糊涂，两个家丁在床底下翻出了一个瓦罐，摔在地上，碎了，滚出了数锭银子来。

"你这穷鬼，居然藏了这么多银子，说！这银子哪来的？"蒲仁责问道。

"这是我们辛苦攒的。"柯老汉护住银子，申辩道。

"骗谁呢，你跑我家的船，耕我家的地，能有几个钱我不知道！这定是那逆党给的！"

"海哥是好人！我爹病了，他把祖传的镯子卖了，给我爹治病，我爹不舍得花，剩下的。"

"好人？等这番风雨过后，我就告下官府把他逮了，你就知道他是不是好人了！"

"你这个坏蛋！"

"少爷，没有找到那珠子，会不会在这女人身上呢？"家丁坏笑地看着莲儿。

"咦，身上？嘿嘿。"那蒲仁淫邪地瞪着莲儿那韵致的身躯。

"畜生，你们想干什么？"

"把那小妞给我按住，让我搜上一搜，嘿嘿……"蒲仁淫笑着，猥琐地伸出五爪。

"快跑莲儿！"柯老汉一把抱住蒲仁的小腿。莲儿甩开手，挣脱那家丁就向海边跑去。

"你个老不死的！"那蒲仁抬脚，对着柯老汉心窝就是一脚！一口鲜血喷涌而出。

"爹！"莲儿听到声音，回头犹豫了一下。

"快跑，别管我！"柯老汉用尽最后一口气喊道，然后昏厥过去。

"追！"

莲儿向大海奔去，蒲仁和家丁们紧追不舍。蒲仁跑在最前头，一把揪住莲儿的衣裳。莲儿往海里猛地一跃，那棉布衣服竟被蒲仁撕裂下来。蒲仁刚要命人跳入海中将莲儿抓回，突地一个巨浪打来，将众人打得七零八落。众人再定神往海里找寻时，已不见了莲儿的踪迹。

蒲仁悻悻地带着众家丁走了。邻居们才敢出来，准备将老柯救回的时候，发现他已经过世了。众人吓得一哄而散。

"这蒲仁是什么人？"林海铁青着脸，牙齿咬得窸窣作响。

"这蒲仁是蒲员外的儿子，那蒲员外是本县渔船主，大富豪，方圆数十里山海田都是他家资产。他花了好多银子捐了个员外郎，又与国戚攀上了亲家，有财有势，称霸一方，连知县见了他都像老鼠见了猫一样。这蒲仁更是仗势欺人，稍不顺眼，轻者打骂，重者抓进衙门，定个海贼匪徒的罪名让你永世不得翻身。那城东最大的宅院便是他家。"

"多谢老丈仗义相告。"林海朝老张头拱了拱手，将柯老汉背上船，又去棺材店买了两口棺材。运到崮山岛，林海披麻戴孝，将柯老爹父女分别装殓起来，埋葬。

"那莲儿是怎么死的？"懋峰问道。

"这个我不清楚，可能是跳海冻死了，那么冷的天气，听说还爬到崮山岛林海住的地方去。"

"你刚才说那蒲仁让人杀了，可确切是林海所杀？"

"是他杀的！翠娥亲眼看了那杀人过程。"

"翠娥是谁？"

"她是邻村的一个姑娘，那天晚上蒲仁没抓到莲儿，贼心不死，又去邻村掳走了翠娥姑娘。这个翠娥也忒是胆大，讲起那过程绘声绘色的，好像很解恨的样子。大伙听着也都很过瘾，就像听说书似的。她说林海按门进去的时候，那蒲仁正要对她动粗。林海一把扼住那蒲仁的脖子，举到头顶猛地摔到地上，只听得'嗷'的一声惨叫，那蒲仁就口吐血沫，两眼翻白，手脚乱颤。林海就这样瞪着他，也不再打他。蒲仁挣扎了快一刻钟才没了动静。林海上前往他胸中猛击一掌，只听得‘咯咯咯’骨头齐刷刷断裂的声音，又用手猛地往里一插一搅就把那五脏六腑掏了出来，血‘噌’地喷涌出来，洒了一地，那心脏抓起来还‘怦怦’地跳了两下。林海又‘咔嚓’一声将其脖子扭断，这才掏出一把尖刀来，往那蒲仁脖子上一刈，就将那脑袋割下，撕开一件衣服将脑袋和脏腑捆在一起，提在手上，跳墙走了。翠娥也趁机跑了。后来，听说那蒲员外当场吓死了。家人报了官，在柯老汉和莲儿的坟前发现了蒲仁的脑袋和脏腑。官府又找了翠娥对证，便知是林海所为。好是解气啊！林海真是英雄啊！”

“对了，你刚才说的蒲仁找柯老爹要什么珠子？”

“火龙珠啊，这林海也真是有本事，捞到了一个大黄螺。那柯老爹腿断了卧床不起，平时也需要邻居帮衬些事。他就将黄螺拿到柯老爹家，准备炒了请几位邻居喝一杯。没想到杀黄螺的时候，滚下一颗鸽子蛋大小的龙珠来，橙色的，里面还有像火焰又像云彩的美丽纹路，闪着晶莹的瓷光。这可是稀罕东西啊，听说价值连城呢！可林海随手就给了莲儿，大家都说莲儿命好，可谁曾想，却招来了灾祸。唉！”

“唉，谢谢你告诉我这么多，告辞了。”懋峰告别那店主，回到船上，又命人将船开到嵛山岛。登岛后，果真找到一间小石屋，门虚掩着，推门而入，只见里面已被人翻得狼藉不堪，连个坐的地方都没有。懋峰似乎能感受到兄弟熟悉的味道，他深吸一口气，又哀叹了一声，掩门而出。懋峰抬头环视四周，却见附近山边有坟头两堆，新土未干。他近前一看，见墓碑上写有义父柯正之墓，另一个写有义妹柯莲儿之墓，字迹十分熟悉，足以判断是建林所写。懋峰又叹了一口气道：“多谢二位对我妙哥的深情厚恩，玉郎来时匆忙，未曾带来香烛金纸，权以三鞠躬为礼。愿二位泉下有知，保佑我妙哥平安无事，助我早日寻得我兄弟。"言罢鞠躬再三，默立良久，竟然泪眼模糊。

一阵冷风吹来，四周茅草摇晃，响起瑟瑟之声。懋峰顿时起了激灵，打了个寒战，不敢多待。懋峰深知，建林又身负命案，依照他的性格，绝不会连累他人。即便他知道自己费尽心思在寻他，也绝不会与自己相会。如此再行寻觅终无结果，唯有祝愿他能够逢凶化吉，乐得其所。于是便离岸登船，返航圭峰。

五枪堰一战成名后，海盗敬而远之，商船在海上畅行无阻，生意红火。懋峰也不再随航出海，他克尽君子本分造福乡里，扶贫济困、兴办乡学、铺桥造路、修渠清塘、畅通水路、广植林木。峰城在他的治理下，风正气顺，乡亲们安居乐业，一片繁荣气象。人赞曰：

矜贫多义举，怀德自高名。

为善东平乐，春风满海城。

内外无忧，懋峰难得清闲，不觉一晃过了四年。又是隆冬时节，天寒地冻，懋峰与陈松等一帮友人在家中泡茶闲聊。正谈话间，李书吏气喘吁吁地自门外奔了进来，上气不接下气地叫喊道："玉郎，快，不好了，姚知县被罢官了，即令返籍了。"

"啊！出了什么事了。"懋峰手中的茶碗，"啪"的一声掉落地上，茶叶汤汁四溅。

"具体的我也不甚明了，大致是因为金佳案，被人诉到都察院福建道了。"

"这事过了这么多年了，怎么还被提起呢？这案件判决也没有什么不妥啊。"

"我也不清楚，一听说消息就赶来报信了。"

"快备车，我要去县衙。"

"怕是来不及了，说不定他现在人都到了晋江地界了。"

"备车来不及了，那我骑马去。"

"你的腰不大好，如何经得起长途奔波？"凝絮急道。

"顾不了这么多了。"懋峰匆匆走进书房，不一会儿，手里就提了个行囊出来。

"玉郎兄，我跟你一起去吧。路上也好有个照应。"陈松道。

"好！"

"驾！"两人牵了两匹快马，奔南门而出，一路烟尘翻滚。

一个多时辰的奔驰。两人到了安海湾五里桥畔，但见岸树肃杀，夕阳惨淡，水凝寒意，桥卧僵龙。两人勒马，眼睛努力地搜索着桥面上疏淡的行人和车辆。

还是陈松眼尖："快看，桥中间有一辆马车，看样子有点像，咱们快过去看看。"

"快过去看看。"

"吁——"两人将马横在那马车前头。

"何人如此无礼！"只听得马车内一声怒喝。

"是，是瀛亭兄，哈哈。"

"玉郎贤弟！你怎么来了。啊！手怎么这么冷？"瀛亭掀开帷幔，见是懋峰，大感意外，急忙跳下车来，一把握住懋峰拉缰绳的手，却发现像摸了一块寒铁一样冰冷。

"我的手都快冻僵了。哎哟，我的腰，啊啊，动不了了，等一等。松弟，快、快扶我下来。"

"慢点、慢点。"

"好，好，没事了。"

"外面冷，快到车里坐坐。你们怎么来了？"

懋峰刚要作答，猛地抬头一看，不禁大吃一惊。瀛亭足足瘦了一圈，眼眶塌陷，头发斑白零乱，满是愁容和疲倦。

"兄台究竟遭遇何事，两日未见，竟是这般模样？让小弟情何以堪！"

"朝廷处分，勒令限期回籍，故不敢怠慢！"

"兄台如此清廉恤民的好官，何故要受此处分？"

"说来话长啊，也是愚兄心底有私，才酿此祸事，怨不得别人。"

"兄台哪里有私心了！"

"监察御史对历年人命案件进行复核，对金佳案存疑，暗中查访当事人，而愚兄一无所知。证人证言均无差错，定罪虽然从轻，然也并无过错。只是查访金佳家人时，却捅出了大娄子。又查实了你我两人乃莫逆之交，便认定愚兄徇私，幸得陈总督力保，才不至于流放，只是解职返籍。"

"什么大娄子？"陈松问道。

"愚兄不说，玉郎心中也是明白，我来说吧。"懋峰看着瀛亭，脸上满是羞愧痛苦之情，顿了一下，咬牙切齿道，"都是我那混账女婿自作聪明，跑到金佳家中信口雌黄。说瀛亭兄与我称兄道弟，赠送一块砚台都值个五百两。定是此话传到御史耳朵里，认定了瀛亭兄结交当地豪绅，谋取私利，徇私枉法，才招致了灾祸！瀛亭兄，我对不起你啊！我把你害惨了，唉！"

"兄弟，我不怨你，一切皆是时运使然。我第二任届满，本欲派遣至他县，不期新任县令一直未能到位交接，就又委我再任，实现了我三知惠安的祈愿，来惠邑数载最幸是结识了贤弟。其实有一件事我瞒了你五年了，憋在心里也很难受，今天终于可以一吐为快了。没有你的一位兄弟相救，我也活不到现在，更别说三知惠邑了！"

"啊？此话从何说起！"懋峰、陈松闻言大吃一惊，丈二和尚摸不着头脑。

"且听我慢慢道来……"瀛亭说起了尘封已久的往事。

那是五年前，瀛亭从古田县卸任，又改任惠安知县。他在总督衙门换好文书后，就立马启程上任。他在古田建书院，俸禄基本上都捐了，身上并无多少银两，背着几身服装和几本诗书就上路了。也无书童仆人相随，更舍不得雇佣车马。

行至峡北，准备渡船时，天突降劲风暴雨，没有渡船愿往。无奈只得沿江寻找栖身之处，可四处杳无人烟。转了好几个山弯，才在山坳边找到一间破庙，别无他法，就只好住了进去。

风雨越来越大，天色越来越暗。瀛亭正焦虑间，此时外面进来一个衣着破烂、胡子拉碴的乞丐。那乞丐手持鱼竿，身无长物，看了瀛亭一眼，也不言语，顾自找个墙角躺下，不一会儿就呼呼睡去。

大约过了两个时辰，已是夜过三更。此时风静雨阑，一束皎洁的月光将破庙映个透亮。瀛亭走出庙去，只见天蓝如洗，空远而洁净。一轮明月高悬，江上清波粼粼，银光闪烁。涛声如韵，烟霞如纱，好个幽静清雅的江月美景！瀛亭人在羁旅，才无人识，栖身野外，孤独无伴，触景生情，吟道：

"风雨绝浮槎，归栖暝色遮。

山穷依瘦树，枝老寄孤鸦。

难拾南柯碎，聊看北斗斜。

转诸淹世道，何处淡生涯。

对月勾幽绪，祈天降紫霞。

潮平涛溢韵，江净渚濛纱。

未得袁宏咏，空闻刺史嗟。①

素娥移跬影，在水涤蒹葭。"

①袁宏：袁宏，少孤而贫，以运租为业。谢尚镇守牛渚时，月夜江上泛舟，闻袁宏诵《咏史诗》，音辞绝妙，大为赞赏，乃邀其前来，畅谈通宵。袁宏自此声名日盛。刺史：指刘禹锡，自夔州赴和州刺史任途中，经牛渚，触景生情，写下《晚泊牛渚》诗，尾联"无人能咏史，独自月中行。"引用袁宏《咏史诗》之典故。

吟罢，叹息数声，伫立良久。夜风渐凉，单衣难袭寒意，便回庙里。又将诗默吟数遍，渐觉困倦，靠着行囊就要迷迷糊糊睡去。突然听见庙外由远而近传来嘈杂的脚步声，猛地惊醒。接着又听得两个粗闷的声音骂道："操，今天真背，输得连短裤都没了。又翻了几家墙，啥也没弄着！"

"是够背的，都翻不出几个铜板来！操！"说话间，两道黑影闪了进来。

"有人！"

"死乞丐，比老子还穷，滚一边去。"

"穿长衫的？穷书生？不大像啊。"

"不管他是什么人，先把他捆起来再说。"其中一人叫嚷道。另一人恶狠狠地上前，一把扭住瀛亭，反剪双手，解下裤带，将其绑住。

"大胆狂徒！你们要干什么？"瀛亭大怒，拼命挣扎，但一个文弱书生，终拗不过那贼人力大。

"捆结实了，我去看看他包裹里有什么东西。"

"操！只有几两碎银。穷鬼！"

"里面还有一个包裹，快打开看看！"

"啊，这是什么？官服！"

"是个当官的，怎么这么穷？"

"不好了，咱们抢了当官的了，快跑！"

"跑什么跑？干脆把他做掉，丢江里算了。"

"混账东西，杀人越货是为死罪，谋害朝廷命官，罪加一等！快放了本官，本官放你们一马。"瀛亭怒道。

"别上他的当。先把他捅了，再绑个石头丢到江里去，神不知鬼不觉的。还有那个也一起。"那贼人看了那乞丐一眼，又朝另一贼人努了努嘴。

"嗯、嗯。"贼人从腿边拔出一把尖刀来，对准瀛亭心窝，就要扎过来。

只听得"啊"的一声惨叫，接着"哐当"一声，尖刀掉在地上。瀛亭睁眼一看，朦胧间，见那贼人一边拼命地甩着胳膊，一边"哎哟哎哟"地跳脚鬼叫："是鱼钩啊，是鱼钩，把我胳膊钩住了，哎哟，痛死了。"

"哪来的鱼钩？"

"是那乞丐啊！"

"乞丐？"贼人大怒，拔出尖刀来，朝乞丐猛地刺去。

只见那乞丐，单手将身体侧撑起来，左右摆动，躲避那利刃锋芒。摆着摆着，突然快速转动起来，只听得风声呼呼，一团黑影在庙里高速旋转。紧接着就是"咚咚"两声，那两个贼人已被踢出庙外数丈之处，口吐鲜血，倒在地上不住地呻吟。

那乞丐立定身形，在地上捡起尖刀，向那两个贼人走去。只听见他训斥道："祖师爷的规矩呢？读书人你也抢？清官你也抢？还图财害命？伤天害理！你配做贼吗？你就是头畜生！"

"你是人是鬼？"

"祖师爷显灵了，饶命啊，小的再也不敢了。放了小的吧。"那两个贼人捣蒜似地叩头求饶。

"滚！再不改邪归正，老子把你们大卸八块，扔到江里喂王八。滚！"乞丐言罢，踢了那贼人一脚。

"多谢祖师爷不杀之恩。"两个贼人爬起身来，连滚带爬地跑了。

"多谢好汉救命之恩，请受瀛亭一拜！"

"唉，这倒是奇闻啊。你一个当官的怎么也混到跟我乞丐一样住破庙？刚才看你吟诗的样子，真的很像我的兄弟！"

"哦，有这等事？请教好汉尊姓大名。"

"我一个流浪汉，无名无姓的不足为念。"

"那你兄弟是谁，可否介绍予我相识？"

"他是惠安峰尾的巡检刘懋峰。"

"是惠安的啊，真是巧了。我这正是要去惠安赴任呢，好汉一身神技，为何要在江湖上流浪？不如随我到惠安赴任，当个捕头保境安民。"

"你是新任的惠安知县？"

"正是。"

"你既然是惠安县令，那我兄弟以后就是你的属下了，望你多多关照！"

"你为何要四处流浪呢？你兄弟怎么不管你呢？"

"一切都过去了，他以为我早死了。我不能让他知道我还活着，我活着对他来说是个灾难。"

"这？"

"我们的恩怨别人是无法理解的。反正我兄弟的性格、学识跟你都很相像，以后你见了他，自然就会明白。你们肯定会一见如故，引为知己。"

"可好汉的救命之恩，瀛亭该如何报答？"

"咱们也是有缘，你以后对我兄弟好就是对我最大的报答！当然，我也有事要求你。"

"何事？恩人快说！"

"不要把今天遇到我的事告诉我兄弟。"

"这？"

"为了大家都好！请答应我。"

"好！我不说。"

"我相信你，你是君子，一言九鼎，我信你！天快亮了，请多珍重，告辞了。请把我的兄弟当兄弟！"

乞丐言罢，拿起鱼竿，拱了拱手，扬长而去，消失在蒙蒙的晨色中。

瀛亭讲到此处，叹道："我终是违背诺言，跟你讲起了此事。此事一直压在我心里，我一直想不明白你这个兄弟是谁？你们究竟有什么恩怨？你也果真如你兄弟所言如此，咱们也真的一见如故。我也把你当成了生死之交，想到要离开你，心里很是不忍，所以横下心来，也不跟你辞行就走了。没想到你居然追了过来。我想我再不跟你讲这些，也许今生就没有机会了，思之再三，还是一吐为快。你应该会明白你那兄弟是谁吧？"

懋峰听了瀛亭的讲述，感慨万千，一时竟不知从何言起。陈松惊诧不已："莫非……莫非……妙兄没有死？难道几年前在三沙杀恶霸的那个人真的是妙哥？阿六跟我说了好几次，他怀疑那人就是妙哥。"

"妙哥？刘妙？不，不，不可能，怎么可能呢？我查了卷宗，那是刑部核准的，总督亲自过问的案件，怎么可能逃得出来？"瀛亭连连摇头道。

"不瞒二位兄弟，他就是我那苦命的妙哥！"懋峰终是抑制不住内心的酸楚，黯然道。

"这究竟是怎么回事啊？"瀛亭、陈松齐声问道。

"是郝总督法外施恩，他是好人啊，可惜他老人家已经过世了。兄弟的活命之恩无以为报啊。"懋峰讲起了郝总督夜访峰尾以及自己多次出海寻访建林的事。

"啊，那妙哥现在何处呢？"

"如今我也不知他身在何处。四年前，我看到福宁府通缉杀人犯林海的布告。我去三沙查访，可以确定是妙哥所为。林海是妙哥的化名，之前他落脚嵛山岛，与柯氏父女相依为命。可惜啊，我未能先找到他。"懋峰叹道。

"那坏人十恶不赦，就得该杀！但愿咱妙哥能够逢凶化吉。"陈松道。

"以恩人的武艺，肯定能逢凶化吉，贤弟不必过分担心。"

"兄台所言极是。"

"天色不早了，咱们还是先找个地方歇息吧。"陈松见天色已晚，提醒道。

"那咱们到水头街落脚，过桥前头便是。"

"好！"

三人在水头街寻得一家客栈住下。一夜把酒言欢，兴起时高谈阔论，吟诗作对。情浓时执手扶背，潸然泪下，诉不尽的知交情意，惜别依依。直到更残漏尽，醉玉颓山，酩酊睡去。朦胧酒未醒，已是鸡鸣催客起。前途漫漫，难测今生可有几回相聚。

"瀛亭兄，此去一别，未悉何时方能有缘再聚。弟无以为赠，此砚为念，望勿推辞，另此纹银以作路资。"

"此砚承载你我诸多恩义，愚兄收下了。这银两断然不可，愚兄回乡可以重操旧业，教馆授徒，粗茶淡饭不失其本。为兄身无长物，折柳相赠。"瀛亭双手接过那装砚锦盒，郑重放好，回首漫行数步，至溪边折下柳条两枝，分赠两人，执手相望，泪眼婆娑道，"二位兄弟保重！瀛亭告辞了！"

"瀛亭兄请多多保重！"

送君千里终有一别，无奈各道相别，声声珍重。懋峰望着瀛亭的车马远去，直至逐渐消失在视线中，忍不住泪目盈盈，掩袖沾巾，

船者

猛拔马缰，回首恨道："兄弟！咱们也走吧，驾！"便一路狂奔而去，从五里桥一直跑到了洛阳桥南。

"驾！"陈松挥了一鞭，策马超到懋峰前头，又"吁"的一声，勒住马，翻身跳下马来。

"吁——"懋峰见状也勒马停了下来。

"玉郎兄，咱们歇息一下吧，都跑了大半天了！"

"酒未醒离恨未消，唯有纵马而驰以抒胸臆。"

"你的腰受得了吗？歇歇吧。"

"唉，是该歇歇了。哎哟，扶我下马走走。"

"唉，没事吧？"陈松将懋峰扶下马来，关切地问道。

"还好，没关系，走几步疏通一下筋骨就好了！走，前方不远是蔡忠惠公祠，端明公的母亲是咱们圭峰人，也是咱们圭峰的骄傲啊。咱们去敬炷香吧。"

"咱们身上并无准备香火斋果，如何礼敬？"

"鞠躬跪拜，心诚则灵！"

"咦，我口袋里有一把炒蚕豆，要不就权当斋敬吧。蚕豆有家乡的味道，他老人家一定喜欢。"

"淘气鬼！对圣贤神明岂敢佻巧。"

蔡襄祠坐落桥南，门庭两侧各有一座碑亭，三间张三进殿厅。大天井绿树成荫，殿廊分列左右，历代碑刻林立。拾阶而上，正殿石柱顶起楣梁三架，上托支檩而成硬山式，椽条栉比，朴素大方。正中供奉蔡襄神像，头戴直脚幞头，身着大红袍，左手拈须右手托着笏板，端坐案前。体态庄重而洒逸，肃穆之意油然而生。两人对着蔡大人塑像恭敬地磕了三响头。拜完又欣赏《万安渡石桥记》石刻碑文，赞叹不已："此碑文、书、镌三绝，堪称三绝碑啊！"各自临摹比画一番。临行之时，又鞠躬再三。再北行百丈，便至桥中，几株古榕树掩映成荫，中有江神庙，前有一座西川甘雨亭，侧有"万古安澜"宋代摩崖石刻，历代碑林森然。凭栏两顾，沧海茫茫，一桥飞架南北，筏基石梁托架悠游闲定海波之中，气势磅礴，如走龙蛇。

"此处应有诗否？"

"必须有！我先来。"陈松言罢，思索一下，吟道，

　　　　"水急患龟蛇，恶涛惊渡艖。

　　　　一桥存利济，千古立名遐。"

"那我步韵和一首。"懋峰寻思片刻，吟道，

　　　　"桥卧走龙蛇，安澜泊钓艖。

　　　　人行虹上织，熙入水间遐。"

"桥如虹人如织，朝阳影映入水，意境遐远。但小弟觉得'熙入水间霞'意境会更好。"陈松道。

"若非要步你的韵，我可能会用'熙入水间霞'。但我想这'熙入水间遐'的遐字用得也不错，将朝阳下天边与水间影映的遐远描述出来了。"

"原来如此啊，佩服佩服。妙！还是兄长更胜一筹。"

"贤弟过誉了，你言事我言景，各有偏重而已。"

"玉郎兄，我们早餐也没吃，你饿了没有，要不先吃几个蚕豆？"

"对了，松弟，你口袋里怎么总是有一把炒蚕豆啊？"

"从小养成的习惯了，饿的时候可以吃，蚕豆嘎嘣脆很香。嘿嘿。兄长，来，先吃几个垫垫底。"

"牙口没那么好了，咬不动了。走，咱们也该吃饭了。那边有一家饭店。"

"嗯，洛阳江鲻鱼、大蚝①、蟳虎鱼、黄蟳、鲨肉可都是内海的精品啊，兄长，你不能小气哦。"

①大蚝：大牡蛎。

"松弟，我什么时候小气啦，想吃什么就点。"

海鲜端上桌来，气味清鲜、颜色鲜艳，让人垂涎欲滴。陈松迫不及待地开起荤来。却见懋峰愁眉不展，面前的美味佳肴也都索然无味。

"玉郎兄，你又在想瀛亭兄和妙哥了吧？你真的不用担心，瀛亭兄满腹才学，教馆授徒自得其乐，不用当奴才受气。妙哥武功高强，久闯江湖，肯定没事。你看你这些年来，操心还少吗？还未到不惑，就浑身毛病。弟心疼，想哄你开心，你却这样，弟怎能咽得下去呢？"

"好！这洛阳江的海鲜真是美味啊，鲜嫩香甜。听说李光地在进京赶考时吃了洛阳江鲥鱼，赞不绝口呢。"

"这就对了，来，吃个大蚝补补肾。好吃吧，莫停箸。"

"多谢松弟！妙哥的事也莫要与他人提起。"

"弟知道，你看你，这事瞒了我这么多年，还有没有把小弟放在心里？"

"不是哥不信任你，就是想少个人知道就多一分安全，请原谅愚兄。"

"不行，不能原谅你，除非你给我笑一个。"

"嘿嘿。"

"比哭还难看，不算！"

"哈哈！你这个调皮鬼。"懋峰禁不住笑了起来，心情畅快了许多。

回到家中，懋峰将女婿当年妄言如今连累瀛亭罢职返籍的事向家人叙述了一遍，忍不住又破口大骂一番。众人好是一番劝慰，方才气消。自姚知县事件后，懋峰深恶其婿，起先尚数呵斥，后女婿渐少往来，竟不再登门。女儿念娘自然也过往渐少。

光阴似箭，日月如梭，一晃又是多年。清廷撤并了峰尾巡检司，懋峰便借势辞了巡检之职，乐得在家清闲。又经年，春节刚过，迎春的喜气尚未褪去，李书吏、陈先生却相继过世。懋峰黯然神伤，整天悒悒不乐。天似乎也跟懋峰的心情一样，阴霾密布，早春雷响。

　　懋峰望着乌压压的天，唉声叹气道："唉，难道天亦含悲吗？"

　　"哥，岁月更迭世事无常，生老病死令人喟叹，然一切皆有定律，请勿再伤怀。丧父丁忧，嫂子、松弟心中更加苦楚。哥，你再郁郁寡欢，彼此见了，更增愁绪。怎么也得强颜欢笑吧。"凝絮见懋峰如此，暗自着急，深情地抚着他的背，柔声劝慰道。

　　"唉，人生无常，物是人非，每思起恩师和岳父来，总让我欲语泪先流。幸有贤妻琴瑟和鸣、鹣鲽情深，良言宽慰方得缓解。松弟与我谊切苔岑、情契金兰，其丧父之痛，感同身受啊。"

　　"嗯，然而人死不能复生，生者当要振作起来，方可安慰泉下英灵。"

　　"贤妻所言极是。听君一席言，我心中宽慰了许多。"

　　"如此甚好。"

　　"你看这天，乌云密布，像是要下暴雨的样子。"

　　"是啊，马上要下大雨了。哎呀！"一道耀眼的闪电闪过，"啪"的一声霹雳，把凝絮吓了一跳。

　　豆粒大的雨点，哗哗哗地落了下来。密密麻麻、雨脚如注，不一会儿，屋檐上一股股的雨水奔流下来。地上已积了一层水，噼噼啪啪地腾起一层层水雾，雨点落处冒出了一个个大水泡。

　　"难道果真要应了'雷打惊蛰前，雨落卅九天。'的谚语？"懋峰看着瓢泼似的大雨，眉毛都快拧到了一起。

　　"我长这么大，还没见过这么大的雨。你看才一会儿，池塘溏沟全都爆满了。"

懋峰心中暗自焦急："这可是百年难遇的大雨啊！这雨根本就停不下来。眼看着要到月中大潮了，照这样下去，城里非淹水不可。怎么办？看来只有守住闸门，不能让海水倒灌进来，要是海水再灌进来，那肯定要涨大水了。"

"哥，你是不是在为大雨发愁呢？"凝絮打断了懋峰的思路。

"是啊，我在想怎么控制好闸门，不要让海水倒灌进来。"

"何不叫孩子们来盘算一下？三个臭裨将顶个诸葛亮啊。"

"有道理，那把贻儿和阿直都叫过来。"

一会儿，人都来齐了。懋峰道："这雨越下越大，马上又到天文大潮了。水排不出去，这海水要是再倒灌进来，咱们非被水淹了不可。咱们一起盘算一下该如何处置此事。"

懋峰话音未落，却见一人披着蓑衣冲进门来，浑身湿透。懋峰定睛一看，大吃一惊："你怎么来了？"

欲知何人冒雨前来，请看下回分解。

第九回

智玉郎筹划免水祸
莽兄弟抗捐陷牢房

却说懋峰召集众人商议防范水灾的事宜，却见陈松冲进门来，大吃一惊："你怎么来了？"

陈松道："还有什么事比防范水灾更重要呢，小弟前来助兄台一臂之力。"

"好兄弟。"懋峰看着陈松瘦削憔悴的脸，不禁泪花闪烁，将其一把抱在怀里。

"浑身都湿透了，贻儿快带你舅去换身干衣衫。"

"舅，走，快换身衣衫，以免着凉。"

"好的，那我稍候就来。"

"絮儿你让豆干婶烧点姜汤来，给大家祛祛寒气。"

"好。"

不一会儿，陈松换了衣服出来，言道："眼看这雨要成灾了，必须要有所防范才行。兄长你有什么想法先启示一下，我们再来想具体的措施。"

"你先喝一碗姜茶祛祛寒。"

"没事，边喝边说。"

"潮水与排洪的问题，我想通过闸门来调节。具体怎么操作，要看雨量和水文，咱们要算好最合适的时机来开放闸。万一淹水了，会出现哪些问题？需要如何处置？大家畅所欲言。"

"我看咱们先找豆干婶拿个桶，放到屋顶上，看一个时辰能积多少水？"李直道。

"那这个桶面要大的还是小的？"豆干婶问道。

"桶面大小都一样，桶要够深，够纳水就行。"陈松道。

"桶面大小都一样？不是大桶积得多，小桶积得少，能一样吗？真是书呆子。"豆干婶嘀咕道。

"潮水从农历十二开始慢慢变大，到农历十八最大。今天是十二，满潮约在巳时二刻和晚上亥时二刻，潮比汐的涨落幅度要大一些，等下咱们就得去观测一下最高潮水位，从最高潮位到最低水位前后约三个时辰。潮汐的规律是每天往后三刻钟多一点点①。"汝贻道。

"贻儿，没想到你对潮汐也如此熟悉。"陈松赞道。

"我很小的时候，我爹就教我潮汐的规律了。他说咱们海边人不能不懂海，大海好比是咱们的衣食父母。咱们向大海讨生活，索取财富，要懂他的脾气，要敬畏他，要顺着他，索取要有度，才能平安，才能永续。我爹，……唉！"汝贻想起父亲，眼眶红了起来，哽咽着说不下去，长长地叹了一口气。

"要是我哥还在就好了！我哥才是真智慧啊。唉！"懋峰叹道，也禁不住拭了一把泪。

"姐夫啊，你可害苦我姐了！唉！好了，都不说这揪心的往事了，咱们谈正事吧！"陈松眨巴了几下眼睛，噙着泪花看着天井倾泻而下的大雨，咬了咬牙。

①三刻钟多一点点：一刻钟15分钟，三刻钟即45分钟。峰尾海潮汐属于半日潮，每天两次涨落，早晚各一次，白天的海水涨落叫潮，晚上的叫汐。每天涨落潮的时间不同，每天往后延迟48分钟。

"好，谈正事吧！"懋峰嗓音低哑，顿了一下，清了清喉咙，接着言道，"刚才汝儿分析了潮水，如此就很明了了，咱们以三个时辰为周期，每个周期里找一个开闸和放闸的时间点，把关闸到开闸这个时间段算出来，量积水高度，就能知道咱们全城的水位能涨多高，看咱们是否能够承受这个洪峰。"

"这个关闸点应该是涨潮时，潮水位与洪水水位持平的时候，开闸在退潮时，也是两个水位相持平的时候。"陈松思索了一会儿道。

"对，对，松弟分析得对。那阿直你要根据潮汐情况，大致列出个时间段来。到时分别派人把守那几个闸门。"

"好！"

"咱们去看一下雨量。"

"哟，三刻钟就两尺多了。"

"开关闸时间差应该在一个时辰多一些，咱们按一个半时辰来算，差不多要承受六七尺的洪水位，现在的潮水位还不算高，全年最高潮位能到一丈二的高度。咱们的河防高度是一丈三，要是没把潮水关到外面，再加上七尺的洪水位，都快两丈了，那房子还不都淹掉半层了。"汝贻推算了一番。

"只要关闸时，水位不高过六尺，咱们就能保证不淹水。"懋峰道。

"洪水不会涨得比潮水还快吧？"李直道。

"这也有可能啊，雨下得比这还大的时候，有可能洪水涨得比海水还快。那只能提前开闸了，闸门就失去了调节的作用，水排不出去的话，咱们就等着在屋里游泳吧。"陈松道。

"你这家伙，总是不合时宜地开玩笑。不过这倒提醒了我。"懋峰笑责道。

"就是嘛，太正经了反而限制了你的才华。"

"咱们还得做好淹水的准备。低洼地段的人家，腿脚不便的老人孩子。特别是土结墙的房子，水泡久了会坍塌。这事先都要搬迁到安全的地方住。东岳庙、塾堂、各大祠堂都可以安置些人。咱们既要保证乡亲们的生命安全，也要保证饮食安全，统一安排伙食，粥要管够，每五天要加一次荤。老幼病号要特殊照顾，给做病号饭。粮仓，柴火，被褥衣服都不能泡水。还有，要是水井进了脏水就不能喝了，大家要提前做好储水准备，也可以先把井口封堵起来，等洪水退了再打开。人要是喝了脏水就会生病，极有可能会造成瘟疫，因此，把城里的郎中也都发动起来，准备一些防范的中草药。"

"好！"

"庄稼泡水了，估计今年会歉收，咱们要提早储备粮食。"汝贻道。

"对，下个航次咱们专门采购粮食。阿直你做个存粮计划。"

"好！"

"那大家分头行动，把全城在家的青壮年都发动起来。注意防范，掐准点控制好闸门。"

"咱们要是受灾了，要不要报告官府？"

"报告是要报告，但咱们得自救，不能指望官府救我们。估计别的地方也要命，特别是辋川、埭港一带地势低，也许早都淹惨了。"

"官府是指望不上了，乡里的兴旺发达还是得靠自己。"

"阿直你盘算一下大约要多少钱？"

"这些贫困人口大约有上千人吧，维持一个月的饮食可能要五六百两银子。"

"那问题不大。这笔钱由我们家出。"

"老爷，我觉得这做善事，都由您来出钱也是不妥。我们虽然钱不多，但也可以多少尽点心意。"李直道。

"阿直有出息了，当了掌柜收入高了，有了节余又懂得替乡亲们着想了。"懋峰赞道。

"阿直出息了，年龄也老大不小了，也该找老婆了。是不是没看上的？"汝贻道。

"找老婆就像是买小猪，看顺眼了随便挑一头就是了。"陈松打趣道。

"我一个残疾人也没有什么挑不挑的，不想连累人家。咱们说正事呢，怎么扯到我身上来了。"李直红着脸说道。

"哦，对，对，我说岔了，我觉得阿直刚才的提议很好。"汝贻拍了一下阿直的肩膀，表示歉意。

"阿直说得有道理。好事也不能都让玉郎兄一人给做了啊。不如兄长来首倡，发动大家捐资，成立个义善会。"陈松道。

"舅舅说得在理。发动大家一起做善事，互助互帮，既能解决一些大难事，又能增进团结，引导众人积极向善。"汝贻道。

"嗯。其实这些问题我想过，但是我也担心大家不理解，会认为我沽名钓誉，所以一直都是尽自己力量做些善事，不过，确实也有点力不从心了。那就依各位之见，从咱们做起，我们家先一次性拿出两千两来，然后发动众人捐资，多少不限，量力而行。这笔钱交钱庄生息，专人管理，一人管账，一人管票据，一人管钥匙，一人管现金收支，资金使用由众人决议，定期张榜公开，这样如何？"

"很好，我们都支持。"

"那就这样定了，回头咱们成立一个议事会，出个告示，倡议一下。"

"那我们分头行动。"

"好！"

　　…………

"叔，不好了，洪水漫过堤岸了，建池、大埭等一些低洼地带开始淹水了，有几间破鸡舍倒塌了，幸好那边的人都提前撤出来了。"汝贻道。

"潮水的情况如何？"

"潮水还没有到最高潮位，离退潮还要两刻钟呢。咱们已经提前开闸了，水涨得太快，根本就排不出去了。"汝贻道。

"我测了，这雨量两刻钟还要涨二尺。"李直道。

"看来淹水是避免不了了，还好咱们提前都做好了准备，淹就淹吧，叫大伙把门窗都关紧，尽量不要出门，明天开始潮水就越来越小了。"

半个时辰后，潮水退了，洪水也退了。

"人都平安吗？"

"都平安，只有一些小水井被淹了，幸好咱们提前把万人神井和一些大井的井口封死了，没有被淹。"

"哈哈，咱们赢了！吩咐大伙不要吃被淹水井里的水，等天晴后，把水都汲出来，然后倒入生石灰，清理干净，静置半个月后才能饮用，千万不要喝生水以免生病。"

"好！"

…………

雨停了！终于放晴了！二十多天日日夜夜的坚守，圭峰城打赢了一场与洪水的斗争，此间还成立了乡绅互助自救的义善会，做了许多公益事业。

然而辋川、埭港一带却被大水围困了快一个月，庄稼颗粒无收。紧接着又发生了大规模的瘟疫。尽管县衙开仓放粮，但受害者人多面广，许多村民流离失所。懋峰在东岳庙开了一个粥局。专门接待无家可归的难民。直至入秋，难民才逐渐回归家园。

懋峰终于松了一口气，拖着疲惫的身体，准备美美地睡个觉。迷糊间，突然脑海里闪过一件事，竟然惊醒，急忙翻身爬了起来，吩咐家人："快帮我把阿直叫来。"

"老爷，您有什么吩咐？"李直问道。

"这次辋川、埭港一带发大水，庄大、庄二是那边的人，怎么不见他们来求助呢？"

"从上次咱们赞助他到现在，快十年了，他们都没来过，也不知情况怎么样了？要不咱们去打听一下。"

"他们是我妙哥的表侄，咱们应该要多多关照才行。"

"那我等下就叫人去打听一番。"

翌日早晨，李直前来回复道："老爷，打听清楚了。这庄氏兄弟几年前母亲就去世了。现在他们都成了家。庄大娶了玉山铺山尾村人家的女儿，媳妇娘家的家境还不错。俩兄弟住在一个破屋子里觉得拥挤，庄大就搬到了岳父家暂住。后来，庄二的媳妇生了两个孩子后，生病死了。庄大见其兄弟生活不易，就把庄二也叫到山尾去了。他们在山尾买了几亩地，又自己盖了两间砖厝，种田捕鱼为生。我那伙计做事还比较认真，特地又跑到那边去看了一下。这兄弟俩日子过得不甚如意。听说老爷还记挂着他们，感动得泪涕交加。"

"那他们为何不来找我呢？"

"他们本想等攒够了钱，就还咱们，没想到种田只能勉强度日。混得不好，觉得没脸来见老爷。"

"知耻近乎勇，是非之心，人皆有之。这次水淹他们有没有受到影响呢？"

"厝和庄稼都给淹了，生活十分艰难，靠庄大岳父家接济度日。对了，那边好多人病倒了，也许是流行瘟疫了。"

"糟糕，要不你等下派车把他们接来峰尾避上一段时日。你去那边不要随便吃喝，以防被传染。"

"好！"李直告辞而去。直到过午，尚不见其回转，懋峰坐立不安，不停地在厅前来回踱步，正焦虑间，只听见门口一阵嘈杂。懋峰疾步走出门口，却不见有庄大、庄二，只有车上的妇孺们用惊恐哀怜的眼神看着自己，不由得一阵担忧："庄大、庄二呢？"

"出事了，他们殴打官差被官府抓走了。我只好先把他们的家人给接来了。"

"妾身何氏见过大善人，多谢恩人搭救之恩。"车上那女人施了个万福。

"这是庄大的家内①。"

"快，请进屋说话。"懋峰将众人引至中厅，唤出女眷来与客人见礼，安排了厢房、梳洗，招待了茶水糕点。等情绪安定后，那何氏叙述了事情的经过："今天早上，官差到山尾来催交粮税。庄大说我们连饭都吃不上了，还要什么粮租？那些差役牛哄哄的，说交皇粮天经地义，不交就是对抗朝廷。我说能不能缓缓。他们说不能缓，说完就到处翻东西，翻不到东西，就想把牛拉走。那牛可是我家的命根子啊，庄大哪肯啊，于是就上去抢牛绳。差役火了，当头就给他一棍子，庄大血流如注，当场就晕过去了。我小叔一看急了，立马也操起铡刀来，边挥边叫差役打人抢东西了。乡亲们一听就都拿着扁担、锄头冲了出来，跟那些差役打了起来。"

"哎呀，那些差役怎么能打呢？"懋峰猛地倒吸了一口冷气。

"那现在怎么办？"李直问道。

"你刚才接他们过来的时候，有没有人知道？"

"没有。除了他岳父母家的，他们也没有什么亲戚了。"

"那好。那你们就住在这里，不能回去了，也不能让任何人知

①家内：妻子。

道这事。"

"这……庄大他们是不是惹大祸了？我们留在这里会不会连累大善人呢？"何氏满脸担忧地说道。

"哦，没事，你不要太过担心。我只是担心那边有瘟疫，恐不利于孩子。"懋峰见状，连忙宽慰道。

"大恩人啊！请您一定要想办法救救他们兄弟啊……"那何氏"扑通"一声跪在地上，"哇"地一声哭号起来。孩子们吓得一下子都"哇哇"地哭了起来。

"唉，妹子，别这样，你看把孩子都吓哭了。"凝絮连忙将其劝起。

"絮儿，你先把他们安顿好，我和李直得赶紧去办点事。"

"放心吧，哥。"

懋峰叫上李直："走，咱们找钱百万去。"

"驾！"马车向山仔边方向奔去。

"老爷，咱们为什么找钱百万呢？"

"殴打差役这事，若是单打独斗，找个关系疏通一下，无非杖责，最多定个流放。一旦聚众，问题就变复杂了，清廷将聚众对抗官府的，都视为谋逆。首犯轻者斩立决，重者抄家灭族。人言破家知府，灭门县令，别小看这县令，呈文十分关键。欲开脱之，避重就轻，笔下能救人。欲重办之，小题大做，笔下也能杀人。如今这个县令与我素无交情，这种大事去找他，适得其反。然而钱百万就不同了，钱百万兄弟在朝里当大官，是皇上面前的红人。这知县一来就赶紧与他攀扯关系，好得不得了。"

"原来这样啊，那只要钱百万肯出面就没事，对吧。"李直长吁了一口气。

"这也很难说，现在官员办个谋逆，几个人头落地，就是大功一件，所谓用别人的血染红顶子。咱们与钱百万非亲非故的，这个立功机会，也许比咱跟钱百万的那一小点人情大多了，到时随便扯个理由就搪塞过去了。"

"啊！那庄大、庄二兄弟是不是很危险啊？"

"唉，尽人事听天命吧。"

"这是什么世道啊！"

"唉，人为刀俎我为鱼肉，想不通没理说的事多了。咱们小老百姓不自强就得受欺负。这种话也只敢私底下说说，弄不好又是掉脑袋的事，关嘴好过关门①。"

"老爷，到钱百万家了。"

"哦，好的。"懋峰起身下车，走到钱家宅门，大声喊道："峰尾刘玉郎求见钱大善人！"

"啊，是玉郎兄弟啊，稀客稀客，快请上座，上好茶。"钱百万满脸笑容地迎了出来，谦恭有礼，非常客气。

"不速之客，多有打扰，望百万兄勿要见怪！"懋峰拱手作揖道。

"说哪里话。上次去圭峰观摩文武馆，承蒙厚待，感激不尽。欠你个大大的人情，你啊请都请不来，今天是什么好日子，能让你拨冗光临寒舍呢？"

"有个事得请百万兄鼎力相助啊。"

"有什么事，你尽管说，只要我办得到，你玉郎的事就是我的事。"

"如此，玉郎先谢过百万兄。"

"不用客气，究竟是什么事呢？"

"百万兄可听说山尾村民殴打差役的事？"

"听说了，有三个差役伤得比较重。为首的是俩兄弟，已经被

①关嘴好过关门：峰尾俗语，意为管好嘴巴不乱说话比关起门来更安全。

抓到衙门去了。"

"唉，不瞒百万兄，那俩兄弟是玉郎的远房亲戚。那边刚受过水灾，又遭了瘟疫，并非故意抵抗税捐，着实情有可原。不知百万兄能否帮忙与县尊通融通融从轻发落？"

"这个？"钱百万皱了一下眉头，沉吟了一会儿，终于拍了一下手，道，"行！玉郎兄弟，我尽力。晚上，知县正好与我有约，咱们一起去悦得酒楼。"

"我冒昧前往，是否合适？"

"不是我钱某讲大话，只要是我钱某的朋友，就都合适。"

"如此，玉郎感激不尽，事成之后定有重谢！"

"玉郎兄弟客气了。我钱某就喜欢交你这样的朋友。"

"多谢百万兄抬爱。"

"时候也差不多了，玉郎兄弟请喝杯茶，咱们就出发。"

"好！我马车在外面，你就坐我的车吧。"

"好！"

懋峰将钱百万请上车，一路上，赔尽了好话，他一辈子没服软没说过的恭维话都搜肠刮肚地说了个遍。

悦得楼首字号雅间内，灯火辉煌，风帘翠幕，绮筵纨巾，玉盏金樽。山珍海味、飞禽走兽、鱼鳖蛇蝎，皆为盘中之物。众人分宾主尊卑落座。

"哦，百万兄，今天又有新朋友？"知县看着懋峰道。

"哦，忘记介绍了，抱歉，这位就是我常跟您提起的峰尾巡检刘懋峰。"钱百万介绍道。

"在下见过太爷。"懋峰离座作揖道。

"哦，幸会幸会。颇有耳闻，果然不同凡响。"那知县盯着懋峰微微点头。

"都快请坐，钱某敬大家一杯。"

"来，来，来。大家请满饮此杯。这可是上等洋人葡萄美酒，舶来之物。"

"来，来，来，大家别停筷。"

"这龙虎汤好喝清热又滋补。"

"这老鳖白凤汤也是大补啊，晚上可又有劲了，哈哈。"

"哈哈，老弟你讨了那么多房小妾，忙不过来，暴殄天物啊。"

"兄台你说笑了。小弟怎么也比不上兄台天天逛青楼的潇洒。"

…………

众人剔着牙，看着满桌的食材，满足地打着饱嗝，相互调侃，谈论着不堪入耳的话语，淫邪地笑着。懋峰止不住地反胃，悄悄退了出来，唤来掌柜："结账。"

"这许多食材美酒都是钱百万从外头带进来的，小店见都没见过。为了做这些菜，特意从粤浙各请了一位名厨，本店就收工本费纹银五十两。"

"多少？工本费五十两？"懋峰吓了一跳，以为自己听错了。

"零头就免了，就收您五十两。"

"好吧，给，这是五十两。"懋峰摇了摇头，尽管心疼但还是咬咬牙，掏出钱来。

"哎，玉郎兄弟，你做什么呢，怎能让你结账呢？"钱百万突然在背后叫道，懋峰又吓了一跳。

"都付过了，付过了。不分彼此。"

"你也太客气了！多谢啊，哎，掌柜的，那鱼做好了没有？"

"就好了，请您稍候，马上就来。"

"哦，快点哦。"钱百万催道，又一把拉过懋峰回到雅间。大声道，"弟兄们，看，给大伙奉上最后一道压轴大菜！"

话音未落，就见伙计托着一个银盖子的大盘出来，唱了一个诺："菜来了。"

"请县老爷起盖。"知县挽起袖子，伸出白净的手来，一把掀起盖子。一股新鲜的鱼香夹杂着葱姜的香味扑鼻而来，只见鱼长盈尺，鱼身肥嫩，鱼鳞银白油光闪亮与香菜青葱之翠绿相映生辉。

"哇，这是鲥鱼，朝廷贡品啊。百万兄你真有办法，这都能弄得到？"

"我家兄弟深得圣上恩宠，沐浴皇恩。这是圣上赏赐的，千里冰封飞骑送至。大家快尝尝。"

"真是皇恩浩荡啊。佩服、佩服。"众人一片恭维之声，一阵品尝美食的"吧唧"声，接着又是一阵"嗯、哇"的赞美之声。

"怎么样，大家酒也饱了，美味也都享用了。此穷乡僻壤的也无什么乐子，各自请回吧。又让百万兄破费了。本县也要回去了。告辞。"

"老爷，晚上这账是刘巡检结的。他等下有事要跟您禀告，能否宽容少时？"钱百万看了懋峰一眼，附在知县耳根小声道。

"哦，好吧，那其余人都先回吧，我等还有点事要商议一下。"知县看了懋峰一眼，点了点头。

见其余人等散去，知县正色道："多谢了，刘巡检，你有何事但请说来。"

"今日那庄大、庄二是晚生的远房表亲，粗莽无知，冲撞官差，请县太爷高抬贵手，从轻发落。懋峰在此代其向太爷赔罪了。"

"这俩兄弟目无王法，胆敢公然聚众殴打差役，岂能轻饶！"知县一听，马上板起脸来。

"老爷，看在钱某的面子上，请消消气。"

"兹事体大，此非本县能够擅自做主，唯有秉公上报朝廷。既然百万兄和刘巡检相求，看在二位的面上，本官就设法美言几句。言明天灾所致，库粮赈灾一空。乡民食不果腹，聚众抗拒粮税，以致殴伤差役三人。首犯庄大、庄二当日缉捕到案，乌合之众慑于朝廷威严，皆作鸟兽之散。"

"这？如此庄大、庄二恐难逃一死啊。"

"这已经是给两位大大的面子了。不然本官还得追剿其三族连带之责。若不严惩这二人，以儆效尤，本官何以服众，何以收齐粮税？这县库亏空十多万银两，如何填补？此事总得有人承担罪责吧。"知县义正词严道。

"老爷请消消气。我先跟玉郎兄弟探讨一下。看能否有个两全之策。"钱百万见状连忙从中斡旋。

"玉郎兄弟，我看知县老爷无非是想填补亏空。你要是能出得起银子，也许还有回旋的余地。主犯可以是一个也可以是两个，可以是庄大、庄二也可以是张三、李四。你明白我的意思吗？"

"十多万两的亏空，我就是倾家荡产也不够一二啊。"

"哪能让你倾家荡产呢，你给这个数，我做公亲之人也陪你一些。"钱百万伸出了一个指头。

"一千两？"

"兄弟说笑呢，一万。"

"我只是一个小小的船商，哪有这个家底？"

"那我可帮不上忙了。"

"我真的没那么大的家财。"

"既然老弟有难处，这样吧，给五千两。老兄我帮人帮到底，也帮你出五千。"

懋峰咬着牙点了点头："多谢百万兄的仗义，懋峰替那兄弟拜谢您的大恩大德。"

"好！痛快！"钱百万脸上绽开了笑容，又折向知县耳语了一番。

知县道："既然刘巡检和百万兄愿意解囊襄助县库，厥功甚伟。本县也乐得做个人情，把主犯变为一人，庄大、庄二，你自己挑一个。"

"这……如何使得？"懋峰闻言，好似让人迎头浇了一盆冷水，从头凉到了脚，忍不住一激灵。

"这已是本县能做的最大限度了，此事总得有人做主犯吧。不然你说如何收场？"

"老爷，我看这样行不，现在到处是乞丐流浪汉，随便让弟兄们逮几个来，找个脑袋不清楚的人顶一下，不就过去了。"钱百万道。

"如此伤天害理，这如何使得？"懋峰倒吸了一口凉气。

"对啊，这可使不得。人家巡检都不同意呢。"知县轻蔑地看着懋峰道。

"事到如今，你还装什么装，要救一个还是两个你自己决定？"钱百万显得有些不耐烦了。

"我变卖家财，看能否凑个八千两，把两人都救了。"懋峰咬牙道，嘴角都渗出了血。

"这本县也无能为力，只能救一个，你自己选。"知县摆了摆手。

"老爷，我看这样可以吧，这事报上去应该是斩立决吧。如今是秋后了，刚好也要处决一批死囚，干脆说服个无主的死囚，好吃好喝伺候他几天，顶包斩了。反正他横竖要挨这一刀，早死早投胎。然后再弄个死尸来，冒充那死囚，说是病死了。这也很正常不过，咱们好好把他安葬了，也算对得起那死人。如此这事就搪塞过去了，既不伤天也不害理，还多救一人，功德无量。您看这样成吗？"

"你看看，难怪人家会成首富。这是什么脑袋啊，比诸葛孔明还聪明，我算是服你了。"知县指着钱百万，笑着赞道，又对懋峰道，"我看你也是尽力了，本县不强人所难，也不要你八千两，就拿六千两。五千两入库，一千两办事，明天晚上一手交钱一手交人。这俩兄弟你带回去处置，改名换姓、要杀要剐随便你。但一旦让人认了出来，你就难逃干系。本县会说他越狱，无奈之下才出此李代桃僵的下策。有钱百万兄弟的庇护，大不了定个玩忽职守革职了事。而你窝藏朝廷钦犯，那可是抄家灭族的大罪，孰重孰轻你自己清楚。唉，百万兄啊，你做好人，可把我坑惨了。"

"多谢老爷，您这么仗义，等我兄弟春节回家，我替您多多美言几句。您就等着升官吧。"钱百万嬉笑道。

"哈哈，这还差不多。"

"多谢县太爷法外施恩，百万兄的仗义相救。你们的大恩大德，懋峰没齿难忘。"

"时候也不早了，玉郎兄弟你先回去准备一下，我晚上就不回去了。明天傍晚你去我家找我拿条子。"钱百万道。

"那好，懋峰就此告辞，再次感谢太爷和百万兄。"懋峰感谢再三，方才告辞而去。行至梯间，听见雅间内传出钱百万舒心的笑声。

懋峰不禁停下了脚步，隐约听到那两人言道："这书呆子，跟那姓姚的一个德行，被人卖了还替人数钱。""嘘，小声点。"顷刻又没了声音，懋峰犹如掉入冰窟，从脚顺着脊梁寒到了头顶，头皮发麻，不禁打了个寒战。

"老爷，事情办得怎样？一路长吁短叹的，是不是庄大、庄二没法救了？"

"救下了。"

"那怎么您还长吁短叹的。"

"黑呀，暗无天日啊。"

"老爷，天是很黑了，我会注意的，没事。"

"明天傍晚还得麻烦你跑一趟，咱们先去钱百万家，再去衙门。"

"好的，老爷。这次钱百万帮咱们了吗？"

"帮了。"

"要花钱吧。"

"要啊，唉。"

"老爷您是不是有难处啊？"

"这次还真的难啊，米行商铺还有多少现钱？"

"米行还有一千多两吧，商铺可能有七八百两吧。"

"那你明天尽量兑成银票带来吧。"

"好的。老爷，他们要多少钱？"

"六千两！"

"啊？"李直倒吸了一口冷气，他知道东家的脾性，但他还是忍不住想劝一劝，嗫嚅道："老爷，按理说救人是应该的，可……咱们这是要把家底都兜了啊！他们终归……不是咱们的至亲，这世上可怜的人太多了，咱们也无能为力啊。"

"唉，休论亲疏，这可是两条人命啊。钱没了还能再赚，咱若是见死不救，这辈子就别想过安生了。"

"老爷，您太善良了！这帮天杀的恶人太过分了！"

"唉！瀛亭兄啊，妙哥啊！你们要是在就好了。"懋峰的一声声叹息，淹没在暗夜的荒野里。

翌日傍晚，懋峰走出门口，见李直已经早早地等候在那里。

"你换了多少银票，够不够两千两？"

"总共有二千八百两，来，老爷您清点一下。"李直递过来一大沓银票。

"怎么那么多，不是总共才两千两不到吗？"

"这些年来，我攒下了千来两银子。老爷您有难处，我也帮不上什么忙，这些银子老爷您就拿回去吧。我一人吃饱全家不饿，要银子也没有什么用。"

"好孩子，叔没白疼你。有两千两就够了，剩下的你拿回去，你也该找房媳妇了。"懋峰禁不住鼻子发酸眼眶湿润。

"老爷，我都听您的。"

"好孩子。叫爹。"

"爹！"李直带着哭腔跪在了地上，磕了个响头。懋峰将其扶起，两人紧紧地抱在一起。深秋的清冷中，彼此的胸膛是如此的温暖。

"哎，做什么呢，两个大男人抱在一起，成何体统？"

"谁！"懋峰吓了一跳。

"你老弟阿松。"

"你怎么来了？"

"我怎么不能来？我今天看阿直心急火燎地筹钱，我就知道有事。你这做大哥的太不仗义了，有好事也不叫上兄弟。"

"这事你不要掺和，快回去。"

"我偏要，死活赖上你了，把我带上。我也不问什么事。"

"你一个文弱书生能干什么，听话，快回去。大哥万一有什么闪失，这家还得都托付给你呢。"

"这样我更得去，打虎亲兄弟，捎上我。不带上我，我跑也要跟上去。"

"你呀，越来越赖皮了。好，捎上你，万一有什么变故，你们只管逃命。切记，事情都是我一人筹划的，与你们没有半点关系。"

"行了，听你的还不成。"

"驾。"一路马灯摇晃，模糊地映着弯曲不平的道路。

钱百万家，两盏写着大大"钱"字的灯笼高挂檐下，照着空荡荡的大石埕。黑漆漆的大门，高昂的门楣，看起来备感阴森。

懋峰迈上台阶，叩了叩那虎头大铁环，沉闷的叩击声震碎了夜的寂静，远处传来"咕咕咕"夜鸟的叫声。

"哦，玉郎兄弟果然守信。钱带来了没有？"

"带来了。这是六千两银票，请您清点一下。"懋峰递过一沓银票。

"点什么点，难道我还信不过你？这是放人的条子，你等下到县大牢去，那牢头是刚换的，不认识你，你只称是新来的师爷，说县太爷要提审人犯，提完将这条子要回来。剩下的事，就不用我交代了吧。"钱百万接过银票，揣入袖子里，又掏出一张毛头纸来，上书"凭单提押人犯庄大庄二，此据。"下面盖有"惠安县正堂"朱红大印。

"玉郎明白，多谢百万兄。告辞。"

"恕不远送。"

懋峰驾车离去，后面传来关紧大门的声音。

县大牢，懋峰给牢头看了那单据，又丢给他一两银子："弟兄们辛苦了，晚上拿去喝杯水酒，暖和暖和。"

"多谢师爷、多谢师爷。"那牢头将单据交回懋峰手中，双手接过银子，对着灯笼照了一下，立即满脸堆笑，点头哈腰一番，掏出钥匙，"哐"的一声打开死牢，对着黑洞洞的牢房大喝一声："庄大、庄二出来！"

随着几声敲击铁具的哐哐声和哗啦啦锁链拖地的沉闷声音，两个头发凌乱，满身血污，散发着脏臭气味的囚徒走出牢门。

"跟我走，知县要过堂讯问。"

"这是新来的师爷。"牢头道。

"这师爷怎么看着眼熟呢。"庄二借着阴暗的灯光，乜斜着来人。

"大胆狂徒，如此无礼！再不闭上你的臭嘴，小心你的屁股。"

船者

懋峰急忙呵斥道。

"官爷，小弟不懂礼数，请多多宽宥。"庄大求饶道。

"走吧。"懋峰一声令喝，又朝牢头道，"来时匆忙，忘记带条棍子，你的哨棍借我一用，免得让其逃脱。"

"不用，他们逃不动，脚都快被打断了，还带着镣铐，就是插翅也逃不走。"牢头又转向庄二道，"还不快滚，是不是又要吃老子一棍，看你能的。"

懋峰提着那兄弟两人，一路蹒跚着，一小段路走了许久。拐过巷角来，陈松嘴上嗑着蚕豆，正在那张望。

"来了？"

"来了。"懋峰应道，又对庄氏兄弟小声道，"都别出声，我们是救你们来的。前面不远就有马车等着。快点走。"

"啊，我想起来了，你是玉郎大善人。多谢搭救之恩。"庄大惊喜道。

"人都来了，阿直咱们快走。"

"驾！"马车飞奔起来，一口气跑出城外。

"二位兄弟受罪了。"

"他娘的！庄稼都泡水了，大伙连吃饭都成问题了，这帮狗腿子竟然还上门来收粮税！揍死他奶奶的。哎哟痛死老子了，这帮兔崽子真够狠的。"庄二骂咧咧的，一激动就要踢个腿，却痛得直咧嘴。

"不得无礼！怎么能在恩人面前说粗话呢！"庄大瞪了他弟一眼，喝止道。

"你们闯大祸了。是老爷他费了大价钱才把你们救出来的，今后都得隐姓埋名了。"李直插嘴道。

"什么？是他们先动手打人的。他们讲不讲理啊？"庄二愤愤道。

"这是什么世道，还让不让人活了？"庄大骂道。兄弟两人一路骂着到了峰尾。

"兄弟，不是我无情，你们必须隐姓埋名。峰尾也非你们久留之地。为防万一，我得连夜派船将你们都送到海贼岛上去，那边还可以住人。我给你们准备了船只、捕鱼工具、金创药和数月的生活必需品。等伤好了，你们可以捕鱼为生，我定期给你们送去粮食。等风声过了，你们再搬回峰尾来。"

"那我家人怎么办？"

"老爷已经让我都接到峰尾了。"

"多谢大善人，您的大恩大德，虽死难报一二。"庄大不住地拱手。

"娘的，真他妈窝囊！倒不如回去跟他们拼了。"庄二骂道。

"拼了？你倒说得轻巧！你知道老爷为你们花了多少银两吗？担了多大风险吗？"

"多少银两？"

"六千两啊，还得冒着窝藏朝廷钦犯的罪名。吁……到家了。"李直将马车勒住。

"好了，阿直，别说了。"懋峰闷声喝止，起身跳下车来。

"大善人啊，你是我们的再生父母，今生无以为报，但求来生了。"庄大，庄二跳下车来，伏在地上，只是不停地叩头。

"好了，到了，都快进门。别逗留了，别让人看到。"

"来了，来了。"厅上的亲人一拥而上，大家抱头痛哭。

"快，都别声张。赶紧把镣铐去了。"

"哥。饭也都做了，药浴的水也放好了。吃完饭，赶紧让他们泡个祛伤痛的药浴。"

"叔，你交代的物品我也全备好了。随时可以出发了。"

"好！那都快点准备。将这镣铐和换下来的囚衣都带走，别留下任何蛛丝马迹。"

"好！"

一个时辰后，一群人从懋峰家后门悄然出走，消失在茫茫的夜色之中。

"终于又可以睡个安稳觉了。"懋峰深舒了一口气，他一觉睡到大半中午，刚穿好衣服出来梳洗，就听见汝贻在外面叫喊："叔，有客人来了。"

欲知此时何人来访，是为何事，请看下回分解。

第十回

情义郎缘缔千金女
贞节妇魂归九张机

"何人啊？"懋峰话音未落，就听见下厅传来一阵笑声。

"哟，百万兄？什么风把您给吹来了？"

"什么风能把我吹动呢，你看我胖得跟弥勒佛一样。"钱百万拍着大肚皮道。

"来，快请上座。"

"不坐了，我就来看看你事情办妥当了没有？把那东西给我。"钱百万双手放在背后悠闲地踱着，漫不经心地四下打量了一番，伸出胖乎乎的手来，朝懋峰招了招。

懋峰从袖子里掏出那张毛头纸来，交予钱百万："百万兄是不是来要这个的？"

"玉郎兄弟果真是明白人，跟你打交道就是爽快。来，借个火。"

"火镰，给。"

钱百万"咔咔"几声打出火来，将那毛头纸烧成灰烬，丢在地上用脚揉个粉碎，红砖上只留下一团黑黑的印记。

"咱们得把事情做干净了才行，麻烦老弟叫人再拖一次地。老弟是绝顶聪明人，下次有生意，我还愿意与老弟合作。哈哈，钱某告辞了。"

二十多天后，窗外有人叫唤道："听说城里砍人犯了，首犯叫

舡者

庄二。说是聚众抗拒朝廷，不纳粮税，定了谋逆罪，斩首示众。人头挂在城门头，好吓人啊。"

"不纳粮会砍头啊，那下次咱们都得积极点。"

懋峰脸上绽出了一丝苦笑："絮儿，平日里皆与君子交往，都觉得人纯净得跟山涧清泉一般。这次变故，我终于看到了人心的险恶，简直匪夷所思。回头一想，那股污得发臭的恶水，我就难受得想吐。"

"你不是也把人家想得更坏吗？还担心他们倒打一耙，半夜来个一网打尽。就算是坏人多少还是有点底线的。"

"坏人什么事都干得出来的，主要看利益的诱惑大不大。坏人做事通常以利益最大化为目的，没有道义人情可言。那知县主动只要六千两，而不是要我提出来的八千两，我更怕，所以不得不防。现在想想，也许他也怕把我逼急了，才有所忌惮。毕竟我也曾是官吏，场面上的关系他也不清楚。这样退一步，保个平安。第二天钱百万就是来探底的，看我有没有把人犯藏好，要是太招人耳目，也许就会派兵来包抄了。"

"现在人犯已经调包了，等秋后风声过了，就可以把他们接回来了。"

"嗯，到时叫阿直去处理。"

"絮儿，你觉得阿直这孩子怎样？"

"好孩子啊，勤劳勇敢智慧又讲情义，难得的好孩子啊。"

"通过这次救人的事，我更看重他的人品了。还有阿松，都是以命相交的兄弟。"

"人生难得一知己，哥，其实你很幸福。你看，你有以命相交的义兄弟，又有忠贞不二的下属。更有朝夕相处的红颜知己——我，呵呵。"凝絮指着自己，逗笑道。

"你呀！又扯远了。说阿直呢，我让他叫我爹了。"懋峰笑道。

"其实这养子你早就认下了。当年在子思面前，为了遮掩念娘与阿直的亲昵，你就说他是你养子了。"

"当时是为了搪塞子思，这次是当真的了。我还有一个想法得跟你商量一下，咱们的念兹也长大了，该找婆家了。"

"你是说把念兹嫁给阿直？"

"怎么样？"

"论人品与才能当然是打着灯笼也难找，可他比念兹大六七岁呢，关键他是个跛子，人家会不会说闲话呢？"

"如今我是看出阿直对念娘的情义了。你看这孩子太实诚了，就不再找了，早知道这样，当初就撮合他们了。你看念娘，还真应了'嫁出去的女儿泼出去的水'这句老话。几年都难得见上一次面。那女婿就更不像话了，与路人有什么差异？想起这个我就来气。"

"那咱们也得问一下念兹和阿直本人的意见，更得娘同意才行。"

"那咱们分头去说，你去跟念兹说。我先跟娘说，娘同意了再找阿直。"

"好！念兹这孩子很乖，听话。对阿直也很亲，打小就喜欢跟在他后面玩，应该会同意。"

"不知道娘会不会同意？"

"我觉得应该会同意，娘不是古板的人，对人品和才干看得最重。"

"这样我就放心了。那下午我们再汇汇意见。"

"好！再征求一下嫂子和汝贻他们的意见。"

"也好！"

懋峰就欲将念兹嫁与阿直的想法，征求了家人的意见，没想到竟取得了大家的一致认可。在众人的撮合下，成就了一段美好的姻缘。

转眼又到了年底，风波已过。懋峰准备将庄氏家人都接回来，好好过个团圆年。然而庄氏一家已适应了海岛生活，朝耕暮归，一分辛劳一分收获，觉得自由自在，十分惬意，便婉言谢绝了懋峰的好意。其实懋峰明白，他们不愿意回到陆上生活，既有对自由的渴望，也有不愿意连累恩人的想法。于是他也不勉强，偶尔携家人去海岛住上几天，钓钓鱼，种种菜，放松一下身心。

如此一晃又是多年，懋峰不时随船外出寻访打探消息，却依然没有建林的半点消息。瀛亭时有书信往来，两人互诉知己相知眷念之情，然对时政讳莫如深，恐为文字所害。

乾隆丁丑年，清廷又实行海禁政策，一道圣旨停止了厦门、宁波等港口的对外贸易，仅有广州一地可对外通商。"一口通商"闭关锁国政策，严重影响了沿海船商的生意。懋峰只得将船队改行南线，偶尔用小船往北线跑跑一些土特产，采购粮食布匹。利润相比通海之时，少了十之六七，懋峰颇多怨艾，对家人道："如此一来，民无所养，长此以往，积贫积弱，必生祸端。我苦思多日，无有良策，你们可有办法？"

"时政如此，我等不能左右，依侄儿愚见，尚有良策以解之，阿直你说是吧。"汝贻道。

"是啊，汝贻兄与我分析了时势及货物潮流，办法还是有的，只是我等思虑尚不能周全，爹爹见多识广，还请多加指点。"李直道。

"你们不必谦虚，若有良策快请说来。"

"阿直，你讲吧，把我们商量的对策向我叔禀报一下。"

"爹，我和汝贻兄在货铺多年，对货物储运流通情况略有所知。这次朝廷封闭口岸，对货运航程影响甚大。一是货物流通增加航程，成本大幅增加。二是商船万贾齐聚通商口岸，人满为患，行商效率低下，船队闲等费时靡费。三是买卖货物种类单一，船商们又相互压价倾销，利润日薄。"

"是啊，正是如此！夷人喜爱丝绸、茶叶、瓷器。这茶叶、瓷器广东也多有出产，丝绸又远在江浙，好不容易把货拉到港口，等行商引荐搭线又要等候多天，回程又无畅销货物采购，一年都跑不了几趟，如此我们船运几无利润啊。"懋峰叹道。

"爹爹不必着急，针对以上弊端，汝贻兄与我商议了对策。一是在广东设商号派驻人马，中转货物，缩减航期，收集信息，有的放矢。另外又要注重社交，打通关系，扩大影响，在码头争得一席之地。二是增加航线，将船队一分为二，一南一北，以峰尾为货转中心，南北货在此统筹，如此就不必回程空转。三是投夷人与国人所好，调整货运种类和品质，减屯增利。"

懋峰思索着，突然两眼放光，大喜道："后生可畏，孩子们你们行啊！这计策好啊。但具体的应该如何操作，你们可曾想过？比如谁去广东？这南北航线如何配比？峰尾中心站该如何运作？货物如何投之所好？"

"我们想了一些，但还不成熟，请叔父赐教。"汝贻道。

"惭愧啊，叔老了，脑子跟不上了。长江后浪推前浪，青胜于蓝，叔备感欣慰啊，哈哈！你们快说，快说，叔叔洗耳恭听。"懋峰高兴地笑道。

"这广东和峰尾中心站，我和阿直可各居其一。船只目前共有六艘，咱们可以再打造两艘，南线五艘北线三艘，由阿六、阿扁叔各带一队，以后还可根据咱们的实力继续打造船队。这货物流通与人们的喜好相关，重在新颖趋时。夷人喜瓷器也喜各种漆器雕画刺绣工艺品。过去咱们重实用之物，如碗盆盘碟之类，如今这种寻常货物比比皆是，已无多少利润。咱们不妨收购或委托生产一些精美观赏瓷器，再找些漆画雕刻工匠，雕画上花鸟鱼虫、飞禽走兽等图案，定能畅销。咱们的物资紧俏，领先他人，人必有求于我，因而有望争得一席之地。而洋人所产，多为小巧精细之物，咱们虽不稀罕但达官显贵们趋之若鹜，以竞豪奢，听说价值不菲。回航时咱们可以向洋人采购些钟表、玻璃器皿、葡萄美酒、洋画、洋人装束、毡毯、香料、奇异陈设和新式器具等，往北上销售。回航再采购棉纱、丝绸、粮食，女人们在家可以学习南北刺绣之法，将丝绸布匹制成服饰被单枕巾盖巾之物。"

"妙计啊！叔算是大开眼界了，年轻人不简单啊，头脑灵活，学以致用！承教！承教！听闻南洋、安南、吕宋、暹罗等地盛产粮食、檀香、沉香、香料、木材、烟草等物，咱们也可以采购一些。"

"对，这货物应视潮流而变化。"

"那广东谁去驻点，这你们商量好了吗？"

"我和汝贻兄都争着要去，还请爹爹定夺。"

"这？"懋峰也犯难了，手心手背都是肉，他知道这异乡打拼谈何容易，费神费力不说，还要经受各种风险、困难和压力。

"我牵挂较少，让我去吧。"

"你腿脚不便，还是让我去吧。"

"汝贻身为家族长子，母亲身体也不甚好，不可远离家门。直儿身体又有所不便，不适奔波之劳。这？你们看这样行否？广东就让直儿前去，念兹也跟着前去，小夫妻也好有个照应。汝赐虽是读书人，没经过商，但在迎来送往、日常事宜的安排上也可以帮上一些忙。咱们再抽调数名精干伙计前去，这样我就放心了。"懋峰思索良久，终于想好对策。

"好！就依爹爹所言。那我们先做准备，下次船队回航，我就前往。"李直笑道。

"那我就负责峰尾中心站的运转，叔叔您对此有何安排？"

"我想除了峰尾建站以外，咱们在湄洲贼王岛上也设个点，这样可以免去一些中转货物的转运，庄氏兄弟刚好也可以用上。其余的你就自己打算好了，叔相信你的能力！"

"好！叔叔考虑得果然周全，姜还是老的辣，侄儿受教了！"

"哈哈，好孩子，还懂得给叔叔留面子，识大体，不恃才傲物，才德兼备，果真难得。哥啊，你看看咱们的贻儿长大了，咱们后续有人了！"懋峰望着天空高兴地呼喊道。

"什么事，看把你们高兴成这样？"黄氏闻声扶门走出房间，笑道。

"娘，孩子们都成长了，青胜于蓝，都是人才啊，咱们家后继有人了。"

"好！好！孩子们有出息了，阿嬷高兴，哈哈！"

"阿嬷。"汝贻和李直连忙上前，将之扶住。

"没事，没事，阿嬷能走，你们都有事要办，都忙去吧。你们行，阿嬷相信你们。遇事不要急躁，注意身体，其他呢没有什么大不了的。"

"嗯，阿嬷。"

不久，李直夫妇与汝赐等人就到了广东，创办了峰海商号。湄洲、峰尾的货转中心也建立起来。峰尾船商的经营日益红火，不但将朝廷闭关政策带来的不利因素顺利化解，而且还锻炼了一大批人才，获取了丰厚的回报。

如此一晃又是四年。乾隆辛巳年，春夏之交天气多变，忽寒忽热。黄氏年岁已高，疑是感了风寒，身乏体重，昏昏沉沉。如此数天，举家牵肠挂肚，四处问医，悉心照料，但仍未好转。是日清晨，黄氏渐觉神清气爽，乃召集儿孙前来，言道："近日来，我一直梦见你们阿公，他说要来接我。我也想你们阿公了，我要找他去了。

船者

阿嬷这辈子啊像活在梦里，以前啊总想着一家人衣食无忧开开心心快快乐乐地过日子，如今儿孙满堂，过着做梦都不敢想不敢求的富足生活。阿嬷的福也享了，任务也完成了，该回去啦。"

"阿嬷，梦不是真的。您别当真，您还要活到百岁的，我们还没孝顺够呢。"孙儿们一听都急了。

"对啊，娘，您还年轻着呢。家有一老胜似一宝，您是咱家的活菩萨呢。这春夏之时又感风寒是很难受的，好生调治一番就好了，孩儿再叫郎中来瞧瞧。"懋峰跪下来，拉过娘的手，轻轻抚挲着。

"对的，娘，咱可不敢说这话，您还年轻着呢。咱一家人都要团团圆圆的。"凝絮和陈氏连声称是。

"傻孩子们。不用叫郎中了，娘心中有数。娘有你们，这辈子值了，要是有缘，咱们下辈子还做一家人，还有你妙哥和大哥。也不知你妙哥现在如何？唉，这孩子，都没能再见他一面，娘也想他。"

"娘，咱们多想些快乐的事吧，你看咱们现在一家人团团圆圆的，过得多好啊。妙哥在外面逍遥自在也很好的。"

"唉，这孩子一辈子经历了太多事了。"黄氏微笑着，慈爱地看着各位子孙，又缓缓言道，"人这辈子啊，向生而来，向死而去。人生啊过的就是与身边人的关系。亲人也好，朋友也好，讲的是情分。这情分好，就是一起吃糠咽菜也幸福。情分不好，吃山珍海味也无趣。咱们为人一生，想让别人对咱好，就得先对人好。真诚待人，人自然就会对咱好。受人者畏人，予人者骄人，授受有度，平常心待之。尽量不亏欠他人，亦不使人觉亏欠。知恩当思报，施恩勿图报。吃点亏是福，别去计较，计较了是跟自己找不自在。钱财生不带来死不带去，够用就好，知足常乐。吃三餐饭，睡一张床，这过好也一天、过坏也一天，感觉好了就是幸福。求得心安理得，方能无憾。"

"娘，您说得太好了！孩儿们谨记！"

"娘累了，要休息一下了。梅儿你也去歇歇吧，玉体多珍重。孩子你们也都吃早饭去吧。"黄氏一下子说了许多话，觉得有些虚弱。

孙子们面面相觑，没有人挪开脚步。黄氏缓缓挥手示意，众人方才离去。懋峰夫妇留下陪伴。

念兹道："阿嬷，我去给您盛些米粥来。"

凝絮道："娘，我去打些热水来给您擦擦脸。"

"嗯。"黄氏轻轻地哼了一声，眼睛没有睁开，平静地躺着。晨曦从天窗射入，金黄色的光映满了整个房间。懋峰惊奇地看着眼前的一切，他从未见过如此祥和美丽的阳光，环顾四周，却是梳妆台上的一面铜镜在和煦映射下熠熠发光。懋峰信手取过铜镜，用手擦拭了一下，又放回到梳妆台上。

懋峰对这套梳妆台和铜镜再熟悉不过了。这是母亲陪嫁的物品，是用檀木打造的，面上嵌有精美的凤凰牡丹贝雕图案。当年，对于孩提的他而言，这是一台神奇的百宝箱，梳妆台正面有个卡勾，拨开卡勾，就能将之分成两片展开。两面各有一排小抽屉，里面分别放置一些小饰品和小梳子之类的神奇玩意，十分精美。母亲也十分珍惜这套嫁妆，过去家徒四壁，母亲总是将之珍藏在柜子里。有一次，他趁母亲外出，偷偷地将梳妆台搬出来玩，拔小抽屉的时候用力过猛，把精美的拉手扯断了，见母亲心疼了好几天，从此他再也没有动过这梳妆台。如今母亲岁暮躺在床上，看着梳妆台依旧光彩照人的漆面，懋峰不由得一阵心酸。

凝絮端来一盆热水，帮黄氏擦了脸和手，又扶起黄氏要帮她梳头，对懋峰言道："帮我把娘的梳子拿过来。"

懋峰打开梳妆台，拉开一个小抽屉，只见里面整齐叠着一方黄色绢丝帕，展开一看，里面包着一张素笺。笺上用小楷书有一词，字迹清秀。懋峰识得是母亲黄氏手迹，连忙示与凝絮道："絮儿，快看，这是娘什么时候写的词啊？"

"此词牌乃为《九张机》，为织梭闺中幽怨之句啊。"凝絮惊叹道。

只见笺中书道：

手上梭儿与绪飞，往来织就九张机。

吱吱嗑嗑声声叹，缕缕绦绦寸寸思。

一张机，春风陌上蕊盈枝，纤云丽日天凝碧。

闺中流暖，三生缘缔，月老结红丝。

两张机，金莲朱盖绮罗衣，香奁案酒床前倚。

烛花摇曳，心匆耳炽，绯赤赛胭脂。

三张机，囊萤箪食伴读诗，佐家织布勤针黹。

齐眉举案，添烟研墨，籁息话依依。

四张机，蓬门可喜两儿痴，扑蝶摸雀双萦膝。

天伦怡乐，樵苏失爨，待哺腹忧饥。

五张机，鹑衣措大屋檐低，犁涛耕海讨生计。

雨淋日曝，风刀霜剑，忍别子与妻。

六张机，离分莫敢结愁眉，焉知更此隔生死。

温情梦碎，天崩地塌，寸寸绞心脾。

七张机，牵牛织女会佳期，冥阳可有鹊桥夕？

更长漏永，银河望尽，空有杜鹃啼。

八张机，一声更比一声凄，声声幻作离人语。

竹摇风号，敲窗冷雨，都在唤妻儿。

九张机，断肠最是月明时，芳菲凝露泪珠滴。

孤坟寂寥，松岗斜照，鸦鸟绕寒枝。

柔荑，滂沱撮土为君碑，扶沾蓟菊荒丘被。

相将血泪，凄吟幽咽，应和只黄鹂。

青丝，蓬枯野草乱云堆，香消玉减不知食。

仙台忽梦，忙寻锈镜，执手画蛾眉。

夫妇两人感叹不已。词未读完，懋峰已泪眼模糊泣不成声了：
"娘，孩儿只知道您受了诸多生活艰辛的苦，却从未知晓娘心中的苦，娘……"

却不见黄氏回应，再看黄氏之时，夫妇顿时悲从心起，肝肠寸断，唯凄凄然，无语凝噎，半晌方才撕心裂肺地哭出声来。

原来黄氏已在凝絮怀中驾鹤西去。金黄色的光映在黄氏脸上，满脸的安详，散开的银丝焕出神奇的七彩光。她的皮肤像玉一样白皙通透，纵横的皱纹恍若汝窑精品上的冰裂，散发出岁月的内蕴与积淀。她犹如一尊玉雕，恣意地绽放着颤人心扉的美。

"娘……快来人啊，娘没了。"懋峰的哭喊声惊破了早晨的宁静。一家人哭喊着慌乱地奔进黄氏房间。亲戚朋友也都闻讯赶来，上下厅顷刻就挤满了人。

"快，上厅前！"

众人已在上厅搭起了灵堂。亲人们皆换了缟素，满堂皆白。陈氏被人搀扶着来到厅前。她那悲苦的憔悴脸容，令人见了心碎，也更刺激了丧亲人脆弱的神经，哀泣声顿时响成了一片。

"娘，孩儿不孝，孩儿来迟了。娘啊……"陈氏撕心裂肺地痛哭着。这个苦命的女人，她与婆婆是同命之人，本应相互倾诉丧亲之苦。然而她认为婆婆丧夫加上丧子，其所受的情感痛苦要比自己更大，觉得自己不但不能在她面前提起苦难，反而应该强颜欢笑。可是她没有婆婆的豁达和开朗，自懋然去世后，她的痛苦和思念之情欲语无人，欲哭无声。她走不出心里的阴霾，郁郁寡欢，长久的情绪压抑令她百病缠身。如今婆婆的去世将她心中的情感壁垒一下子击个粉碎，压抑多年的哭声，像汹涌的海浪一样狂野奔腾。

舵者

"姐，你身体不好不能这样哭！要多保重啊。"陈松焦急地劝慰道。

懋峰闻声也劝道："咱娘是大福①，嫂子您身体不好，不要太过伤悲，要多加珍重。"

然而这情感犹如长河决堤，奔涌而来，滔滔不绝，怎停得下来？陈氏悲恸不已，哭得天昏地暗，直至晕厥过去。众人连忙掐人中灌参汤才抢了过来，又将其抬回房中静养。自此陈氏身体每况愈下，鲜少出门。

黄氏丧礼极尽哀荣，凤冠霞帔，楠木全成板四合寿材，云罗雕花棺罩，拉九条丧纬、竖七尺铭旌。彩幡、挽联、挽幛、花圈、赙仪多不胜数。僧道引道，鼓钹吹打，送葬人群倾城而出。队伍从半边街石埕经中街出东门，又从城边折回南门，从贞节坊下经过，出西门企，经尾山埔送至烟墩山安葬。

连日来，懋峰都在母亲房中睹物思亲，黯然伤神："没想到娘的内心竟承受如此大的苦楚，每次来看她，总是笑眯眯的。怎么想到她是强颜欢笑呢？我这整天忙事，对娘和嫂子的关心太少了。"

陈松看着懋峰伤悲的样子劝慰道："兄长，我是过来人，我能理解你的心情。亲人刚去世那会儿不觉得很痛，是因为心里头还没有接受这事实。过一段时间，就会越来越觉得心痛，然后完全接受直至绝望了，就又会慢慢变淡。姊子是大福，是难得的福分。你不要过分伤悲。"

"娘在天上也不愿意看咱们悲伤。娘的房间咱们先保持原样，以作念想。"凝絮抹着眼泪劝道。

"也罢！娘为咱们操了一辈子的心了，咱们不能让娘再有牵挂了。就依贤妻所言，这房间先保持原样，等三年过后再作打算。"

①大福：闽南人称长寿者去世为大福，意为福寿。

三年礼毕，除服吉庆，一家人渐解思亲之痛。又经数月，一日闲来无事，懋峰又打开母亲房间，动手清扫积尘蛛网。凝絮道："哥，这房间总是关着，容易虫蛀蚁蚀。如今咱家人丁兴旺，孩子们几个人挤一个房间也多有不便，不如将这房间腾出来，给孩子们住如何？"

　　"也好！那母亲的这些首饰和器物，咱们把孩子们都叫来，每人分上一点以作念想。"

　　"这梳妆台还有那对玉镯子就给嫂子留着吧。我只要那《九张机》，这是娘留下的最大财富。每次看这《九张机》，我都忍不住要流泪。"凝絮言道，拿过《九张机》又读了一遍，禁不住又抹起泪来。

　　"叔，你叫我啊？您看，我舅也来了。"汝贻闻讯赶回家来，走到门口刚好遇到陈松。

　　"啊，松弟来了正好，快请坐。今日愚兄比较清闲，想着把我娘留下的一些物品分给亲人们，以作个念想。等下你也有一份。"

　　"哦，怎么我也有份啊？"

　　"有的，你是我的干兄弟啊，当然有份了。还有阿舣、闵儿他们也都有份。"

　　"咦，嫂子你手上拿着的是什么？好像是谁写的文章？字迹如此娟秀！"

　　"是《九张机》，我娘写的。"

　　"什么？婶子写的，快让我看看！"

　　"啊，没想到啊，婶子不愧是书香门第，绝妙好词！真挚感人，这婶子该是受了多少的内心苦楚呢？读得我鼻子发酸，眼泪都下来了。"陈松看完，揉了一下眼角，不住地感慨。

　　"我阿嬷写的？让我也看看。"汝贻闻见，也连忙拿过《九张机》，读完，止不住大哭，"我可怜的阿嬷，没想到您内心是这么的苦啊！"

堂上一片唏嘘，全然不知陈氏闻声扶门而出。

"娘写的《九张机》？让我也看看。"

"娘，你看阿嬷写的。"汝贻看到母亲走出房门，急忙迎了上去。

"嫂子（姐），您快回去躺着，等休息好了再看也不迟。"懋峰、凝絮、陈松见状连忙劝道。

陈氏早已拿过《九张机》，坐在竹椅上细细读起。婆婆写的这一幕幕，是如此的熟悉！这分明写的就是自己，好似多少年来她要说的，婆婆都帮她写了。陈氏的手颤抖起来，心一点点地被伤痛吞噬融化，一团急促而强劲的闷气挤到了胸口，似乎要将肺腑撑破一样。"啊"的一声，那团气喷薄而出，陈氏只觉得喉头一甜，一口鲜血喷涌而出，接着便眼前一黑，昏迷过去。

众人大声呼喊着，堂上乱成一团。陈氏悠悠醒转，面若白纸，气如游丝："我要走了，我要找阿然去了。"

"不要啊，娘。"汝贻跪在地上大哭。

"快叫郎中，快！"懋峰跺脚急呼道。陈氏颤抖着将懋峰拉住。

"嫂子，你要撑住，你要好起来。娘不在了，你要主持把咱们的家分了。"

陈氏无力地看着懋峰，挤出一丝笑容，摇了摇头，又使尽全身之力，拉过汝贻的手，郑重地放在懋峰手中，用期待的眼神看着懋峰。

懋峰早已泪流满面，哽咽道："嫂子，咱们永远不分家，永远是一家人。"

陈氏含笑地点了点头，满含深情地扫了众亲人一眼。然后闭上眼睛，头一歪，手一松便无声息了。堂上响起了凄厉的哭声。

一束和曦射进厅来，将堂上映出一片祥和。一阵清雅的幽香袭来。

"是菅兰①的香味！"

①菅兰：闽南对建兰的叫法。

"快看，菅兰都开了。"

原来是天井石架上的数十盆建兰悄然怒放，却无人知晓。

又过了数个月，懋峰仍然情绪低落，郁郁寡欢。

凝絮道："哥，娘和嫂子过世时多有吉相，想必功德圆满成神仙享福报。这是她们的福分，也是咱家的福分，咱们应该高兴才对。"

"贤妻说得在理，只是娘和嫂子年轻守寡，吃尽苦头，抚养儿女长大。如今家势好了，却不能多享几年天伦之福。思起往事，越发想念，心里也越发难过。"

"唉，人生无常，看开了就好，哥要是觉得在家睹物思人，心里难过，不如出海一趟，也好解解闷。"

"出海？唉，年纪上了五十，人也越发慵懒了，要是知道妙哥的消息还差不多。可妙哥也不知身在何处，算了，还是在家多陪陪亲人吧，人生苦短，多陪陪亲人才好！"

"那我就经常陪哥到海边走走、散散心。"

"好！念娘有好一阵子没来了吧？"

"是啊，好久没来了，明日差汝赐送些鱼肉和银两过去。山里人日子过得可不怎样，也难为这孩子了。"

"让她嫁到内山去，也是迫不得已啊。唉，都怪我没让她裹脚，害她在峰尾找不到婆家，飞雪只有这么一个女儿，我却没把她照顾好。"

"儿孙自有儿孙福，哥不必太过自责。妾身以为并不是裹脚的原因，而是咱们从小过于溺爱，养成娇蛮性格了。"

"那也是咱的错啊，现在也只能多予以财物，好让她在婆家过得好一些。等下次船回航时，多带些货物给她。唉，终究血浓于水。人生一瞬，也不用计较什么。我也不恨子思了。"

"对啊，一转眼咱们都老了，你看头发都白了一圈了。"

"人生苦短，恍如一梦。"

夫妻正感慨之时，陈松兴冲冲地闯了进来，言道："玉郎兄，秋高气爽，小弟欲去圆觉寺拜谒慧觉禅师，可愿一同前往？"

"慧觉禅师那年为我兄长诵经七日以祝功德圆满，路途遥远，迄今已有廿余载未再谋面。故人之情，亦当拜谒，我当与贤弟同往。这样吧，咱们先搭自家的船到九龙江口，然后改乘渡船沿江而上。"

"就依兄长之意，咱们也不用太过匆忙，沿途看看风景一抒胸臆也好！"

"好，那就等船回航时再作打算。"

数日后，船队取道广东。两人起个大早，乘坐自家商船出湄洲湾进台湾海峡，向南行至九龙江口。懋峰、陈松与众船工别过，登得岸来，恰到傍晚时分，便寻得客栈歇下。翌日，改乘渡船溯江而上。初时海门宽阔，波涛万顷，船后珠波翻滚，涛声成韵，两岸青山隐隐。过月港后渐见诸峰夹峙，绿水悠悠，竹海摇翠，风烟拂柳，形胜宜人。两人心情大悦。约莫半日，船到北溪芦州渡口。懋峰道："贤弟，咱们先找个饭馆吃饭吧。"

陈松道："就依兄长所言。"

饭后，陈松见时辰尚早，言道："时辰尚早，此去漳州城不远，要不咱们去漳州城逛逛，不知兄长意下如何？"

"贤弟言之有理，天色尚早，咱们晚上就在漳州城住下，明日天明再到渡口雇船前行。"

"那咱们先雇车进城寻个客栈住下，尚可四处逛逛。"

"好！"

两人进城先寻得一处客栈住下，此时已是黄昏。两人在街上逛了一圈，陈松叹道："这漳州城虽有百顷之大，然市肆冷清，少见行人。咱峰尾城虽小，却似乎更为繁华啊。"

懋峰闻言，似要作答，却先四处张望一下。突然皱了一下眉头，压低声音道："贤弟，咱们快回客栈。"

却说两人匆匆回到客栈，陈松道："玉郎兄，究竟为何，如此张皇？"

懋峰悄声道："方才，我要回答漳州城为何冷清的问题，恐为旁人所闻，惹下祸端，故而环视四周。不料却发现有人尾随于咱，形似盗贼。"

"啊？幸而兄长机警，不然恐遭其害了。"

"唉，要是妙哥在，咱们就不惧这几个小毛贼了。"

"是啊，也不知妙哥现在何处呢？但愿吉人天相。妙哥自由自在，也乐得其所，兄长莫要伤怀。方才兄长欲说漳州城冷清，环顾四周恐人所闻是为何故？"

懋峰又压低声音道："当心隔壁有耳！百年前国姓爷屯兵厦、金①，尝围漳州城半年之久，居民十死其八，兵燹荼毒，元气大伤。"

"原来如此啊，可怜的漳州老百姓。"

"国姓爷驱逐敌夷，是为汉人英雄志士！百多年来，汉家仁人志士秘密结社，托身佛门，抵抗清廷。贤弟可曾听闻天地会之事？"

"略有耳闻，似乎与南少林僧众有关。"

"正如贤弟所言，清廷对此颇为忌惮。咱妙哥也曾是南少林弟子呢。"

"啊？那妙哥是否为天地会成员？"

"此不得而知。"

"唉！"

两人谈起旧事，好是一番感慨，不觉时近三更。

"时候不早了，咱们休息吧，明早尚要赶路呢。"

①厦、金：厦门、金门。

天明之时，两人来到渡口，此时已有些许舟楫往来。懋峰朝众船夫喝道："可有欲往新圩的？"

只见旁边摇出一篷船来，船夫道："客官要去新圩？"

"正是！"

"那上船吧。再等两三个人就开船。"

懋峰对陈松道："此去新圩尚有百余里路程，沿途偏僻少有客店。若是再等客拖延时间，到那儿都入夜了，夜来难以投宿，恐有不测。"

"那依兄长之见，该是如何？"

"咱们把船包下吧，不差几个钱，图个自在安生。"

"兄长言之有理。"

两人登船，懋峰与船家商量好价钱，船正欲离岸，突见一小和尚飞奔而来，一边喊道："施主请慢行，等等我。"

船家问："小师傅，你有什么事吗？"

"这船可是欲往宁洋方向？"

"方向是往宁洋的，但是我们只到新圩渡口啊。"

"那请捎我一程。"

"这船已经让这二位客官包了，请你另外找别的船只吧。"

懋峰闻言，从篷舱走出，只见那小和尚，面目清秀，约莫十三四岁模样，身着旧灰蓝色僧衫，笼裤芒鞋，身背一黄布包袱，正焦急地看着船夫。

"船家，请捎上这小师傅吧。给出家人行个方便。"

"既然客官同意了，那你就上船吧。"

"哈，多谢船家，多谢施主。"小和尚高兴万分，"蹦"地一下就跳到船中，双手合十向众人一一施礼。

船家解开缆绳，撑开竹篙，船离岸数尺，刚俯身欲换橹，突然船猛地晃动两下，"砰砰"两声，岸上跳过两个人来。

众人吓了一跳。船家怒道："你们要干什么？"

"搭船去新圩啊。"只闻得一粗声嗓门炸响。

众人循声望去，但见一高一矮两人，身着短打布衣，身材壮硕，皮肤黝黑，模样凶悍。

应话是那个高个壮汉，另一人却谑笑着望着懋峰他们，眉尾还向上挑了一下。

懋峰不由得心中一颤。

"这船人家已经包下了，请你们另外找个船吧。"船家起身欲将船撑回。岂料那高个汉子一个箭步上前，伸出铁钳一样的手来，一把抓住船家胸襟，猛地往下一摁，厉声道："开船！"

那船家站立不稳，险些跌倒，看那凶神恶煞般的两人，再也不敢言语，就要撑船前行。

"来者不善！"懋峰一看形势不好，忙扯了一下小和尚，又朝陈松使了个眼色，大声对船家言道："麻烦船家先靠一下岸，我们把行李忘在客栈了，先回去取一下再来。"

船家闻言就要将船靠岸。那矮汉直接上前夺过竹篙，猛地朝岸上一戳，一下子将船撑开数步，阴声道："快开船，误了大爷好事，要你狗命。"

眼看回航无望，懋峰再偷瞄那两人，似乎觉得面熟，好像是昨晚尾随盯梢之人！心中暗自叫苦："怕是遇到强盗了！我等轻装出门，并未携带多少行李，身上虽带有数百两银票，也不曾露眼，不知如何被坏人盯上？唉，定是装束气质上颇似富商，因而引来祸端。若是失些财物，能保住性命也就罢了，只怕是性命难保，但无论如何也得保全松弟的性命，不然地下有何面目去见先师呢！"

懋峰暗自忖度着，前途未卜，惴惴不安。倒是小和尚天真无邪，好像无事似的问道："二位施主是去新圩省亲还是办事呢？"

懋峰心中苦闷，见小和尚发问，勉强应道："我们此去宁洋拜谒慧觉禅师，路经新圩而已。"

小和尚闻言，十分高兴："啊！真是巧了，我也是奉师父之命去拜谒慧觉禅师，临行时师父吩咐我把包袱交给禅师就行了。看来，咱们真有缘分啊。"

"这么巧啊，请问小师傅，来自何方？"懋峰闻言一惊，连忙问道。

"小僧法名青灯，来自泉州东禅寺。"青灯答道。

"泉州东禅寺？那就是泉州南少林寺啊。"

"正是。"

懋峰道："那咱们可是真的很有缘分啊，小师傅。我以前有个兄弟也曾在南少林习武呢，此次若能安然回去，我随你去南少林寺拜佛祖。"

"阿弥陀佛，善哉善哉！"

谈话间，船已驶到一个僻静的山边。

"哈哈！没想到这三人还是一伙的，咱俩这会儿可就多了两个逆党的赏钱了！"那个矮汉突然兴奋地叫了起来。

"是啊，天助我也！原本是来抓这小秃驴的，看这两个富商想趁机捞上一把，没想到居然也是逆党，正好一网打尽。快，把船靠上去，这山边没人，好动手！"那个高个从腰间摸出两把利刃来，一手指着船夫，一手指着懋峰等人说道。

"施主不必惊慌，有青灯在，没事。"小和尚起身拦在懋峰、陈松前面。

"什么，你？"陈松疑惑地看着青灯。这小和尚精瘦精瘦的，十指纤纤，还留着长长的指甲，像个小姑娘似的。

"什么逆党？你们这些强盗，昨晚就跟踪我们，意图谋财害命，真是伤天害理！"懋峰怒道。

"昨晚？兄弟咱们有跟踪他们吗？咱们不是去少林寺杀人放火吗？又奉上峰之命来取小秃驴的包袱，上司说里面有逆党的重要罪证。"矮汉道。

"你们把我师父怎样了？"

"圣上下旨烧了南少林寺，剿灭乱党，现在寺庙也烧了，和尚也都杀了，你说你师父怎么啦？你个小秃驴，老子送你上西天见你师父去。明年的今天就是尔等的忌日。"言罢，"呀！"的一声吼叫，那高个挥舞双刃就要扑上来。

懋峰大吃一惊。只听得青灯一声断喝："慢着。"乃是气沉丹田，悲愤交集而顷刻迸发出来的怒吼，犹似晴天响了个霹雳。那两人不禁一怔。

只见青灯跪地向天疾呼一声"师父！"接着盘腿坐下，取下包袱，拿出一把剃刀来，喊道："师父，今日徒儿要开戒了。"又对懋峰和陈松言道："请施主和船家都到船头去。"言罢，手持剃刀，将长指甲逐一切下，包好放在包袱里。右肘支地握拳顶着头，如卧佛状横在船篷中间，拦住壮汉去路。

"小秃驴，玩什么花样，快束手就擒，乖乖地把包袱交过来，就让你多活一会儿，省得老子动手！"矮汉说话之间，一脚就冲青灯腰间踢来。

欲知后事如何，请看下回分解。

第十一回

小和尚绝招惩凶汉
大善人倾囊救弱孤

却说那矮汉说话之间，一脚就冲青灯腰间踢来。懋峰大吃一惊，"小心！"两字尚未出口，只见青灯已倒立了起来。那矮汉一脚踢空，又恶狠狠地朝青灯头上横扫过来，势大力猛，呼呼带风。懋峰心都提到了嗓子眼里。青灯却像玩似的，一手撑地，倒立着一蹦一跳，时进时退时正时斜，矮汉一脚又一脚地踢空。

"小心，这小子使的是少林童子功。"那高个壮汉见状一边提醒矮汉，一边挥刃攻向青灯腿部，与矮汉一上一下夹击着。但听得"呼"的一声，青灯手脚已卷成一团转了起来，越转越快，竟看不见招式了。只见一团灰蓝色的影子在转，时不时传来"砰砰"击中身体的一声声闷响，又"嗖嗖"两声，两道白光飞出船侧，"扑通"两声掉入水中，却是那利刃被踢飞了。

懋峰看呆了。陈松却掏出几粒蚕豆来，悠然言道："兄长，这小和尚可以啊，没事了，咱们吃几个蚕豆压压惊吧。"

懋峰目不转睛地看着打斗，闻言皱了一下眉毛："这个时候还有心思吃蚕豆？"

"咦，怎么是臭粒①啊，不吃了。"陈松手一扬，只听得"嗖嗖"切割空气的犀利风声响过。紧接着，那两个壮汉跟跄数步，跌倒在

① 臭粒：峰尾方言，表示变质的粒状果实。

船上。两人坐立未稳，"噗噗"两下，一道灰蓝光扎向两人的胸膛。这时那灰蓝光慢了下来，双腿盘膝，双手合十坐了下来。

"童子拜……观音……"那高个哼了一下，与那矮汉已躺在船上口吐鲜血，手脚乱抖。

"师父让我留指甲两年了，就是不想让我卷入纷争。如今为了给少林寺和师父报仇，我也只好开戒了。"青灯言道，又看了看那躺在船上的两个歹人，疑道："不对啊，这两人的穴位是谁点的？难怪打得正起劲的时候，他们突然松了下来。"言罢，突然在一块船舱板上盯了好久，又抠了一会儿，抠下一颗蚕豆来，惊叹道："好劲的力道啊，这里哪来的绝世高手！"又回头分别盯着懋峰、陈松和船夫看了半天，搔了搔头，拧眉挤眼咧嘴，就是想不出个所以然来。

"我看看。"懋峰起身一看，只见那船舱板上凹了一个很深的坑，又寻了一会儿，又在另一块隔板上找到一颗嵌在其中的蚕豆。

"你？"懋峰疑惑地看着陈松，怎么看自己的兄弟都是手无缚鸡之力的书生。

"兄长，别看我呀，我也不知道是怎么回事啊。呵呵。"陈松笑了笑，又拿出一颗蚕豆，反扣手中，寸劲一甩，"啾"的一声划破空气的犀利风声响过，江面上激起一条长长的水纹。

"真的是你！兄弟你还要瞒我多久啊？没想到啊，没想到。"懋峰恍然大悟。

"小时候跟慧觉禅师学的，雕虫小技防身之用。"

"你一直要跟着我，原来是在保护我啊，愚兄眼拙啊。"

"拳脚其实我也不会，就这个玩得很上手。不过也够用了。嘿嘿。这两人已身负重伤，您要如何处置呢？"陈松道。

"都伤成这样了，饶他们一命，等下到码头放了吧。"懋峰道。

那船家默然无言，走到船首，抄起竹篙。众人只道他要撑船，未曾想，那船家朝着那两人心窝处猛戳两下，两股污血随着篙尖喷涌出来。那两人手脚好一阵乱颤，腿伸直，眼翻白，头一歪死了。

懋峰见状不敢直视，责怪道："他们也是各为其主，都伤成这样了，怎忍心把他们杀了？"

"客官，不是我说你，你这是妇人之仁。什么各为其主！你不知道老百姓有多恨这些鹰犬？他们狗仗人势，以抓乱党为名，敲诈豪绅商户，滥杀外地客商谋财冒功请赏。当地人轻易都不敢出门，我们生意也不好做，日子过得一天不如一天。昨晚跟踪你们的也是这伙人，到没人的地方就把你们做了，幸好你们福大命大，发现了及时逃脱。还有若是放了这两人，放虎归山，回头就给咱们扣个乱党的罪名，抄家灭族，到时后悔都来不及了。"

"没想到这边这么乱，我们老家可安宁多了。"陈松道。

"客官你们是哪里的？"

陈松刚要回话，懋峰连忙接过话茬："我们那儿山高皇帝远，根本不值得一提，当然安宁了。关键是乡亲们还很和睦，同心同德，鹰犬们安敢使坏！"

船家闻言，"嗤"了一下，满脸的不屑，言道："哼！老江湖！我人都帮你杀了，你还对我留一手。好了，好了，我又不是要打听了好去报官请赏。咱们现在可是一条绳子上的蚂蚱，等我把这两人尸体拖到山沟里喂虎豹。要是让官府查到，咱们都得完蛋。"言罢将船靠入一个山坳，船工把尸体拖下船，丢弃到山沟里。

懋峰暗自叹息，青灯诵经超度。处置完毕，船继续前行，傍晚时分到达新圩。懋峰付了数倍船资，别过船夫登岸。待船夫回转，三人不敢稍待，连夜雇车赶往华葑，寻得客栈住下。拂晓即雇船赶路，到宁洋时适好酉时初交。三人顾不得喘息，急奔圆觉寺，拜谒慧觉禅师。莫道佛门高僧，却亦有人间至真至性之情，故人相逢，执手相看，喜泪婆娑，却是物是人非，好是一番感慨。

"令尊可好？"

"先父五年前已逝，蒙禅师记怀。"

"阿弥陀佛！人生无常，唉。"慧觉双手合十，叹了一口气，伸手过来抚了一下陈松肩膀，又看了一下他的手，言道，"故技无废？"

"无！终身受益。"

"善哉，请！"慧觉禅师又将众人延至方丈室。

青灯起身双手合十躬躬，口诵："弟子来自泉州东禅寺，法号青灯，拜见师叔公，阿弥陀佛。"

慧觉双手合十答礼："阿弥陀佛，青灯一路疲苦，安否？"

"佛祖保佑，阿弥陀佛。"

答礼之后，青灯解下包袱双手献与慧觉道："至真师父嘱弟子将此包袱交于师叔公。"

"你师父，多时未见，可安否？"慧觉接过包袱，问道。

"师父……他……呜呜呜。"青灯闻言不禁呜咽。

"何故如此伤悲？"

"我等乘舟遭遇歹人，幸青灯出手惩凶相助得脱。据歹人所言，东禅寺已遭火焚，僧众皆已蒙难。"懋峰叹道。

"阿弥陀佛，罪过，罪过！"慧觉闻言身体微微一颤，悲恻之情隐约眉目，哀怜地看了懋峰一眼，欲言又止。懋峰心里一凛，疑惑地看着慧觉，又转而看看陈松。

慧觉起身将包袱放下，恭敬地整理了一番僧衣，目光凝重，双手合十念道："不嗔不躁，不妄不痴，入般涅槃，修得正果，阿弥陀佛。"

陈松道："不嗔不躁，不妄不痴，此言听起来怎么如此熟悉？

噫，我想起来了，此为慧觉大师在圆觉寺赠妙哥之言。"

懋峰似乎察觉到这个至真和尚的来历，眼中闪过一丝光芒，一把拉住青灯的手，像久别重逢的亲人一般："你师父是否身材高大精壮，浓眉大眼？"

"施主认识我师父吗？我师父就是长这样子的啊。"

"妙哥？我的好兄弟！近在咫尺，却如天涯。尚未相聚先闻噩耗，让为弟情何以堪啊！不，不，这不可能，我不认识你师父……"懋峰闻言大吃一惊，但他还是不相信他的妙哥就如此丧身火海，再也无法见着了。他还是心存侥幸，强迫自己不能认可此事。

"至真正是你们俗家时的兄弟刘妙，他皈依我佛已有数载，如今烈火涅槃，修得正果，阿弥陀佛。"

"我的妙哥啊！"一种难以言状的绝望与苦楚从懋峰心底油然而生，五脏六腑像被揪在一起又被扭成一团似的。头脑一片空白，耳朵一片嗡嗡乱响。他想哭出来，却怎么也哭不出声来。

陈松也大吃一惊，他自幼外出读书，回乡后与建林相处的日子也不长。但他也一直将之视若兄长。见懋峰如此痛苦，不由得心中悲恻，鼻子一酸，眼泪模糊了视线。

"事已至此，二位不必伤悲。你家兄弟修成正果，功德圆满，且听贫僧道明因由。至真在三沙时化名林海，与柯老爹和莲儿相善。后恶霸横行，致柯家父女丧生。至真愤而手刃恶霸报仇，然后逃到花岙岛。因南少林即将举事，至真武艺高强，为方便行事，在南少林剃度为僧，出任武僧教头，组织僧众习武。但南少林出了叛徒，动机暴露，清廷下令焚毁寺庙，剿灭僧众。"

"花岙岛？台州三门湾那边的？"

"正是。"

"啊，糟了，那我还跟他们打了一仗！原来那是妙哥的栖身之地。"

"施主有所不知，跟你打过一仗的是蛇蟠岛的海盗，不是花呑岛。花呑岛是我们天地会分舵的一个堂。至真误打误撞才到了那里。"

懋峰听闻慧觉之言，隐约感觉此人绝非一般。天地会与花呑岛，南少林寺，圆觉寺之间有什么关联？包括陈松兄弟那一手的绝技。他心中有太多的谜团，但妙哥的生死才是他此刻最关心的大事。他看着青灯，突然心生一线希望，他坚信，按照建林的功力，定能突出重围逃得生天，心慌稍定，问道："青灯师父，那你是怎么逃出来的？"

"是我师父让我逃出来的……"青灯讲起了那时的情景。

是夜，秋旻高远，秋月明朗。清源山麓东禅寺殿宇宏伟，鎏金铜瓦，青砖铺地，树木葱郁，古朴而静谧。大雄宝殿，香烟缭绕。僧众们手捻佛珠，打坐诵经，木鱼声笃，鼓铃萦回。

"方丈，不好了，清兵已将寺院团团围住了。"一名沙弥匆忙跑进大殿叫道。

诵经声戛然而止，僧众们交头接耳，一阵骚动。

"阿弥陀佛，出家人心如止水。去，唤至真、至善前来。"方丈诵了一声佛号，仍然端坐不动。不久，至真、至善来到殿上。

方丈道："南少林出了叛徒，方有今日之劫难。尔等往秘道分别逃生去吧，以保得南少林血脉。至真、至善率武僧抵挡清兵，保护僧众逃生。"

"遵命，请方丈与众僧一起从秘道退出。我等誓死保护寺院！寺在人在，寺毁人亡。"众僧道。

"老衲哪也不去。你们不会武功的速速逃生去吧，不要白白断送性命。"方丈言罢盘膝，双手合十，闭眼顾自诵经。

"青灯，过来，你把这个包袱背上，速从秘道出去。到龙岩州宁洋县圆觉寺，将此包袱交与慧觉方丈，切记不可丢失，不可轻示于人。"

"弟子哪也不去，要跟师父在一起。"

"你天资聪慧，小小年纪就尽得少林绝学，为师近年来让你蓄甲，就是不想让你卷入争端，以为今后少林绝学留得一脉真传。包里有盘缠，还有一把剃刀，非到万不得已，不要显示武功，更不要随便开了杀戒。但紧要关头，就把指甲切了，保护好自己，务必将包袱交予慧觉方丈，不得有失。今后要把咱少林武功发扬光大，驱逐外虏，匡扶正义，保国安民。"

"师父！"青灯接过包袱，背在肩上，至真帮他系好，摸了摸他的光头，柔声道："快走！"

青灯抹了一把眼泪，跪下，朝方丈和至真各叩了几个响头，起身向前跑了几步，又回头驻足凝视一会儿，然后依依不舍地随着众僧从秘道逃了出来，一路奔宁洋而去。

"后来，就遇到你们了。我也是听那两个歹人说的寺都烧毁，僧众也都殉道了。佛祖保佑，愿我师父能逃得生天，阿弥陀佛。我师父一再交代这个包袱要亲手交予上师，不知里面装有什么物件，刚才船上那两个歹人也要抢这个包袱呢。"

"这么说，青灯师父也未亲见后来状况了？"

"未见。"

"包袱？快打开来让我看看。"

"若没有猜错，这包袱里放的应该是天地会的会簿，里面记录各堂口、分支及会员的名录。如今天地会受此重创，东山再起亦得有待时日了。"慧觉叹道。

"可是我打开过包袱，里面只有一把剃刀，几件僧衣，一些干粮和几两碎银而已，对了里面还有一首诗。"

"诗？"慧觉将包袱解开，果如青灯所言，除了一堆杂物和一纸诗笺，其余什么也没有。

"快看看诗上写的是什么？"

慧觉将诗笺展开，只见上面写道：

本是诸相空，何因何果同。

青灯随古佛，天地在其中。

"表面看这诗写的像是偈语，但特指青灯与天地却大有深意！"懋峰和陈松异口同声道。

"正是。青灯是双关语，此处应指青灯小徒，就是让青灯跟随贫僧的意思。天地指本会，在其中，这包袱肯定有玄机。"

"对，大师分析得有道理。再仔细找找。"懋峰道。

"在其中？在其中？是否是包袱布？咦，这包袱布似有夹层！周边是缝起来的。快打开来看看。"陈松道。

青灯取出剃刀将线挑开，果然是周边缝起来的一片黄布。只见上面贴满了银票，足有万两之巨。

"哇！"陈松、青灯瞪大了眼睛，不禁感叹。

里面还有一张黄绢，上面密密麻麻写满了名字、身份。慧觉连忙收了起来，藏进怀中。想必是天地会成员名单，懋峰也不便多问。

"善哉！阿弥陀佛。"

"我等本欲来贵寺遣心几日，不料遇到此事。我妙哥生死未卜，这就告辞去东禅寺看个究竟。"懋峰拱手告辞道。

"事已至此，施主心焦无益，不妨将息数日，一解跋涉之劳。"

"我寝食难安，还是先回去看个究竟。有待来日再来叨扰大师。"

"不知我师父与诸位同门怎样了？小僧也要回去看看，正好与二位施主同行。"

"不可，与尔同行，二位施主则多有危险。"慧觉正色道。

"那弟子自行前往。"

"你师父既然把你托付与我。你就在圆觉寺住下，哪也不许去了，可知？"

"这……"青灯嘟着嘴，搔了搔头，看看众人，又小声应道，"嗯。弟子遵命。"

懋峰与陈松告辞慧觉和青灯，顾不得旅途劳顿，日夜兼程，赶到清源山麓东禅寺时，只见昔日名刹，残垣断壁，一片废墟，不禁戚然。

"玉郎兄，如此状况必是经历了一场浩劫，玉石俱焚。但愿妙哥吉人天相，能逃得生天。"陈松道。

"这次恐怕是真的难了，唉，我的妙哥啊。若是能逃得生天，他肯定会去找慧觉的。"懋峰连连摇头摆手，跪在地上磕了三个响头。起身抹了一把眼泪道，"此地不宜久留，咱们快回家吧。"

两人匆匆离开，走到闹市区环顾四周，见无人跟随，心稍安。雇了马车，到了惠安县城，顾不得腹饥，又转雇马车，赶回家中已是亥时。

"叔、舅你们回来了？一路可安好？"汝贻打开大门，问候道。

"爹和松叔你们回来了？娘，爹爹他们回来了！"孩子们连忙起身相迎。

"你们怎么连夜赶回来啊，不是出门散心吗？怎么风尘仆仆的，出了什么事了？这一路辛苦吗？孩子们快去煮些饭菜来。"凝絮忙出门相迎，一别数日如隔三秋，忙不迭地嘘寒问暖。

"说来话长，等下再说，让我们先歇息一下。"懋峰扶了一把腰，与陈松走到客厅坐下，孩子们各自忙着泡茶煮菜。

"唉，真没想到啊，没想到啊……"懋峰不住地摇头叹息。

"究竟出了什么事了？"大伙见状更是急了。

“清廷下令烧了南少林了。”陈松道。

“怎么？这皇帝老儿闲着没事干，烧南少林做什么？”众人惊奇道。

“唉，关键是你们妙叔在南少林出家呢，这下指定没希望了。”懋峰长叹道。

“什么？妙叔出家了？”

“唉，有太多的疑团了，如今也无从查询，唯余象牙扇和玉手镯这两样信物了。我的妙哥啊，咱们的兄弟情缘，看来唯待来世了。”懋峰哀叹不已。

命运似乎给他开了一个天大的玩笑，从获悉建林尚在人世的喜讯，近二十年的寻觅，连个人影都未曾见着，到如今却得知这寺毁人亡的结局。兄弟有朝一日能够相聚的梦想化为泡影，历历往事，魂牵梦萦，绝望而又不甘的苦楚撕扯着懋峰的心，空添了许多白发。冬去春来，一眨眼又过了十年。

“东家，咱们船队回航，经过汕头码头的时候，有人给您托来了一封信。”阿六前来报告道。

“哦？”懋峰拿过信来，惊喜道，“是瀛亭兄！有年余未得音信了。”说着，懋峰高兴地抽出信笺来，念着念着，忽然抽泣起来。

“怎么啦，东家？”阿六关切地问道。

“瀛亭兄信中说他身染沉疴，已是风中残烛，寸楮尺素以为诀别。人生若朝花暮落，附感言诗一首。我的瀛亭兄啊！”

“那这信函寄到现在，应该不下两个月了吧。也许他……”阿六担忧道。

“我的瀛亭兄啊！”懋峰忍不住大哭一声。尽管他年过花甲，见惯了人间的生离死别，从容淡定了许多。但是，挚友生死难料，还是令他忧心忡忡，“不，我要去看看他。”

"那好！咱们船过几天又要去广东了，您就乘咱们自己的船，到汕头后再走旱路。"

"出什么事了？"凝絮闻声，跑了出来。

"瀛亭兄。你看他的信，还附了一首诗。甚为悲切。"

凝絮念道：

> 三尺童蒙入学宫，题名乡榜满春风。
>
> 才疏梦逐凌云鹤，羽洁群分浴雪鸿。
>
> 尝力歌鱼琼阙下，还心赋菊筱篱东。
>
> 朝花暮落飘零去，一瓣芳芬巷陌中。

"我要去寻他，看能否见上他一面？即使是人杳花落，也要给他敬炷香，以了我一片心意。"

"可你年岁也不小了，一人出门我怎能放心？不然让松弟跟你一块去，也好有个照应。"

"不行，师母年前中风卧床不起，松弟难离左右。此事不能让他知道，以免他挂心。"

"要不让孩子与你同行也好？"

"孩子们都有事做，不要麻烦他们。我身子骨还很硬朗，搭自己家的船能有什么事？上陆路后，路程也不远，朝行暮歇也不会有什么事，你就放心吧。"

"放心吧，嫂子。到旱路时我让一位兄弟陪着去就行了，你不要担心。"

"那你们一定要多加小心，拜托你了。"

"放心吧。"

数日后，船在广东汕头靠岸。

懋峰道："我要登岸了，差不多半个月返回，你们什么时候到此接我？"

"我们先在这里补给一下，明天再去广州，也差不多半个月就回来。那就约半个月后在此接您。我答应嫂子了，要保证您的安全，就让汝安跟您一块去吧。汝安，过来，陪东家上岸去办点事，千万要保证东家的安全。"阿六道。

　　"不用了，我一个老人家穿寒酸点，没什么危险。你们就都放心吧，半月后此处见。"懋峰辞过众人独自登岸，方过海陬，行至山边，就看到一大帮人绑着一个十二三岁的孩子，几个壮年正在挖坑。懋峰好生奇怪，问道："这孩子怎么啦，为何绑着？挖坑干什么呢？"

　　"挖坑活埋！"那壮汉咬牙狠声道。

　　"啊？"懋峰吓了一跳，回头看那孩子，只见他身材瘦弱，蓬头垢面，衣衫褴褛，皮肤黝黑。那孩子轻蔑地看着眼前的一切，好像此事跟自己毫无关系似的。

　　懋峰急忙问道："这孩子究竟犯了什么大罪，你们要把他活埋？"

　　那些人说："我们是他的族亲，这孩子父母早亡，失去管教、不学好整天偷盗，这不又去偷割了人家大族的稻子。他们以大欺小，要我们赔一千两银子，我们哪赔得起啊！万般无奈之下只好把他活埋了，免得再祸害族人。"

　　"唉！这孩子自幼父母双亡怪可怜的，年纪轻轻就这么被处死。这可是条人命啊！偷割稻子罪不至死！我今天得设法把他救了。"玉郎暗自叹道。思索少时，他对那些人说："这样吧，我看这孩子也挺可怜的，能否先饶他一命？我可以出些银两。"

　　大伙疑惑地看着这个外乡人，见懋峰一脸诚恳，问道："那你能出多少钱？要是钱少不够赔顶界人①，我们不好交代啊。"

　　蔡乾一直冷眼看着这些连陌生人还不如的所谓亲人。

　　①顶界人：闽南一带称大房大族的人为顶界人。

"这是个有种的孩子，将来必是条汉子，但愿别走了邪路。救人一命功德无量，钱乃身外之物，只是给多了便宜了这帮人。但要是开价低了，顶界人肯定也不肯罢休。"想到此处，懋峰道，"既然这样，我出五百两吧，这钱已经不少了。"

"五百两不够赔的，不知顶界人是否同意？"

"要不，你们去跟那大族人家讲讲能不能少赔一些？"

"好吧。"族人们带上那孩子，引着懋峰去寻那大族的族长。

"大族长，蔡乾偷割了您家的稻谷，我们赔不起，所以想把他给活埋了，免除后患。刚巧这外乡人看到了想救他，所以把他带来见您。"

那族长约莫六七旬，脸塌皮皱，黑精瘦，一袭暗金花绸缎长衫瓜皮帽，乜斜着一双鱼泡眼："哦，外乡人，你想做善事，天下就你一个好心人？你救得了他一时救得了他一世？"

懋峰闻言心中一凛，暗自忖度："此人绝非善茬，若我表明出于善心，非但救不下那孩子，连自己全身而退都有问题。"稍微思索一番，言道："我是福建惠安峰尾人，世代以海为生，男人是家中的顶梁柱。我看这个孩子可以到船上帮工。就这样白白埋掉觉得可惜，所以想把他买下来。"

"哦，这埋人卖人是他们自己家人的事，他们同意就行。但你要把他带走，得先赔我一千两的稻谷钱。"族长声调稍缓，不再色厉。

"我本是要买这孩子，这孩子可否值得千金？我若不买，埋了可一文不值。"好个懋峰！心里焦急，嘴上讲的却像没事似的。

"那你能出多少钱？"

"我出五百两。"

"没想到你这外乡人这么仗义！这样吧，给你一个面子，六百两一口价，你把他带走，这事算过去了。"族长拍了一下椅子，站起身来，盯着懋峰大声道。

"好！族长也是爽快人！六百就六百，请您派人跟我到船上取钱，一手交钱一手交人。"

到了船上，懋峰拿出六百两银票来，将来人打发走。帮蔡乾解开绳索，又掏出十两银子，对其言道："孩子，这些钱你拿着，好好谋生去，别再干偷鸡摸狗的事了。今天这事是个教训，若再胡作非为，就是神仙也救不了你了。"

蔡乾跪在地上，朝懋峰叩了三个响头。言道："恩人，我也不愿意干这些偷鸡摸狗的事，我是饿坏了才去偷割别人的稻子。您好人做到底，把我留下吧。我会听您的话，我能吃苦，再也不干坏事了。"

"唉，那你就先留下吧。来，先吃饭。"懋峰叹道，叫船工端来剩饭菜。

蔡乾狼吞虎咽几下就把饭菜一扫而光，不好意思地看着懋峰。

"这孩子一定是饿坏了，看样子还没吃饱。唉，天下可怜人太多啦。"懋峰自言自语道。又对蔡乾道，"我刚好缺个伴，有些地方怕言语不通，你是本地人，就陪我去吧。"

"可以啊，咱们走吧。"蔡乾言罢就要出发。

"等一下，洗个澡换套衣服再去。"懋峰见蔡乾的衣服破烂几不蔽体，便叫人取来一套新衣给蔡乾换上。人靠衣装马靠鞍，洗完澡换上新衣，蔡乾像换个人似的，精神焕发。懋峰上下打量一番，赞许地点了点头。

主仆两人翻越海陬山丘，穿过一条小道，没行多远就到了镇上。这汕头也是一个大港口，市肆繁华，人来人往，车水马龙。懋峰听到丝竹之声，便循声到了一个名唤"得月楼"的酒楼。

"两位客官请——"

懋峰径自走到邻近唱曲人的位置坐下。蔡乾恭敬地站在一旁，不敢上座。

"来，孩子这边坐下，咱们没有那么多规矩，不必拘束。"懋峰看到蔡乾懂得礼数，心内自是喜欢，招来小二点了一条鱼，一盘卤肉。

"吃吧，孩子。"蔡乾眼眶红了，强忍着眼泪，感激地看了懋峰一眼，不好意思地低下头来。懋峰恍然看到建林小时候受委屈的模样，不禁眼眶湿润，慈爱地抚了抚蔡乾的脑袋。

卖唱女子清了清嗓子唱起曲来，懋峰一听，正是自己谱写的《阮郎归》，不禁大吃一惊，等那女子唱过，急忙唤来。

"客官想听什么曲子，小女子为您唱来。"卖唱女子道。

"你会唱这《阮郎归》？这可是二三十年前的曲子了。"

"奴家也不晓得，听说台州一带有许多人因唱《阮郎归》和《相思令》得到神秘客人的馈银，于是卖唱人都争相传唱。小女子也是刚刚学得。客官要是喜欢，小女子再为您唱来。"

"这就奇怪了，我都一二十年没出海了，这神秘客人又是何人呢，如何能使此曲传唱经久不衰？"懋峰暗自惊奇。

"客官，那奴家为您再唱一曲，如何？"卖唱女子打断了懋峰的思绪。

"好！好！那你就唱吧，这五两银子就当酬劳吧。"懋峰取出五两银子来，赠予唱曲人。

"啊？原来客官就是那神秘客人啊。奴家太幸运了，竟然也能得遇贵人！小女子这就唱来。"那唱曲人高兴万分，千恩万谢而去，弹琴唱起《阮郎归》。

刚唱至一半，只听见一声断喝："唱的什么鸟曲，什么鸟人写的破曲，好不扫兴！"从门外横着摇进一个人来。懋峰闻声看去，只见那人肥头大耳，鬼眉牛眼酒糟狮子鼻翘厚唇双下巴，腆着肚子，身着锦绣马褂长袍，腰挂白玉佩，手戴绿扳指，提溜着一个小鸟笼，里头养着一只金刚鹦鹉。

"啊，是贾大官人啊，什么风把您给吹来了？"小二迎了上去，殷勤地赔着笑脸。

贾大官人"嗯"了一声，大摇大摆地踱到唱曲人跟前，摆手道："哎、哎、哎，停下别唱了，给爷来一段《玉女怀春》。"

"禀大官人，这位爷先给了赏钱了。"唱曲人急忙施礼道。

"哦，哪位爷？小爷倒要见识一下。"那贾大官人瞪着牛眼上下打量着懋峰，看他不过为一文弱老书生，便扯大嗓子吼道，"喂，你哪来的，这曲是你叫唱的？"

懋峰起身，拱了拱手道："正是鄙人所为，不期污了先生耳朵，请多担待。"

"什么污不污的，老子听不懂，你是外地人吧，该干吗干吗去，别打扰本大爷找乐子。"那贾大官人推了一把懋峰。

此时，突然听到一声稚气的喊声："死胖子，敢欺负我主人，老子跟你拼了。"刹那间蔡乾一个箭步上前，后腿蹬直，身体前倾，用头肩一猛子扎到贾胖子的肚子上。贾胖子猝不及防，站立不稳跌坐在地上。

"哎哟，痛死老子啦，小兔崽子，老子今天非拆了你不可！"贾胖子摸了摸肚子又摸着屁股，从地上爬起，指着蔡乾破口大骂，缓了一口气，随手抄起桌上菜盘子就向蔡乾劈了过去。蔡乾闪身躲过，菜盘砸在地上，"啪"的一声，碎片四溅。贾胖子又抄起一把椅子，就要向蔡乾打去。

懋峰见状怒道："你一个大老爷们怎么对一个小孩下死手呢，你也太狠了。"

"老子正想连你一起揍呢，你也不打听打听，这汕头还有我贾大公子不敢打的人吗？"贾胖子横着脸，恶狠狠地叫嚣道。

小二急忙跑过来拦住懋峰，劝道："这位客官，请息怒，请息怒。咱店小，怕怠慢了贵客，您还是赶紧走吧。"说话间还一劲地给懋峰使眼色，又小声说道，"先生快走，好汉不吃眼前亏。"

懋峰心领意会，拉着蔡乾就要离开。

"想跑，没那么容易，老子今天非出了这口恶气不可。"贾胖子鬼眉倒竖，眼露凶光，凛鼻咧嘴，呈饿虎扑食之势，恶狠狠地扑了上来。正当贾胖子双手欲擒住懋峰肩背之时，忽地从侧面飞出一条板凳来，正好挡在贾胖子膝盖前面。贾胖子用力过猛，收势不住，一膝盖砸在板凳上，当下摔了个大马趴，翻起身来扶着膝盖哭爹喊娘地叫起疼来。一众客人见状哄堂大笑。

懋峰忙往那飞出板凳的角落里瞧去，定睛寻那出手相助的恩人。那是个背门背窗光线暗淡不起眼的角落，刚好又背对着懋峰，所以懋峰刚才并没有注意到那边的客人。

那人站起身来，从桌上抓过包袱一把背在肩上，向店门口悠悠地走去。只见他一身渔夫打扮，上着白苎布对襟短衣，下穿玄色灯笼布裤，头戴帽箍尖顶竹斗笠，十分平常。懋峰忙招手喊道："恩人请留步！"那人闻声一顿，犹豫一下，终没有回头，迈步走出门去。

懋峰丢给店小二一两碎银，拉着蔡乾紧步追去。那人好像故意逗懋峰似的，时紧时慢既不让懋峰跟上又不让其落下。一直走到山边，那人见四下无人，便停下脚步，缓缓转过身来。

"多谢壮士搭救之恩。"懋峰紧走两步，来到那人跟前，俯首深深作揖。

那人缓缓解下斗笠，双手扶住懋峰。欲知何人，请看下回分解。

第十二回

江湖遁迹英雄历苦
腠瓮藏银海贼报恩

却说那人缓缓解下斗笠，双手扶住懋峰。柔声道："兄弟，是我！"声音如此熟悉，如此亲切！

懋峰欣喜若狂，双手一把将那人拉住，紧盯着他。这张曾经熟悉的脸，早已刻满了沧桑，清癯老态而又显平和，即便擦肩而过，也未必能认得出来。他激动得浑身颤抖，泪水夺眶而出，失声叫道："妙哥！"

两人紧紧地拥抱在一起。经历了生死决绝后，如今的相逢恍若再世，恍若梦境。千言万语涌上心头，却又无语凝噎，唯有垂泪感慨。

"家里人都好吗？婶娘呢？"

"娘不在了。她临走时还念叨你呢。"懋峰拭泪道。

"婶娘——孩儿不孝啊！妙啊此生无法膝前尽孝，对不起您，但愿来生能当您的亲儿子。"建林仰天悲叹，旋而眨眼、垂首看地，抑制着情感的流露，良久，干咳了两声，问道，"陈先生，松弟他们呢？"

"陈先生也去世了。松弟在私塾教书。"

"唉，岁月无情，不问了，徒增伤悲！"建林咬了一下牙，恨道，但还是忍不住又问，"孩子们都长大了吧？都成家了吗？"

"孩子们都各自成家了，儿女成群，挺好的。"

"呵，都没能喝上孩子们的喜酒。"建林苦笑道。

"哥，我们找你找得好苦啊！郝总督告知内情后，娘令我寻你而来。然而遗憾的是二三十年来，从满怀希望到绝望，就是探寻不到你的确切消息，更别说兄弟相聚共享天伦了。如今天可怜见，让咱们在此相逢，真是谢天谢地！"懋峰双手合十望天而拜，高兴地拉起建林，"走，妙哥，咱们的船还在澳头，亲人们都等着你回家呢。"

"等等，兄弟。我何尝不想回去跟亲人相聚？然而，我只有亡命天涯，方能保得大家安好。郝总督真是豪杰之士，可惜用人不察，为手下所累，后来又被福州将军告下受贿之罪，落得革职返籍，其失落之意，可见一斑。想必他也是诸事看破，才敢告知隐情。"

"哥，咱们就不要枉费了郝总督的一片苦心。船上的都是自家兄弟，无妨的。"

"这事如何能做得隐秘啊，若有一个口风不紧，传了出去，可就大祸临头了。"

"难道咱们兄弟就得如此，各自天涯永难相聚？"

"唉，一切都是命啊。除非改朝换代，不然我此生都无法归乡了。我想家又不能回，只能打听一点消息以慰思乡之苦。父亲、婶娘过世都不能在身边尽孝，我这活着跟死有什么区别啊？"建林长叹道。

"哥，这些年你受苦了，你都是怎么过来的？"

"唉，说来话长。对了，你怎么到这边来了？"

"我要去看望瀛亭兄，也不知他如今怎样了？唉。"

"瀛亭？这名字听着耳熟，但想不起是谁了。"

"瀛亭兄就是你救下的那个惠安知县啊。他也像兄弟一样对我好。"

"这就对了，当时我就觉得他很像你。你们相见定会惺惺相惜。看来，他把我救他的事都告诉你了。瀛亭兄他是哪里人？"

"他是潮阳县人。"

"你独自一人去找他？对了，这孩子是怎么回事？"

"这是我刚救下的。他父母早亡，身世坎坷，偷盗谋生为族人所不容，差点被活埋了。"

"我看他很仗义，像我小时候的样子，我喜欢。"

"喜欢就让他跟着你吧，你也好有个伴。这些年你究竟都经历了些什么？小弟除了眷念，心里还有太多太多的不解啊。"

"好！你要去潮阳，我陪你去吧。我把这些年发生的事，慢慢讲给你听。"建林讲起了艰辛的经历。

原来，当年建林趁夜深无人之际，推开棺木又将坟墓恢复原状。他泅过湄洲湾到了秀屿，便在海边寻得一个破船，将衣服脱下，到岸上水塘里过了一下淡水，晾在小树上。他洗了一把脸，想靠在破船里睡上一会儿，可是又饥又困又冷，怎么也睡不着。他就找来一堆干芦花草，用两块大石头死命地敲，用劲了反倒不觉得冷了。过了一会儿，石头被敲得很热了，草也被敲热敲碎敲黑了，喷出来的火花竟然把芦花给点着了。有了火烤，他不觉得冷了。刚好海水也退潮了，他就到礁石上挖来一些海蛎、海螺，用火烤熟了，敲开壳吃。吃完了，实在困得不行，他就眯了一会儿。醒来时，天已蒙蒙亮了。他怕被人发现，收起衣服，漫无目的一路往北走。

傍晚时分，建林行至市肆，在当铺将衣帽当了二两银子，购了火镰、钓具，买了一些干粮，便开始了他的流浪生涯，钓鱼、野果、烤火聊以度日，破屋、破庙、山洞皆做居所，长则数月，短则数日，就这样时行时歇，一路风餐露宿。行至峡北，恰巧救了姚知县。

他又一路往北溯行，当行至三沙时，已是四年后的盛夏。此时的建林衣衫褴褛，须发皆长，乱如破絮。若多个蕗苴①、破碗，简直就是个乞丐。他见此处天蓝海碧山青，水环岛峙，风景宜人，就在山边搭个草寮，住了下来，继续他的流浪生活。

是夜，天气闷热，建林烤了鱼吃下，躺在草寮中，一边驱蚊一边想着心事，迷迷糊糊地睡着了……

只见一堆官兵押着婶娘、玉郎、嫂子、念娘、汝贻……

"刘玉郎一家私通海贼刘妙，罪不可赦！杀！"

"放火，烧！"

"不、不、不！不干他们的事，放开他们！"建林竭尽全力地嘶喊着，可嗓子不知被什么卡住，怎么也出不了声，更没人理会他。

"杀！烧！"

明晃晃的刀闪过，一颗颗人头落地，都是血！一个个火把扔上屋顶，着火了，都是火！热烘烘的。

"不！"建林绝望痛苦地叫喊着。醒了！原来是一场噩梦！

天亮了！唉，头好疼啊！人感觉软软的。建林摇了摇头，喝了一瓢凉水，感觉好了一点，于是就拿起鱼竿，背起竹篓，出门，穿过一段沙滩，蹚水爬上一块礁石，挂饵，抛竿垂钓，上钩、收线，取鱼。

太阳出来了！阳光肆意地挥洒自己的热情。天气越来越热，头也越来越疼，大汗淋漓，人却感觉乏力，手脚开始打战。

"不好！怕是得了烧热病了！"建林自知不好，收起鱼竿背起竹篓，滑下礁石，又蹚水走回沙滩，准备回家。走在被太阳晒得滚烫的沙滩上，汗越流越多，脚越来越软，气越来越喘、人越来越轻。前面有棵树，绿色、凉爽、到了、到了，终于到了，树干上靠一下，

---

①蕗苴：旧时用咸草编织而成的手提袋。闽南语叫gazi（音）。用来表达的文字多样，如加字，加志，蕗芷，结苴，蕗织等。

喘口气。天旋地转，他眼前一黑，晕了过去。

等建林醒转过来，发现眼前有一个瘦小老汉和一个妙龄女子正关切地看着自己。

"爹，快来看，他醒了！"

"我这是在哪里啊？"建林虚弱地睁开双眼。

"哎，你着痧了昏倒在海边，差点就要了命了。你都昏睡了一天一夜，把我们吓坏了。"老汉道。

"多谢二位救命之恩。"建林努力想撑起身体来，无奈身软如绵。

"哎哎，不着急，先躺着。后生家的，你是哪里人啊，你是怎么到这里来的？"

"我，我……，回恩公的话，我是惠安人，姓林名海，无父无母，受人欺压，失手将人打死，逃了出来，流浪至此。"

"哎呀，这孩子。你怎么跟我年轻时一样冲动呢！听口音是峰尾人吧？"

"啊，你跟我爹是惠安同乡呢，我爹叫柯正，我叫莲儿。我爹年轻那会儿在辋川赶海抓鱼，乡里恶霸总是拿鱼不给钱。有次我爹气不过，把人给捅伤了，只好逃到荒岛上，一个人住了三十年。"

"鬼丫头，多嘴。"柯正慈爱地看了莲儿一眼数落道。

"饿坏了吧，先喝点鱼汤吧。"莲儿端来了一碗鱼汤，水汪汪的大眼睛满是关切之意。鱼汤腾起那鲜香的味道，熟悉而温暖。建林眼前闪过婶娘招呼他们吃鱼汤的情形，心里暖暖的，一股津水从口齿间冒出，肚子不争气地"咕"了起来。

"多谢恩人。我确实饿坏了，那我就不客气了。"建林接过鱼汤，狼吞虎咽地一扫而光。这是他几年来吃过最香最好喝的鱼汤了。

"好吃吗？"莲儿见了径自偷笑。

"好吃，太好吃了！谢谢！"

"喜欢吃就好，那我以后就多煮给你吃。"莲儿笑道，洁白的牙齿，红润得出水的嘴唇，白净的脸上两个浅浅的酒窝，焕发出摄人心魄的淳美，建林不敢直视。

柯老汉一听急了，连忙暗里拉扯莲儿的衣角。

"多谢二位恩人，林海告辞了，救命之恩容当后报！"

"谁要你报了，你身体还没好，能去哪儿呢？"

"我也不知道要去哪呢，反正随便走，走哪算哪。"

"海哥，我求求你能不能不走了？"莲儿央求道。

"我年纪也大了，家里也需要照顾，你就留下来帮我吧。"柯正想了想也点头道。也许他自己长期流浪在外，能体会流浪的苦楚。或许他年老体衰，家里真的需要有个顶梁柱。或许他也被莲儿的一片真诚所打动。

"这？"建林犹豫了一下。

"你不是要报恩吗？那就留下来吧。"莲儿道。

"好！"这父女的真诚和淳朴深深地打动了建林，流浪的心像找到了依托一般。他嘴上说着要走，其实腿像生了根一样，根本就不想挪动一下。

"来，我给你梳洗一下。"莲儿说着，就端来一盆清水，帮建林梳洗了一番。看着梳洗干净的建林，莲儿笑道，"哟，没想到海哥这么俊呢！"

"鬼丫头，不知臊！"柯正笑道。

建林留了下来，与老柯父子相称。老柯在嵛山岛有个茅草屋，为了避嫌，建林就住到了岛上去。建林平时打了鱼，拿到三沙卖了钱就交给老柯，也在老柯家吃饭。后来，他知道了莲儿并不是柯老爹的亲生女儿，她是柯老爹野外捡来养大的。

莲儿十八岁，皮肤白白的，怎么也晒不黑。脸鹅卵形，眉毛细细长长弯弯，双眼皮宽又深。眼睛长得像桃花瓣似的，笑的时候，眯成两道弯弯的月牙儿。牙齿又整齐又白，十分好看。声音清脆甜美，宛如空谷莺声。她是方圆几里的一朵花，媒人踏破了门槛，可她就是不想嫁出去，人们都说她鬼迷心窍了。

莲儿没事总往岛上跑，帮建林打扫卫生，洗衣服，整理房间，说话总是细声细气笑眯眯的。她有时静静地坐着看建林练武，时不时露出甜蜜的笑容。有时坐在门口傻傻地等着建林归来，等久了常倚着门框打瞌睡，当看到他打鱼归来时，忙着嘘寒问暖，高兴得蹦蹦跳跳像一只欢快的小鹿。

然而幸福的日子还没过多久，老柯突然摔了一跤，把腿摔断了，卧床不起。家里也没有多少钱给老柯治病。那天，建林刚要上街卖鱼，回头却看见懋峰上了岸，喜出望外。他很需要钱，又不能让信物落入他人之手。于是，他抄近路到了首饰店，教店主将镯子卖给懋峰，然后就躲在内间听兄弟讲话，百感交集，却强忍着。

听到此处，懋峰五味杂陈，从怀里掏出一个红绸布包来，言道："哥，你看，这镯子和象牙扇，我一直带在身上呢。你怎么知道我会去那店里，又怎么知道我会买镯子？"

"做了快二十年的兄弟了，我还不了解你？你是个孝子，好丈夫，好父亲，每到一处地方总会想着给亲人们带点礼物。这家店与众不同，定会吸引你前来。你对玉器情有独钟，又识得玉镯的价值。这镯子少说也值个二三百两，一百两你肯定会买下的，只是没想到你居然能认出镯子来，还好那店主会扯。"

"我真就相信了那店主的鬼话了，真以为跟这镯子是一对的。当时想天下巧合的事太多了，就先把它买下，等见到你的时候当作见面礼送给你，好跟那镯子成为一对。可怎么也没想到，你当时就近在咫尺。你怎么不出来见我啊，你不知道我找你找得好苦啊？"

"我真的不知道郝总督已经把我假死的事告诉你们了，以当时的情形，我怎敢贸然相认？我不想给你们带来任何麻烦。"

"没想到一次的失之交臂，竟然等了二三十年才得再次相逢。命运太捉弄人了！唉。那边有棵大榕树，咱们过去歇会儿吧。"懋峰摇头叹息道。

榕树下，建林继续讲述："我把银两都给了柯老爹，可他却舍不得花。我有次出海捞到了一只大黄螺，于是就拿回家去，想炖个排骨汤给柯老爹滋补一下身子。平时邻居们也过来帮衬些事，为了答谢人家，我就想炒个螺肉片丝请他们喝一杯。没想到杀黄螺的时候，滚下一颗橙色鸽子蛋大小的龙珠来。我就随手送给了莲儿，莲儿很高兴，串起来挂在脖子上。人家都说这是稀罕东西，价值连城。不就是个珠子嘛，有什么稀罕的？没想到引来了恶霸，把莲儿父女害死了。都怪我，没事弄什么破珠子！我可怜的莲儿……"讲到伤心处，建林不禁捂面蹲了下来，身体剧烈颤抖。

"哥，别伤心了。我听那服饰店老板讲，莲儿是跳到海里的，怎么就确定她出事了呢？"懋峰安慰道。

"那天晚上风雨交加，巨浪滔天。我就没有像往常那样，摇着舢板到三沙找柯老爹和莲儿聊天，刚准备歇息，忽然听到柴门有"窸窸窣窣"抓挠的声音。

"我以为是赤鼠①什么的小动物挠门，可打开柴门，借着一丝天光，看到一团白花花的东西趴在门前。再一细看，却是一个裸体女人，不禁大吃一惊，伸手一探，尚有一丝鼻息。

"我急忙用棉被将那女人盖住，方才将其翻转过来，裹住身子，抱到床上。掌灯一看，大吃一惊！这怎么可能！那竟然是莲儿！那曾经秀美的脸庞，灿烂的笑容，雪白的牙齿，红润的嘴唇，如今苍

①赤鼠：黄鼠狼的通俗叫法。

白中透着青紫，头发无力地粘在前额，人事不醒了。我从床上扯过一件衣服来，擦拭着她的头发，焦急地大声叫唤！一边喊着，一边掐着人中。

"莲儿星眸无光，紫乌色的唇缝里断断续续地挤出几个字来：'哥，快……快逃跑……逃……'，头一垂手一松，脸色刷地一下子变成了惨白。"

讲到这里，建林痛哭了起来，眼前再一次浮现当时的情形。

"不、不！你给我醒过来、醒过来！"建林像狮子般似地怒吼着，疯了似的捶打、摇晃着莲儿的身体。可莲儿再也没有任何反应。

"为什么？为什么！老天爷啊！为什么？"建林痛不欲生，冲出门口，对着风雨怒吼，"是谁害死我的莲妹啊？我刘妙与你不共戴天，此仇不报我誓不为人！我要血洗你全家！"怒吼声无助地淹没在狂暴的风浪声中。

他颤抖着，不时麻木地抚摸莲儿的发丝和脸庞，就这样一直等到风雨停歇。他烧了一盆水，仔细地将莲儿的脸擦拭干净，再挂上那用红绳串起来的龙珠，让她平躺在床上，盖好被子，吻了一下她的额头，然后划船去了三沙。他从邻居张老汉那里了解了事情的经过，回到岛上安葬了柯氏父女后，当夜便潜入恶霸家中，报了血仇。

听闻建林的痛苦经历，懋峰数次掩袖，呜咽道："哥，你太不容易了！"

"原来我想此生能在崮山岛有个归宿，有了亲人。可好日子才过了几个月，几个月啊！老天啊，你为什么要夺走莲儿啊？为什么啊！"建林情绪再一度失控，悲怆呼天，捂面恸哭。皆言男儿有泪不轻弹，只是未到伤心处。

"哥！都过去了，别这样！"懋峰将其紧紧抱住，两人抱头痛哭。

待彼此情绪稍定，懋峰问道："哥，那报仇的经过，我都听店主讲了。你后来去了哪儿？"

"报仇以后，我逃了出来。每到一个地方，我都不敢停留太久，买些干粮，就又一路往北。到了苍南，我在酒肆听了你填的词，知道了你的寻访之意。但我知道自己命案在身，若贸然去寻找你们，必将会连累到你们。几天后，我到了台州的高塘岛，恰巧听闻峰尾船队在三门湾打海盗的事。尽管我不敢与你们见面，但听闻了兄弟的消息，还是十分高兴。便想跟随船队，再寻机相见，哪怕像在三沙偶遇你那样，远远地看一下也好。"

"好兄弟，那后来让酒肆唱《阮郎归》和《相思令》给歌女赠银子的一定是你吧。"

"是啊，只有听这曲子，我才感觉在世上还有亲人，还有念想。"建林悲叹道。

"唉，真是时命弄人。哥你受苦了。"

"接下来，机缘巧合，我误打误撞上了花岙岛。我以为是花岙岛上的海盗跟咱们船队打了一仗。冤仇宜解不宜结，我便想去见一下海盗头子，谈判一下，让他们休再与咱们峰尾的船队为敌。"建林又讲起了事情经过。

原来建林跟随船队往北前行。在街上买馒头的时候，却发现两个渔民装束而又神色诡异的人，在米店买了一整车的米。他心生怀疑，一路尾随他们，只见他们将米运上小船，划向了花岙岛。建林知道他们是海贼，就泅渡到了岛上，观察地形、出入的人员和炊烟情况，然后隐蔽起来，静等天黑。

入夜，天暗如漆，山寨里隐约可见灯火。寨外站有两名岗哨。建林悄无声息地摸到寨边，刚要佯作野鸡之声，诱来岗哨。却听见一人说："哟。糟了，肚子咕咕叫，今天螃蟹吃多了，怕是吃坏肚子了。我去那边解个手，你看紧点啊！"

"谁叫你贪吃，去远点拉，哎，臭死了。是不是拉到裤子里了？"另一岗哨说着捏起了鼻子，挥手让其快去。

"还没呢，就放个屁而已。"那人言罢，就走向背风的地方，约莫走了三四十步。建林跟随其后，那喽啰全然不知，刚要解开裤子，就被建林一掌劈昏。建林将其放倒，又向另一个走了过去。

"这么快就拉完了？"那人话音未落，就又被建林一掌劈昏。建林将其扶到草丛中放倒，然后摸进寨里。只见山寨门为石木堆砌垒造，不甚坚固。绕过一个操场，上了一条石阶，上面是一大块平地，平地上有一排石头厝。房子里都黑灯瞎火的。半山上又有一大排石厝，亮着灯。

"怎么这边都没有住人呢？"建林寻思着，悄悄地摸到大石厝的墙根。透过石窗，只见里边有五六十人，正在喝酒吃肉，猜拳喝令，其乐融融。此形此景，十分熟悉，建林不禁感叹。再看那上厅正中端坐着一个光头青年人，穿着灰布僧衣。右边却坐着一个书生打扮的壮年人。

"这头领怎么是个和尚呢？"建林正嘀咕着。突然听见一声断喝："什么人？"

建林回头一看，是个端菜的喽啰。

话音刚落，就从两侧跑出一帮举枪拿刀的人来，将建林团团围住。

"快说，你是干什么的？"

"我是渔民，打鱼走迷路了，想来投个宿，没想到打扰了各位，抱歉。"建林神色镇定，双手抱拳道。

"胡说，你是怎么进来的？定是清廷派来的奸细，弟兄们给我拿下。"一个头目大手一挥，喽啰们手持刀枪，一哄而上。

建林双手抱住墙角，一个蜻蜓倒立，将双脚挂上屋角，轻松地翻到了屋顶上。他扫了扫身上的灰尘，笑着对众人道："来啊，有本事上来。"

众喽啰扑了个空。

"快，上火把。"顷刻间四周的火把亮起，将天空映得光亮。

"好功夫！好汉可有胆量，下来叙叙话？"那个光头头领拍手赞道。

"有何不敢？"建林言罢，一个鹞子翻身，从屋顶翻到了头领身边，众喽啰手持刀枪，将两人围在中央。

"好身手，来，请好汉赐教！"头领甩了一下手，两边的袖子就被卷了起来，一手撩起僧袍下摆，一手做个"请"字。

"请。"建林抱了一下拳，下蹲扎了一个半马，左手曲肘虚掌上举，右手前伸下压，摆了一个像"卍"字的架势。

"等等，好汉可是少林弟子？"

"在下正是！头领可是佛门弟子？"

"哦？请教你师从何方。"

"师承南少林慧因禅师。"

"失敬、失敬，至明见过师兄。师兄缘何来此？"那头领收势双手合十道。

"前日，我兄弟船只经此三门湾，与你们一战。我欲寻他在此地等候，偶遇两位采办的喽啰，就跟踪而来探个虚实。"

"哦，师兄你说的可是三艘黑舶五枪堰大战海贼？那船主是你兄弟啊？真的不简单啊！"至明闻言竖起拇指赞道。

"我兄弟当然厉害了，雄韬伟略的人物。要不是他手下留情，必让你损兵折将。"

"我想师兄你误会了，那天出海的海盗是蛇蟠岛上的，不是我们。"

"这边有几处海盗啊？"

"有好几处呢，你兄弟跟蛇蟠岛的海盗打上这一架，出名了。以后峰尾的黑舶五枪堰在海上无人敢动了，哈哈。对了，你们峰尾原来有一个在宁洋县当教谕的陈先生，后来辞职回家了，他有个儿子叫陈松的，你可认识？"

"师弟你认识他们？"建林反问道。

"陈松小时候在圆觉寺读书，我陪着他玩大的。"

"你是？"建林突然觉得这个至明有几分眼熟。

"你是？你是不是去过圆觉寺？我怎么觉得你越来越眼熟呢！"至明上下打量着建林疑道。

这时，那书生从大厅里走了出来，两人四目相视，都怔住了！

"这不是刘妙兄弟吗？"

"这不是欧阳宇兄弟吗？"

"哈哈！"两人大喜过望，紧紧地抱在一起。

"你怎么到这里来了？"又是异口同声。

"妙哥，你先说。"

"还是你先说吧。"

"好！我给你介绍一下，这位至明师傅原是圆觉寺的沙弥，你应该见过的。这位是当年贩咸鱼的刘妙兄弟，他也去过圆觉寺的。"

"哈哈，我想起来了，当时就是我去山门迎接他们的。浮屠之功，浮屠之功，难怪看起来那么眼熟，哈哈！"至明拉过建林的手，拍了他一下肩膀，指着他哈哈大笑。

"来，里面请！弟兄们准备大鱼大肉给我兄弟接风。"

"你们怎么都到这里来当海盗了？"

"既是自家人，我就不瞒你了。花岙岛是抗清名将张苍水的据点之一。我师祖乃是其部将，兵败后遁入空门，矢志不改，秘密组织天地会。我们受师父之命来到此地，正是为了收编、组织此处的海盗。"

"我算是半路出家，当年咱们贩卖咸鱼的事情败露，我到圆觉寺逃难，幸得慧觉禅师点拨，加入了天地会。后来，禅师派我等来此组织海盗队伍。兄弟你缘何来此？"

"说来话长，寻机再慢慢告知两位兄弟。我犯了事，逃了出来，在嵛山岛暂住了一段时日。可是当地恶霸蒲仁，逼迫害死了我的救命恩人。我夜闯蒲家，手刃仇人，替恩人报了仇，如今被清廷通缉，无家可归了。"

"原来你就是那个林海啊，名闻江湖的大英雄，失敬失敬！兄弟你不如加入我们，这儿以后就是你的家了。"欧阳宇和至明赞道。

"多谢兄弟们的收留，刘妙肝脑涂地在所不辞！"

"哈哈！来，咱们兄弟不醉不散，喝个痛快！"

建林从此便留在了花岙岛。与至明、欧阳宇把酒言欢，操练岛众，联络各岛海盗，建立了海盗帮会。封锁航道，将以往海盗劫船杀人越货的罪恶行径逐步改为征收"出洋税"的黑帮做派。帮规里还明确规定不得对峰尾五枪堰进行抢掠滋扰，要敬而远之。

"事情的经过就是这样的。我也算是找到了根。后来不久，我与慧觉禅师再次谋面，才知道他是天地会的分舵主。他将我留在圆觉寺参禅。又过了一段时日，南少林准备举事。慧觉禅师命我前往南少林担任武僧教头，为方便起见，我便在南少林剃度，法名至真。可是南少林出了叛徒，举事的消息败露。清廷下令火烧少林寺，剿灭僧众。留下来的僧众，苦战后只剩下我和至善。我俩见寺毁人亡，天地会元气大伤，知道大势已去，就奋力杀出重围。由于混战中与清廷鹰犬多有照面，恐连累圆觉寺，我们也不敢前去投奔慧觉禅师。至善师弟逃往广东，我逃往花岙岛。如此一晃便是多年。"

讲完嵛山岛和南少林经历，建林情绪稍定了一些。

"那你后来一直住在花岙岛吗？可惜我不知道前去寻你。"

"是啊，我现在也住在那儿，有时也会到圆觉寺找慧觉禅师。这次我原来也是要去圆觉寺的，碰巧在九龙江口见到咱们的船，便尾随着你而来。"

"火烧少林寺后，我都死心了，若非此次机缘巧合遇见你，我还不知你尚在人世。如今我知道你下落了，以后我就到花岙岛找你。"

"路途遥远，你总是搭船改道而来，必会引人生疑。若独自出行，我又担心你的安危，你看方才情况多危急，幸好有我在。你年岁也不小了，不要再跑船了，好好保重身体，颐养天年。若有什么事，我会找你联络。"

"哥，小弟有句话相劝，这天地会做的是反清廷的事。平心而论，如今百姓生活虽多艰难，但尚可求生，清廷气数未尽。若枉然起兵，徒令生灵涂炭，天意难违啊。"

"我也清楚，南少林被毁，则是前车之鉴。幸而未伤及根本，今后我们还将蛰伏以待时日。慧觉禅师是一等一的高人。欧阳宇是先生的得意桃李，是个智谋学识超群的人。但凡起事，定会顺应时势。没事的，兄弟你别担心。"

两人一路谈论着别后的情形以及彼此的牵挂之情，不知不觉就到了姚知县的故里。稍一打听就找到了他家，土屋黑瓦，桑枢瓮牖，破旧不堪，屋内陈设也十分简朴。

"请问这是瀛亭兄家吗？"懋峰进门问道。

"您是？"一个身着麻布重孝的精瘦中年男子，起身走到了门口，声音嘶哑地问道。

"我是瀛亭兄的挚友圭峰刘玉郎。你是瀛亭兄的公子吧，你身上这是？"懋峰见那人身着重孝，暗知不好。

"原来是世叔大驾光临，小侄有失远迎，请世叔恕罪。先父弥留之际对您多有挂念。"中年男子以袖拭泪道。

"瀛亭兄不在了？我的瀛亭兄啊，小弟还是来迟了。"懋峰悲切之情油然而生，怆然号泣道。

"篱儿，快请贵客到堂上就座。"屋里走出一个素衣素裙的老妇来。

"请诸位贵客堂上就座，此为家母郑氏。"

"妾身有礼了。这是小儿篱东。"郑氏给来客施了一个万福。

"玉郎给嫂子请安，玉郎来迟了，未能见瀛亭兄最后一面，心中悲怆，一时难抑伤感，惊扰了嫂子。请多见谅！"懋峰深施一礼。

"这二位客人怎么称呼？"郑氏又给建林施了一礼。

"这是我的兄弟和义侄。乾儿还不过来见过伯母。"

"见过嫂夫人。"建林深施一揖。

"见过伯母。"蔡乾跪地叩了三个响头。

"乖孩子！快请坐，请喝茶。"

众人见礼之后，郑氏就谈起了瀛亭之事。原来，瀛亭在任时，常将薪水捐赠用于办学，又婉拒了懋峰资助，归家时几乎身无分文。他又不愿意借着功名投机赢巧，一生苦守本分，教馆为生，收入微薄，日子过得十分清贫。年前身染重病，竟无钱医治，挨到年后就过世了。

"我的瀛亭兄啊，您这是何苦啊？是小弟误了您啊，您让小弟如何过得去这心啊！"懋峰不禁唏嘘泪流，忽地想起什么似的，从怀里掏出一沓银票来，"嫂子，这些银票请您收下，以表小弟的一点心意。"

"先夫生前自甘清贫，不妄于人。咱家无功不受禄，此切切不可。先生的心意妾身心领了，恩义铭记在怀。"郑氏婉拒道。

"娘。父亲弥留之际，交代要把这砚台送给玉郎叔叔做个纪念。"

篱东将一方红布包着的砚台呈给懋峰。

懋峰郑重地接过砚台，缓缓解开红布，映入眼帘的正是那方洮砚。他哀叹良久，泪涕俱下："瀛亭兄啊，你倒是去得干净无挂碍啊，你的深情重义可折杀小弟了。唉……贤侄，你爹坟茔何处？容我前去祭拜一番。来时匆忙，什么也未曾准备，烦请代备香烛纸炮清酒菜饭。"

"小侄遵命。叔叔请随我来。"篱东备好牲礼，领着懋峰等人穿过阡陌，绕过小溪，来到一林荫环抱之处。丛绿之中，一方新土十分显眼。

"此处便为先父仙域。"篱东指引道。

"瀛亭兄，玉郎看您来了。"懋峰燃了香烛纸炮，洒了三杯清酒，跪在坟前呼喊道。凄厉的声音在空荡荡的山谷里响起阵阵回音，凄惨瘆人。懋峰哀立多时，吟诗道：

> "岑岭抱新茔，哀凝草木惊。
>
> 纸飞灰蝶舞，香烬白云萦。
>
> 晓露芳菲泪，秋风杜宇声。
>
> 砚台多愧色，雁影绝吟情。
>
> 羊左死生义，范张鸡黍盟。
>
> 摔琴流水断，刎颈负荆诚。
>
> 残烛犹矜弟，凄言可悼兄？
>
> 时时魂梦约，不必待清明。"

吟罢，犹自悲恸，良久方止，言道："我欲在此结庐七日，为瀛亭兄守灵，以答谢知遇之恩。"

"此荒郊野外，如何安身？叔叔深情厚谊，先父泉下有知亦该含笑了。"

"是啊，贤弟，在此结庐大可不必。咱们就在瀛亭兄家中小住

船者

数日，为木主燃香诵经即可。"建林也劝道。

"如此就依妙哥所言。"三人在瀛亭家中住下，懋峰私下购得大厝一处，良田数十亩，归于篱东名下，至十日后，将地契厝契尽交于姚家，告辞而去。

行到汕头码头时，建林告辞道："兄弟，如今你我也该作别了，请多多保重。"

"哥，你受苦了，我亏欠你太多了。唉，我找得好苦，你也躲得好苦啊。走吧，兄弟之情比什么都重要。咱们共享天伦之乐，同患难共享福，什么也不怕。大不了咱们就都出海去，谅清廷也奈何不了咱们！"

"别说傻话了，快回家去吧，以后别再出海了。咱们就此作别。后会有期，去吧，去吧。"建林将懋峰扳过身去，后退两步，注视着懋峰，挥手示意他离去。

"妙哥，等等。此去何时能再聚首啊？"

"唉，缘生缘灭，随缘吧，彼此都欠着一些吧，来生方有相聚之时。"

懋峰知道建林的性格。他决定的事，就是十头牛也拉不回。原想兄弟见面，从此可以共续手足之情，不再分离，却不期时命弄人，又不得不诀别天涯，世上没有比这更令人遗憾的事了。

"妙哥！你把这象牙扇和玉镯带上，以作念想。"

"好，那我就带上。孩子跟我走。"兄弟两人拥抱垂泪，彼此珍重再三，一步三回头，依依难舍地挥手分别而去。

数月后的一个深夜，风轻月明。一个头戴竹笠身穿破长衫的人带着长长的影子轻轻地走了过来，没带一丝声响。他默默地站在懋峰家大门口，双手合十，鞠躬，然后向北扬长而去。茫茫的银波上，一叶扁舟慢慢地融化在里边……

十年后。懋峰家中。

"不好了，咱们载龙眼的船在福宁三沙嵛山岛附近让海贼劫走了！"汝贻一路小跑着进门，一边喊道。

"那船工呢？回来了没有？"

"没有回来啊，听说连船带人都被拉走了。"

"哪里的海盗如此猖狂？咱们跑了三四十年的船，只要是咱们峰尾的黑舶五枪堰，海盗们都不敢招惹。货和船抢了就抢了，怎么连人也扣下了？这要是有什么闪失，我怎么对得起各位兄弟？快去通知所有的船只，备足火炮火枪，再雇上百十号枪炮手，百十号拳师。咱们去把人和船领回来，若是伙伴们少根汗毛，就端了他老窝。咱们先把战略筹划好，把在家的船长都叫来！"

次日，汝贻就安排好船只、枪炮、人员等一干事务。颇有其父辈的干练之风。

"叔，枪炮都准备好了！人也都上船了。总共五艘大船，五百名精壮汉子，三十门大炮，一百多条火枪。"

"弹药充足吗？"

"充足！"

"走！到了现场听我号令，按照筹划预演的方案行动。四艘炮船埋伏在海岬边，一艘快船去诱敌，用火枪边打边撤，把海贼引诱到包围圈再打。不到万不得已不杀人，最好全都活捉了，跟他们换人换船。"

"东家，你都古稀之年了，还是在家颐养天年吧，这事就交给我吧。"阿六道。

"好！那你们一定要多加小心，我在家等着你们回来喝庆功酒！走，我送你们上船。"

"得令！"众人摩拳擦掌，径自向码头奔去。还没走到码头，

船者

就见迎面匆忙跑来一位船工。

"头家人，我们回来了，大伙和船都平安回来了！"

"怎么回事？"

"那个海贼头一听说是峰尾刘玉郎的船，就说他叫蔡乾，头家人是他的恩人。他请我们好吃好喝了三天，然后就放我们回来了。"

"你们都平安回来了？"

"都回来了，只是龙眼干被他抢走了。"

"那蔡乾还有没有说些什么？比如他养父什么的？"

"没有说这些。刚开始他并不知道是您的船，后来才知道的。他说这龙眼干被他手下卖了，很不好意思，特意交代把这几十坛带柳膆①让我们带来给您赔个不是！"

"叔，那咱们还去打海贼吗？"汝贻道。

"人和船都平安回来了，一些货物就算了。既然这些鱼膆是送给我的，那这些损失也算我的吧。你们都先回家好好休息吧，回头安排给每位兄弟送一篮鸡蛋，明晚请酒给大伙压压惊。"懋峰苦笑了一下，"这个蔡乾搞什么名堂呢，连我的船都抢？"

回到家中，船工们将这五十多坛酱瓮都堆在下厅的廊边。

"叔，这海贼好生奇怪，知道船是您的怎么还抢？"汝贻疑道。

"孩子，其实做海贼跟做买卖一个道理，亲兄弟也得明算账，不能老做亏本的事，但是做什么都不能伤天害理！这是为人的根本和底线。"

"这样啊，抢恩人的东西也太不仗义了，抢人东西怎么就不伤天害理了？"

"凡事看根本，他知道这些龙眼干对咱们来说无关紧要，所以抢就抢了，并不伤天害理，而且有可能真被手下卖掉了。老天爷会

①带柳膆：小带鱼形状像柳条，故称带柳。腌制的鱼酱，本地话叫膆。

给每个人一条生路，哪怕是下作的行当，只要不伤天害理都不叫罪过。有人坑蒙拐骗盗抢毫无恻隐之心，有人做生意唯利是图掺杂使假，有人做官见利忘义颠倒黑白，哪怕他们谋取的利益并不值几个钱，若是害人害命，那就是大罪过，都是要下十八层地狱的。人啊，无论做什么，一定都要心存善念，对贫弱多恻隐，对亲友多仗义。仗义的人，是难能可贵的，像你妙叔那样的可不多啊。"

"是啊，也不知妙叔现在哪里，一直都没有音信。小时候他最疼我和念娘了。"

"这蔡乾也算是你妙叔的义子，现在他当贼头了，不知你妙叔哪去了，唉！"

"要不咱们去海贼岛上寻访一下？"

"现在外人还都不知道你妙叔活着，况且咱们也不能公然去海贼岛，这次劫船我要是在船上就好了。"

"叔，您就不用再出海了，家里大小事都得您拿主意。要不，我跟船出海去，借机寻访一番。"

"我不会让你出海的。你就在家好好待着，帮帮我就行，跑船还是由你阿扁阿六叔他们来。"

叔侄两人正谈话间，只见念娘提了一篮子青菜蒜葱，自门口进来。

"啊，是妹子回来了。怎么又黑又瘦啊？"汝贻高兴地跑到下厅，接过篮子，看着念娘惊叫道。

"哥！哪有这么夸诞啊！可妹真的命苦，嫁到内山去，海鲜没得吃，就是连咸鱼都吃不上，肠子都长草了。"

"唉，我苦命的孩子，嫁内山真的苦命啊！"凝絮闻声出房，看孩子这样，心疼得不得了。弟妹们也都蜂拥而至，嘘寒问暖。

"我赶紧去买些海鲜来，让妹子饱餐一顿。"汝贻忙着上街买海鲜去了。

船者

念娘在娘家住下，家人好吃好喝地伺候着，按理应该是乐不思蜀，巴不得多住些时日才好呢！可这念娘却惦记着那边的一家老小，住了两三天就想回家了，留也留不住，爹娘兄弟舍不得也是枉然。娘家只好赠了些银两、布匹、茶、酒，本来还想让她多挑些海鲜回去，可却买不到。

"唉，俗语说'海里难允人一尾鱼'①真没错，等有海鲜了，让你弟给你送一些去。"懋峰道。

"咱们不是有很多坛带柳膜吗？先让念娘带一坛回去。"汝贻道。

"这么重，她哪挑得动啊，开一坛分一些去，先吃了，吃完再让子思来挑一些去。"凝絮言道。

"嗯。那就让你娘给你分一些，先带去吃，咱们多的是，喜欢吃就尽管回来要。你挑不动，可以叫子思和孩子们来挑。他们好多年没来了。"

"还不是怕您老骂他，才不敢来。"

"是我的不对，我不骂他了，叫他来。我给他赔不是。下次来，把孩子们也一并叫来。我这外公当的，难道说真的是'狗吠公'②啊。"

过了两天，念娘和子思带着儿女们一起上门做客来了。懋峰欣喜万分，留他们在峰尾小住了几日，好吃好喝侍候着。汝贻、汝赐还专工陪他们逛街、看风景。临别时，少不得又赠钱赠物。

念娘道："上次带回去的带柳膜很好吃，很快就吃完了，这次能否再多带一些去？"

"有什么不可以的？喜欢吃的话，随时来挑去便是。只是太重了，你们就先挑一担回去吧。"懋峰说着便又打开一坛，分出一些

①海里难允人一尾鱼：峰尾俗语，意为讨海的收获很难预料，有时连一条鱼都抓不到。
②狗吠公：意为生疏，狗见了都要吠。闽南一带用来喻指外公。

放回大前天开启的那个坛子，匀平衡了，并成一担让他们挑了去。

没想到过了几天，子思又来了，稍带惭愧的样子言道："爹，这带柳膜太好吃了，就想送亲戚们一些。没想到一下子就给分光了，能否让我再挑一些回去。"

"都是自家人，不用客气，你一个人挑两坛去太重了，那就先挑一坛去，想吃随时来拿吧。时近中午了，咱们先吃了饭再回去吧。"懋峰说着就又开了一坛，拿出一半带柳膜装在木桶上，与剩下的半坛并成一担放在下厅边，一边招呼女婿上客厅吃饭。

饭吃了一半，突然听到"砰"的一声巨响，大伙吓了一跳。原来是邻居的一只大母猪闻到酱鱼香味，跑进门来，拱那些带柳膜，拱着拱着，上层的一个坛子没有放稳，掉了下来，摔碎了。

"咦？这是什么？银子？这哪来的银子？"汝贻道。

"什么？"看着满地的带柳膜和银元宝，懋峰急忙又打开另外一坛，将带柳膜倒了出来，只见坛子底下装着一层银元宝，足足有百两之多。又接连打开多坛，每坛都有一层银元宝。原来那贼头蔡乾为了答谢懋峰的救命之恩，赠送银两又怕引人注目，便先在坛子底下装上一层银子，上面再装上带柳膜以掩人耳目。

见此情形，懋峰一下子明白了，狠狠地瞪了女婿一眼。苟子思脸唰地一下子红了，一会儿又转青，青一阵红一阵的，只恨不得找个地缝钻进去。

懋峰心中一寒，仰天叹道："女婿不如贼，女儿不如猪啊。"越想越气，跺了一下脚对女婿吼道，"滚！"

懋峰气得饭也吃不下了，坐在椅子上看着那些带柳膜生闷气。

"真是母猪立大功啊！"陈松哈哈大笑地走进门来。

"松弟，你来了啊，这事我郁闷死了！怎么摊上这样的女婿呢？"

陈松也不搭话，只是背着手、弯着腰、踱着步，对着那一溜鱼脵瓮，顾自言道："鱼脵瓮啊鱼脵瓮，你装个鱼脵就好了，偏要装什么银两？你装就装了，却要破了滚出银两来，这下众所周知了，亲人反目了，你可真是惹事的主啊。还有你这头大母猪，贪吃还能立大功，真是服了你了。"

"哎，松弟，你话里有话啊，来，快请上座，给老哥掰扯掰扯。"

"正经说我不会，我只会说歪理。都说亲不能卖疏不能买①，你说同样是女婿，都是自己选的，一个胜比亲生子，一个像是陌路人，怎么差别那么大呢？人啊，要都是圣人君子，世间就没有那么多纠葛喽。这女儿日子过得不好，接济都要接济了，还计较他昧了你几百银两？自己同意送人家的东西，人家不偷也不抢，怎么就后悔了？原本高高兴兴的，说女婿女儿又有了来往，越来越亲了，怎么就又翻脸了？这女婿昧财不对，大贤人因财生气就高明了？鱼脵瓮啊鱼脵瓮，你真是个祸害啊！"

听了此番言语，懋峰略有所思，突然拍了一下大腿，笑道："哎，松弟你这没有是非的歪理，怎么琢磨起来还那么有理呢，一言点醒梦中人。惭愧啊，我一生的修为终还是过不了钱财这个坎啊，还差点为其所害。我明白了，见者有份，没钱没灾。贻儿，快来把这些银两按份额分给弟兄们，这两瓮还是给你念娘妹子送去，剩下的都捐给义善会。这母猪立了大功了，不是因为它发现了这些银两，而是让我有机会听了松弟的这番至理。我要重奖它！奖什么呢？有了，给这一对大胖耳朵戴上金耳环绝对空前！哈哈！"

事后，懋峰真就雇人打造了一副金耳环给那母猪挂上。这母猪戴金耳环的事一传十，十传百，成为峰尾的一段传奇佳话流传下来。

又三年。五间张三落大厝的石埕外空旷无人，秋夜的风吹起来

---

①亲不能卖疏不能买：峰尾俗语，意为亲情就是卖也卖不掉，感情疏远的就是用钱买也买不来感情。

瑟瑟作响。一轮明月挂在西天，银白色的光像钢刀映出的光芒一样泛着丝丝的寒意。

"哐、哐、哐"叩门声响起。

"谁？"汝贻问道。

"是我啊。这是玉郎大善人家吗？"门外传来一声半南不北的回话。

"是谁啊？"懋峰披衣走出房门。

"叔，要找您的，听口音不像本地人。这么晚了，咱们要不要开门？"汝贻道。

"是恩人吗？我是蔡乾。"门外那人小声叫唤道。

"快开门。"懋峰道。

一条黑影闪了进来，又反手轻轻合上大门，躬身作揖道："蔡乾见过恩人、叔父。"

懋峰定睛一看，只见来人三十来岁模样，四肢粗壮，身材壮硕，皮肤黝黑。身穿破棉袄，后背一个葭茸，活像个乞丐。

"哟，孩子，你都这么大了，长高长壮实了，啊，都认不出来了。来，来，来，快请进。"

懋峰将蔡乾请至上厅，又忙吩咐家人倒水奉茶。寒暄过后，懋峰急忙问道："孩子，你怎么混成这个样子了呢？"

"小侄为了掩人耳目，故意打扮成乞丐模样。"

"哦，你义父近来如何？"

只见蔡乾跪在地上，悲戚道："叔父！我义父半个月前在圆觉寺坐化了。"

"啊？哎呀，我的妙哥啊。"懋峰闻言站立不稳，一口气涌上心头，禁不住激烈地咳嗽起来，险些憋过气去。

家人见状，慌忙又抚胸又捶背地抢了过来："别着急、别着急。"

"叔父，我义父圆寂前吩咐我把这个交给您。"蔡乾从葭苴里拿出一个布包，展开，里面是一个晶莹翠绿的玉镯、一把玉坠象牙绢纸扇。

"这是郝小姐的镯子，这是当年我们题款《青玉案》的扇子。"凝絮道。

"妙哥你这是把尘缘都放下了啊。我放不下啊，你好狠啊，我的妙哥啊！"懋峰悲怆道。

"这是妙叔要告诉我们，他了断尘缘，心无挂碍已然成佛了。"汝贻道。

"我的妙哥啊……"懋峰竟然不顾儿孙满堂，孩子般地哭了起来。

"老头子，涅槃是功德圆满，妙哥能成佛咱们应该高兴才是，有什么好哭的？你们说是吧。"凝絮道。

"是，是，是啊，咱们应该高兴才是！"众人附和道。

"涅槃啊，妙哥果真成佛了？"懋峰恍然大悟的样子看着众人。

"是，是啊。我义父走得很安详，好像他自己都已经安排好似的。"蔡乾道。

"你义父什么时候去圆觉寺的？"

"那年咱们分别后，我们先去了圆觉寺拜见慧觉禅师。禅师好像交代了我义父什么重要的事。我义父就把我带到花岙岛，陪我住了几个月，将我交代给至明师父和欧阳叔叔，然后他就去了圆觉寺。不久后慧觉禅师圆寂了，我义父就成了住持方丈。自此以后，我义父专心参禅，一直到圆寂都没再走出寺门半步。"

"我还以为你义父带着你呢。"

"没有呢，至明师父教我武功，欧阳叔叔教我文化和谋略，我们想干一番大事业呢！后来他们老了，就把担子都交给我了。叔，我有一样东西要交给您。"蔡乾言罢又从葭苴里拿出一块叠起来的红布。

"这是什么？"

"是一面旗帜！来，请展开来看看。"

"旗帜？"

汝贻展开那红布，乃是一面三角形镶黄色云边红旗，中间绣着一个大大的"刘"字。

"这是我亲手制作的旗帜，以后在咱们船队的船尾挂上这面旗帜，就能在浙闽粤海域畅行无阻。小侄也要讨点生活，不能把所有像峰尾的船都放过，让叔父见笑了。上次那些带柳螟收到了没有？"

"收到了，都吃掉了，里面的东西也都拿了。叔不跟你客气了。侄儿啊，你这礼送得有点大啊。"

"那是应该的。没有您，我骨头都朽了，还能活到现在？侄儿还有一事相求，您看。"蔡乾说着拆开棉袄内里，从里面掏出一大沓银票来。

"这是？"汝贻疑道。

"这是三万两银票，我想让叔父帮个忙。我需要十艘大船，想请咱们的造船厂帮忙制造。"

"你要那么多大船做什么？"

"小侄准备改做大生意了。"

"叔知道你要做什么，也不多问了。好自为之。船做好，我让人放到崳山岛附近，你负责抢走就是了。"

"多谢叔父。您多保重，小侄告辞了。"

"成大事不能急啊。叔老了没用了，看不到了。"懋峰亲自开门，目送蔡乾消失在茫茫的夜色中，嘴里念叨道，"好！不难过，要高兴。唉，老了，老了，老小孩了。"

一年之后，大船打造完结。且看这船坞上，旌旗蔽天，彩带翻飞，油漆味扑鼻而来。一溜十艘大船并排在泊位上，犹如贯贝联珠。

船长一二十丈，列阵数十丈，全都是大圆木曲面线条。船身黑漆镶白条，船舷描红，舷上菱形洞口白漆构造五炮孔。船首高昂，桅杆高耸云端，人居船下顿生敬意。

海边数十条桌案排列成阵，上置牛、羊、猪、鸡、鸭、鱼为牲，金针、木耳、冬粉、笋干、香菇与各种果蔬为斋。众人手持高香面海而跪，祭敬天地海神，烧金纸，放鞭炮，一片烟云缭绕。

"拔落令了！"司仪一声令喝！众人唱起了号子。"嗬——力——来啊！""嗨——力——来呀！"号子由长而短，节奏由慢而快，号子慢慢转为"嘿啊""嗨啊"。

船缓缓向前滑去，越滑越快，"轰"的一声，滑进海中，溅起一片巨浪。人们一片欢呼，掌声雷动，锣鼓喧天，鞭炮齐鸣。船上撒下大量包子、花生、桂圆和装有铜板的红包。

"起航！"

…………

"不好了！咱们的船在三沙都被海盗抢走了！"

"人都平安吗？"

"平安，都回来了！"

"速速报官！哭诉救助和剿匪。"

次日清晨，懋峰拄着拐杖，就要走出门外。凝絮赶忙跟了出来，问道："老头子，你要去哪呢？"

"我想去海边看看。"

"风有点大呢？吹倒了怎么办？"

"没事，老骨头硬朗着呢。"懋峰提起拐杖用力在地上敲了敲，声音响亮有力。

"好，好，硬朗好，我陪你去吧。"凝絮道。

懋峰满是皱纹的脸上绽开笑容："走，老婆子。海边看看去。"

海边，天空灰蒙蒙的。北风猎猎，衣袖裤管里都灌满了风。鼓起的衣袂随风劲舞，犹如飘扬的旗帜。海潮卷起混浊的浪涛，海滩上流沙漫飞。苍茫之间，天水接处，一点帆影随浪浮沉。懋峰叹道："人生浮沉莫不若斯！要变天了，老婆子，咱们回去吧。"风沙起处，人影渐远渐杳……

　　正是：愁旻乱雾纷霞，劲风飞沫流沙。浊浪惊涛钓艖。往来渔者，峭帆孤影天涯。

作者的话

峰尾不屈的行船人，浮沉沧海的往来渔者，恰如峰海上的烟涛云月。千百年来，峰也依旧，海也依旧，月也依旧。唯有那昨见今非，今见非昨的那一片片烟霞云涛，聚了散了，散了聚了，有谁能想起，天空上飘过的这一抹似曾相识的烟云！

历代先辈们用血汗、甚至生命战风斗浪，养育了我们。他们用勤劳、智慧和勇敢，追求美好幸福的生活，战胜天灾人祸，创造了一个又一个奇迹。他们的古道淳风，侠骨柔情，故土乡情和家国情怀值得我们敬崇和传颂。

三百多年来，峰尾一直是富庶的东南名镇，即便在腐败无能的清朝末年和灾难深重的抗战时期，仍然有"不夜城""小上海"的美称。然而地方和个人的命运与国家休戚相关，在接连遭受日寇侵略、匪患、鼠疫、海难、国民党腐败政府的金融疯狂掠夺等天灾人祸后，贫穷、饥饿、流离失所，水深火热的苦难又降临到峰尾人民头上。新中国成立后，峰尾人民获得新生，重新得于安居乐业。饮水思源，我们在享受当今幸福生活的时候，应当缅怀先辈们的功业和恩泽。富不忘本，我们更要珍惜这来之不易的太平盛世。

《船者》是以刘华钧老前辈讲述的故事框架为线索进行创作的《风窗月》后传。《风窗月》出版以来，获得广大读者的喜爱，众多读者来电、来信，给予鼓励、鞭策和建议。泉港区主要领导，中共泉港区委常委、宣传部长王晓莺，泉港区文体旅游新闻出版局局长刘冰，泉港区文联主席李美美，福建文化志愿者协会等单位和同志们给予我们诚挚的关怀。尤其是峰尾乡贤、亲友们以各种形式、渠道力荐《风窗月》，更有挚友购书百册，力推文艺界。我们感铭肺腑，决意续写后传，解密《风窗月》留下的伏笔，以感谢诸位的深情厚谊。

《船者》仍由林竑斌执笔，刘荣成策划修改。承蒙诸位亲友鼎力相助，陈荣法作跋，田宽让题字，王奋民封图，肖培忠封面设计，陆婉芳、林叠峰校对，廖晚兴、刘荣富、刘华钧、林亚珍、张怀清、庄绍英、出武祥、刘清林、刘荣真、刘钦辉、刘琼鑫、刘荣明、刘荣旗、陈渊明、陈添英、郑琼兰、刘荣苍、刘荣祥、刘宗华、刘宗春、刘志强、林朱刚提供史料、帮助和提出宝贵意见。谨此致谢！

谨向全资赞助《船者》出版、关心家乡文化事业发展的乡贤郑忠强董事长伉俪致以崇高敬意和衷心感谢！

船者

跋

　　喜闻荣成、竑斌又有佳作《船者》即将付梓，方欲往祝，适二君盛邀余作跋。盖因《船者》为《风窗月》之续，《风窗月》为序，《船者》为跋，谓之善始令终矣。《风窗月》讲传奇、颂桑梓、喻古风，传统之美、淳朴之情感人至深。诸友褒扬有加，盛励为续。乃有《船者》问世，一饱文饕。

　　船者，圭峰古往之业也，闯五洋斗风浪搏死生，以为家计。故背井而眷故土，是为义；入险境而必果敢，是为勇；面生死而多豁达，是为智。以其智勇仁义，何逊儒者、岂非圣贤？堪称英雄！每忆之父老，莫不膺沸眸润。时逢盛世，百业俱兴。圭峰子弟或工或艺，或企或商，或授业于黉宫，或鞠躬于职守。然圭峰人仍然不失本色，勤劳勇敢豪迈仁义，铸入血脉的船者精神，依旧浩然天地。

　　《船者》为凡者文，为船家言，仅此，足能可贵，况其娴笔宏文，溯源究真。塑造船者侠者仁者风范，弘扬淳朴古风，赞颂家国情怀，还原船商史貌、印证海丝文化，场景刻画时而恢弘大气、时而细致入微，情节描述枝末精巧、妙趣横生，读其文，恍若置身其间，感同身受！爱不释卷，欣然之余，不揣谫陋，是为跋。

陈萌生

己亥新正

圭峰文化系列丛书

峰尾，东临海有峰曰圭峰，故古以峰为名，峰尾盖为峰美之谐音也。峰顶有石形如圭高耸，相传月满之时，可倒影至卢琦读书处。明洪武年间，周德兴经略东南沿海，辟石为城。呜呼！圭石不复存矣！嗣后，乃有乡贤倡建圭字形石塔，以塔顶石，曰圭峰塔。塔上勒石为联：作东南巨镇，起海国文明。此乃圭峰之志也！

圭峰居东南沿海、泉州之北、湄洲湾之南。三面环海，西望笔架、大雾峰，形似半岛。景色优美，钟灵毓秀，乃蕴文脉福源！饶有天然十八景：凤髻朝阳、锦桥锁月、石蝉夜噪、鲎屿晓钟、石笏冲天、沙堤束带、石鸡报晓、石狗吠风、石塔听潮、石龟出水、万人神井、磐石甘泉、五虎相聚、七星坠地、美女照镜、状元抱印、龟蛇相会、如来献果。民为中原衍派，自宋起镇以来，传承千年，人文蔚起！耕海为田，弓冶箕裘，世代相传。崇文以教化，习武以健身，好儒备礼，民风淳朴，实乃邹鲁之乡。宋时，卢氏仁结庐为塾，其外孙蔡襄、后裔瞻为宋之名臣。元时琦为良吏贤人，荫及桑梓黎民。明清之时，诸姓入峰，刘、林、黄、陈等蔚为大姓，人才辈出。民国之时，海运兴起，一时商贾云集，栈铺林立，列市数里，山海珍奇罔不毕集。舟车往来，骈肩辐辏，络绎不绝。管弦弹唱，通宵达旦，辄有"不夜城""小上海"之誉。今之尤甚，才子佳人、专家学者、贤人雅士、能工巧匠灿若星辰。北管音乐、古船技艺皆列非物质文化遗产，风味小吃、风俗俚语、传奇史话独具风格，尤显魅力。犹存圭峰塔、东岳庙、义烈庙、七社内、古街故居之人文胜迹。文化源远流长、积淀丰赡。

戊寅岁春（1998年），乡贤林玉荣、黄板娘伉俪携手诸老，以弘扬"勤劳俭朴、睦邻敦友、崇文敬业、开拓进取"之圭峰精神、保护圭峰文化遗产为己任，倡建圭峰文化研究会，殚精竭力，集贤聚英，辑得《圭峰文化研究》六集，乃具圭峰文载之雏形。及至丙申岁（2016年），圭峰诸君同心同德，共襄盛举，溯源究真，竿头日进。叙渔乡、述传奇、讲民俗、说美食、赏北管、赞胜景、扬工艺、诉乡情、辑文史、集佳作。蒙诸位贤达关怀襄助，得以结集梓刊《圭峰文化系列丛书》，父老咸欣，爰书数言，以为序。

《圭峰文化系列丛书》编委会
丁酉岁春

船者